執手偕老不行嗎

2

風文創 709

暮月 著

目錄

第十一章 …… 005
第十二章 …… 035
第十三章 …… 067
第十四章 …… 099
第十五章 …… 127
第十六章 …… 155
第十七章 …… 185
第十八章 …… 215
第十九章 …… 245
第二十章 …… 281

第十一章

「你放開他！不要傷害他！」看著離兒子喉嚨不過幾寸遠的鋒利匕首，凌玉恐懼得險些沒暈死過去。

「閉嘴，再嚷嚷我立即殺了他！」那人沈聲喝道。

「好好好，我閉嘴、我閉嘴。只是……你不要傷害他，他還只是個什麼都不懂的孩子……」凌玉緊緊摀著嘴，嗚咽著懇求。

程紹禟緊緊地環住她的腰，穩住了她險些要滑倒在地的身子，努力讓自己的聲音不要那麼顫抖。「你想要什麼，我們都答應你，唯一的要求便是不要傷害我的兒子。」

「去把你的馬車駛進來，立刻！」那人寒著臉吩咐。

「好好好，我們立即把馬車駛進來！你能不能先把刀放下，不要嚇著他。」凌玉淚流滿面，生怕自己哭出聲來，用力一咬唇瓣，很快便嚐到血腥的味道。

小石頭懵懵懂懂地望望離自己不遠的爹娘，又仰著腦袋看看抓著自己胳膊的陌生叔叔，突然「呀」的一聲叫出來。「叔叔，你流血啦！」

程紹禟此時也注意到，那男子胸口位置竟是一片血跡。

「去把車駛進來，否則我一刀要了他的命！」男子似乎沒想到這孩子的膽子居然這般大，不但不哭不鬧，還敢喚他「叔叔」，便是對他身上的血也一點兒都不怕。

「不要，千萬不要！你趕緊去駕車呀！」凌玉嚇得險些又叫出聲，用力想要推開抱著她的程紹禟，怒聲道。

不料程紹禟突然抱著她往旁邊一閃，只聽「嘩啦」一聲，方才他們所站之處旁邊一棵手腕粗的小樹應聲而斷。

凌玉還未站穩便被程紹禟推往一邊，她一個不穩跌倒在地，愣愣地看著程紹禟與一名凌空出現的黑衣男子纏鬥起來。

程紹禟雖武藝不凡，可對方更是絲毫不弱，加之手上持有兵器，程紹禟半分也奈何他不得。

兩人越打越烈，程紹禟漸漸落了下風，好幾回對方的劍險些要刺中他喉嚨。

凌玉看得心驚膽戰，一顆心都提到了嗓子眼，眼看著對方凌厲的一劍又要往程紹禟身上刺去，身後忽地響起男子的喝止聲——

「住手！」

黑衣男子的劍勢立即止住了，足下輕點，朝著仍舊抓著小石頭的男子飛身而去，撲通一聲單膝跪在地上。「屬下來遲，請主子責罰！」

「先離開此處再說！」

早在黑衣男子停下攻勢時，凌玉便朝程紹禟衝過去，緊緊地抱著他，身體不停顫抖。

程紹禟反摟著她，輕輕在她背脊上拍了拍，眸光銳利地盯著前方那對主僕，看著他們一陣耳語。今日只怕難以全身而退了……

「你去把馬車駛過來，若是敢打什麼主意，我便擰斷這小鬼的腦袋。」片刻後，黑衣男子一手將小石頭攔腰夾在胳肢窩下，一手扶起他的「主子」。

「你不要傷害他，我這便去。」程紹禟眼眸幽深，不顧凌玉的掙扎，強硬地牽著她的手去駕馬車。

「兒子還在他們手上……」凌玉被他拉著走，不斷回頭看著不舒服得直掙扎的小石頭。

「聽話，我一定會把咱們的兒子救回來的。」程紹禟低聲道。

「你保證？」凌玉含著淚水問。

「我保證！」程紹禟舞動韁繩，驅著馬往樹林裡走。縱是拚著這條命不要，他也一定要護著他們母子的安全。

「放了拙荊與犬兒，你們想要到哪兒，我送你們去！他們一個是婦道人家，一個是無知小兒，帶在身邊只會累事——」看著那黑衣男子先將昏迷過去的小石頭塞上馬車，又將他的主子扶上去，接著便提著劍逼著凌玉跟上，程紹禟壓著心中的憤怒，沈聲道。

「廢話少說！若不想他們丟了性命的話，駕車往前一直走！」黑衣男子直接打斷他的話。

程紹禟袖中的手死死地攥著，可形勢壓人低頭，唯有眼睜睜地看著黑衣男人也鑽進車廂。他合著眼睛深深地呼吸幾下，猛地揮起馬鞭，用力抽在馬匹身上。

馬車當即絕塵而去。

凌玉一上了馬車便將昏迷過去的兒子緊緊抱在懷中，仔仔細細地檢查他的身子，見小傢伙除了左手胳膊被人抓得有些青腫外，其他處並不見有傷，總算鬆了口氣。

她親了親小傢伙的臉蛋，失而復得的淚水肆意橫流。

半晌，她才胡亂擦了一把眼淚，將兒子摟得更緊了些，警覺地瞪著對面正在包紮傷口的兩人。

「你們是什麼人？到底要做什麼？我們與你們素昧平生，無冤無仇，你們這般挾持我們一家子要做什麼？」

「不該問的便不要問，知道得太多死得也快，這是我對妳的忠告。」黑衣男子將主子身上的傷包紮好，才冷冷地瞥了她一眼。

凌玉輕咬著唇瓣。她如何會不知這個道理？只是萬一今日在劫難逃，好歹也要做個明白鬼，免得在閻王殿上告狀都尋不著正主。

她看著那主子毫無血色的臉、緊鎖的眉頭，還有胸口上已經包紮好的傷。再瞧瞧那同樣傷勢不輕的黑衣人，用力咬了咬唇瓣。

這兩人必定是被仇家追殺，才挾持他們母子逼程紹禟駕車帶他們離開。

還是要盡快想法子逃了才是，否則他們的仇人追上，到時廝殺開來，自己豈不是又得受池魚之禍？

她正思忖著，那主子突然睜開眼睛，陰鷙的眼神正好對上她，嚇得她連忙低下頭去，無意識地抱緊懷中的兒子，心「怦怦怦」地急促亂跳。

好歹也算是活了兩輩子，什麼人沒見過？可她從來不曾見過這般嚇人的眼神，那樣的眼神，彷彿所有人在他眼裡都如同螻蟻一般，輕易就可以捏死。

這樣的人實在太危險了，落到他的手上，他們一家三口真的還有活命的可能嗎？她突然不敢肯定了。

馬車不知行駛了多久，其間那黑衣男子掀開車簾往車外查看了幾回，忽地衝駕車的程紹禟道：「往東邊方向去！」

程紹禟寒著臉，壓抑情緒道：「如今天色漸暗，直行約莫半個時辰不到便是縣城，到了縣城，你們可以找大夫療傷，人多的地方也不怕別人亂來，甚至還可以找官府幫忙。若往東邊而去，卻是荒山野嶺，連個露宿之地都沒有。」

黑衣男子略有幾分遲疑，低聲問：「主子？」

「往東而去。」被喚作主子的男人冷漠地回答。

「可您身上的傷……」

「我不要緊，往東而去，莫讓我再說第三遍！」

黑衣男子再不猶豫，衝著程紹禟又道：「往東而去！」

程紹禟握著韁繩的手越攥越緊，臉上已是鐵青一片。往東而去……他們這些成年男子倒也罷了，讓小玉一個婦道人家和小石頭一個孩子如何過？

他恨不得驅著馬車直往縣城方向，可又不得不顧忌著落在他們手上的妻兒，唯有一咬牙，強忍著怒火掉轉馬頭，往東邊方向駛去。

「娘……」小石頭不知什麼時候醒了過來，不舒服地哼哼著。

凌玉連忙鬆了幾分抱著他的力道，緊張地問：「是不是覺得哪裡疼？」

「不疼……」小石頭愛嬌地摟著她的脖頸，歪著腦袋好奇地望著車裡的兩名陌生人。

感覺到小傢伙好奇的注視，那名主子雙眉皺得更緊，目光銳利地望了回去，卻對上一張眉眼彎彎的稚嫩笑臉，他明顯怔了怔，定定地望著對方。

小石頭見他也在看自己，衝他甜甜地笑了笑，脆聲喚：「叔叔。」

凌玉嚇了一跳，連忙捧著小傢伙的臉蛋，硬是讓他把視線收回來，低聲責備道：「不許多話！」

小傢伙噘著嘴巴，拖著長長的尾音「喔」了一聲，然後一頭扎進她的懷抱，撒嬌地蹭了又蹭。

凌玉摟著他，輕輕地拍著他的背脊，在他耳邊柔聲哄著，忽地察覺那主子在看著自己，連忙不自在地側過身子，避開他的視線。

馬車越駛越遠，天色越來越暗，路也越來越難走，顛得凌玉不舒服地換了幾個坐姿。

小石頭縱是再乖巧聽話，在車廂裡坐久也開始鬧了，不依地扭著小身子。「娘，我要回家，我要爹爹，我要爹爹！」

「再等一會兒很快便可以到家了，爹爹在外面趕車帶咱們回家呢！」凌玉怕他吵到那兩人，從而惹怒對方，帶來麻煩，連忙哄著。

「不嘛不嘛！我要爹爹，我要回家！」小傢伙卻是根本不聽，鬧著要爹爹。

「小石頭聽娘親的話，爹現在就帶你回家！」外頭的程紹禟聽到兒子的哭鬧，也擔心他會惹怒那兩人，連忙出聲哄道。

「爹爹！」一聽到爹爹的聲音，小石頭眼睛一亮，掙扎著想要出去，偏凌玉把他抱得老緊，他掙脫不得，小嘴癟了癟，眼看就要哭出來了。

「小石頭要聽話，好好陪著娘親，娘親怕黑，你是男子漢，要保護娘親。」

程紹禟隱忍低啞的聲音又傳進來，讓本還掙扎著的小石頭終於安定下來。

「好，我聽爹爹的話，保護娘親！」小傢伙眼睛亮亮的，挺了挺小胸膛。原來娘親也和他一樣怕黑呀……他摀著小嘴偷偷笑了，一雙烏溜溜的眼睛直往凌玉臉上瞅。

凌玉鬆了口氣，看著他這副賊兮兮的小模樣又有點想笑，輕輕在他鼻尖上點了點，將他摟得更緊。

車廂裡重又歸於靜謐，凌玉不動聲色地往對面兩人望去，見那主子靠著車廂合著眼睛，彷彿像是睡著一般；而那名黑衣男子的一隻手始終放在劍柄作防備狀，察覺她的視線，立即不悅地掃過來，她垂眸不敢再看。

突然，一陣凌厲的破空聲伴著「嗖」的一聲，一枝利箭陡然從凌玉耳邊飛過，直直便插入對面車廂，驚得她一身冷汗。下一刻，馬匹一聲長嘶，外頭的程紹禟大聲叫著——

「有暗箭，快伏低！」

凌玉當機立斷地抱著兒子趴下來，車內的那兩人已經拿著兵器，一一擋開不停射進來的箭。

程紹禟心急如焚，擔心車內的妻兒，卻又分身乏術，唯有狠命地將馬車驅得更快，打算甩開不知從何處冒出來的追兵。

馬車一路疾馳，「噠噠噠」的響聲在幽靜的山路上顯得尤其清晰可聞。

忽然之間，數名彷彿從天而降的黑衣人舉著長劍刺來，程紹禟臉色大變，往後一仰，險險避開這一劍，隨即一手持著轠繩操控著馬匹，一手迎戰。

他的身後亦是一陣乒乒乓乓的兵器交接聲，他又急又怒又恨，但更怕妻兒被人所傷，一咬牙鬆了轠繩，雙手迎敵。打鬥間，對方賣了個破綻，他乘機奪過對方的兵器，重重一拳擊在對方胸口處，當下便將那人打下馬車。

「轟隆」一聲巨響，不堪重負的車廂散開，隨即便是凌玉的一聲尖叫，程紹禟嚇得心神俱裂，朝著滾落至地上仍死死護著兒子的凌玉飛撲而去。千鈞一髮間，擋開了刺向她後背的長劍，而後一手把他們母子拉起來，牢牢地護在身後，揮舞著長劍與來人對打。

「噹」的一聲，他打掉其中一人的兵器，而後毫不留情地一掌擊向對方後頸，那人一聲悶哼便倒在地上。接著他再一劍刺向另一人的手臂，趁對方兵器落地時飛出一腳，那人飛出數丈之遠，撞上一棵粗壯的大樹後滾落地上，再動彈不得。

「走！」他將凌玉母子倆抱起，送到已經沒了四壁的車廂板上，恰好此時那對主僕也殺了最後一個黑衣人跳上車，雙方彼此對望一眼，程紹禟一咬牙，翻身上馬，用力一夾馬肚子，駕著七零八落的馬車一路狂奔。

凌玉一手緊緊抱著小石頭，一手死死地抓著車板，生怕被顛簸的馬車拋出去。

小石頭嚇得抽抽噎噎，也不敢哭得太大聲，小手攥著娘親的衣裳不肯放。

那被喚為主子的男人不時往他們母子處望過去，良久，忽地道：「你去幫她抱著孩子。」

一直以護衛姿態守在他身邊的黑衣男人愣了愣，似乎不敢相信自己所聽到的，好一會兒才往凌玉那邊挪了挪。「把孩子給我吧！」

凌玉警覺地瞪了他一眼，反而將小石頭抱得更緊。

「回來！」那名主子一聲冷笑，隨即又吩咐黑衣男人。

黑衣男人應了聲「是」，重又回到他身邊。

天色越來越暗，清涼的夜風拂面而來，卻又帶著絲絲血腥的味道。一路上，又遇到兩名追殺上來的黑衣人，無一例外都被那對主僕斬殺於馬車下。

也不知過了多久，待覺暫且安全了，程紹禟勒住韁繩停下來。

「停在這兒做什麼？還不快趕路！萬一又有追兵殺到……」黑衣男人見他停下來，沈聲喝問。

程紹禟恍若未聞地翻身下馬。

那黑衣男人大怒，「噌」地一下拔出劍擋在他身前。「你想做什麼?!」

「你確定你如今還是我的對手嗎？」程紹禟冷冷地往他身上一掃，不疾不徐地道。

「縱是拚了這條命，我也絕對不會讓任何人傷害主子！」

「褚良，退下吧！」主子忽地出聲。

名喚褚良的黑衣男子這才不甘不願地收起劍，看著程紹禟大步走到馬車旁，伸出手先將凌玉懷裡的兒子抱過來。

小傢伙一落入爹爹的懷抱，便如同八爪魚一般緊緊纏著他，「嗚嗚嗚」地抽泣著。程紹禟親親他濕濕涼涼的臉蛋，低聲安慰幾句，然後又扶著雙腿發軟的凌玉下車。

雙腳踏在地上那一瞬間，凌玉險些沒軟倒在地，所幸程紹禟早有準備，緊緊地環住她的腰，半抱半扶地穩住她的身子。

凌玉靠著他，大口大口地喘著氣，總算找到一點還活著的感覺。

兩輩子，她還是頭一回體會到被追殺的感覺，簡直就是小死了數回。有好幾回，她已經感覺到刀劍的寒氣，彷彿下一刻自己的人頭便要落地。

她欲哭無淚。出門前應該看看黃曆的，誰知道好好的竟會遇到這兩尊瘟神。

程紹禟一手抱著兒子，一手扶住娘子，目光銳利地投向那對主僕。「我不管你們是什麼人，只是我們一家三口與你們素不相識，更不願無端捲進你們的是非裡去。此處是個比較隱蔽的山坳，除非是本地熟悉之人，否則一時半刻也尋不過來，你們可以在此暫時休息。明日一早，我們便各行各路，馬車我也可以送給你們。」

主子環顧四周，發覺此處確實是比較隱蔽之地，又聽他此番話，冷冷地道：「各行各路？你可知道，如今你們一家三口的性命便繫於我的身上，只有我活著，你們才有命。」

「你此話是什麼意思？」程紹禟的臉色越發陰沈。

「放肆！你可知道在你們眼前的這人是誰嗎？這是當今的太子殿下！」褚良沈聲喝斥。

太子殿下?!凌玉心裡咯噔一下，不敢相信地望向那人。他是……太子殿下？上輩子那個短命太子?!

程紹禟也有幾分愕然，懷疑的目光轉向那位主子。

「孤確乃當今太子趙贇。」趙贇緩緩地道。

「有何憑證？」

趙贇從懷中掏出一塊印鑑扔給他，他連忙接住，對著月光仔細辨認印鑑上的字，臉色終於變了。

「如何？如今可相信了？」趙贇將印鑑收好，淡淡地問。

程紹禟腦子裡一片混亂，可仍明白自己怕是無意中捲入了皇族之爭。他深深地吸了口氣，將兒子放到地上，跪下行禮。「草民程紹禟參見太子殿下！」

凌玉也下意識地跟著跪下來。

只有小石頭站在爹爹身邊，雙手仍是保持著環著爹爹脖子的姿勢。

「起來吧！」

程紹禟與凌玉對望一眼，均從對方眼中看到了擔憂。

尤其是凌玉，她作夢也沒有想到自己這輩子居然會遇上早死的太子，還陪著他經歷了一場追殺，險些把性命都交代在這裡了。

「程紹禟，如今孤命令你全力保護孤回京，到時孤必然重重有賞！」趙贇的聲音又響了起來，也打斷她的沈思。

程紹禟垂眸，片刻，恭敬卻疏離地道：「殿下安危關係到江山社稷，草民學藝不精，恐難擔此大任。此處離長洛城不遠，為殿下安全著想，不如請當地知府派兵護送殿下回京，如此方是穩當。」

趙瓚似乎沒有想到他竟然這般直白地拒絕，登時大怒，陡然拔出褚良腰間的長劍指著他。「你便不怕孤殺了你？」

程紹禟牢牢地將妻兒護在身後，迎上他充滿殺意的眼眸。「殿下若要殺草民，便不會多此一舉地問出此話。」

趙瓚陰狠地盯著他良久，終於收回長劍，冷冷地道：「你在怨孤連累你們。程紹禟，孤方才的話並非故意嚇唬你，如今你們一家三口的命，早就與孤的性命連在一起，你以為此時離開孤，那些人便會放過你們嗎？天真！若孤平安活著回到京城，你們才有活下來的機會；若是孤死了，那些人為了掩藏孤身死的真相，必然會將你們滅口，畢竟你們是最後與孤一起的人！」

程紹禟心口一緊，死死地攥著拳頭。

凌玉白著臉，自然也明白他這番話並非危言聳聽。那些人連太子都敢殺，更不必說他們這些平民百姓了，對付起來就如捏死幾隻螞蟻般簡單。

「怎樣，考慮得如何？要不要護送孤回京？」良久，趙瓚居高臨下地又問。

程紹禟握著塞到他掌心的娘子的小手，胸口急促起伏著，啞聲問：「殿下沿途便不能尋心腹臣下派人來嗎？僅憑草民與……」

「在下褚良，是太子府的侍衛統領。」褚良回答。

「褚統領。」程紹禟喚了聲，隨即繼續道：「僅憑草民與褚統領二人之力，殿下身上又帶傷，再加上拙荊與犬子，要想避開沿途的追殺，平安返回京城，實非易事。不如……不如先讓拙荊與犬子離開……」

「紹禟！」凌玉驚呼。

趙贇隨即冷笑著問：「你覺得可能嗎？縱是孤答應讓他們先離開，你便能擔保他們真能平平安安地回去？」

程紹禟沈默了。若是還不曾遇到方才那場追殺，他的妻兒倒也能平安脫身，可如今露了臉，確實不敢保證了。

凌玉自然也明白這一點，輕輕握了握他的手，啞聲道：「你在哪兒，我們母子便在哪兒。」

她是惜命之人，但凡有一分活下去的可能，哪怕是心中不忍、不捨，她也會選擇帶著兒子先離開。可是，事已至此，莫說太子絕不會讓他們走，便是在回去的路上，她也不敢保證不會遇到那些追兵。

「尊夫人倒是個明白人。」趙贇冷哼。

「娘，我餓了……」小石頭委屈的聲音響起，也打破了已有幾分沈悶壓抑的氣氛。

凌玉連忙抱過他親了親。「好，娘給小石頭找吃的。」

她記得從娘家離開時，娘親還給她塞了好些小石頭愛吃的糕點，就是不知經過方才一場打鬥後還在不在車上？藉著月光在車上找了好一會兒，終於讓她找著了裝著食盒的包袱，打開一看，食盒早就爛了，裡頭的糕點也碎得不成樣子。

「罷了，將就一下吧。我再去前頭找找，看能不能捉隻兔子、山雞之類的。」程紹禟嘆了口氣，挑了塊稍大的糕點渣遞給兒子，又挑了一塊給凌玉，最後遲疑一會兒，望向坐著閉目養神的趙贇。

「褚良，你與他一起去吧！」趙贇淡淡地吩咐著。

聽他如此說，程紹禟乾脆地把那包糕點渣放到凌玉手上。

「你小心些！」凌玉不放心地叮囑。

程紹禟拍拍她的肩膀。「放心。」又摸摸兒子的腦袋瓜子，柔聲道：「好好保護娘親。」

「好！」小傢伙嘴角還沾著點心渣子，可卻用力地點點頭，脆聲應下。

目送著那兩人離開，凌玉才抱著兒子，挑了一個遠離趙贇的位置坐下。

小石頭吃了幾塊糕點渣子後便小腦袋一點一點的，凌玉知道他這是睏了，摟著他在懷裡輕輕哄他入睡。不過一會兒的工夫，小傢伙便睡了過去。

看著兒子臉上猶帶著的淚痕，凌玉心疼極了，臉蛋輕輕貼著他的摩挲了幾下。

「妳這個兒子，膽子不小，好生教導著，將來未必不會有一番前程。」男子低沈的嗓音突然響起來。

凌玉瞥了一眼對面仍舊合著眼睛的趙贇，淡淡地回答。「我只要他能平平安安地長大便好。」

「婦人之見，慈母多敗兒。」趙贇冷笑。其實，這一家子的膽子都不小，以為他瞧不出他們眼中的怨惱是吧？真真是虎落平陽，若非正是用人之際，必然要給他們一個教訓！

凌玉抿抿雙唇，不願再理會他。

程紹禟與褚良回來時，手上都帶著獵物。

程紹禟獵得一隻山雞和一隻野兔，褚良則擰斷了三隻山雞的脖子，鮮血還一滴滴地滴落下來。

程紹禟自小便跟著父親上山打獵，對處理獵物自是再熟悉不過，凌玉有心想要幫他，但又不放心兒子，唯有聽從他的意思，靜靜地坐在一邊看著他忙碌。

褚良亦有不少野外露宿的經歷，故而很快便架起了火堆，親自動手把獵物烤熟。

凌玉一邊吃著程紹禟遞給她的兔肉，一邊偷偷望了望對面的趙贇，見他縱然滿身狼狽，可吃東西的動作依然還保持著皇室貴族子弟的優雅。

她暗暗思忖。若是這輩子太子沒有死，會給這世界帶來什麼改變呢？有太子在的話，名正言順，那齊王是不是就沒有登基繼位的可能了？

這個太子若一直在，幾年後的齊王自然不會被冊立為太子，那是不是代表著不會有那場戰事發生了？若是如此的話，可真是一件好事。

只不過……這位太子殿下瞧來不是什麼好相與之人，性情也似是有幾分暴戾，日後若是登基繼位，真的會比上輩子的齊王好嗎？

雖然她只是尋常百姓，可也知道齊王登基後，頒下了一條又一條有利於民的政令，僅僅用了幾年工夫，便收拾了先帝留下來的爛攤子，而百姓的生活也一日比一日好，至少三餐溫飽是能保證的。可若是換了眼前這一位呢？

下一刻，她又覺得自己真是瞎操心，她不過一個無足輕重的婦道人家，哪輪得到她來操心皇家基業、民生大事？天塌下來也有高個子頂著，她只要把自己的小日子過好了便行，其餘諸事管他怎樣呢！

心裡這般想著，她便又心安理得了，抹了抹嘴角的油漬，看了看半醒半睡被程紹禟抱在懷中餵食的兒子，低聲提醒。「不要餵他吃太多，免得他撐壞肚子。」

程紹禟點點頭。「我知道。」

趙贇微抬眼簾掃了一眼對面那旁若無人的夫妻，而後又合著眼眸。

若是這一回他僥倖逃出生天，必要教那些膽敢背叛他的人付出血的代價！

凌玉是被程紹禟推醒的，她矇矇矓矓地睜開眼睛，便聽到他低聲道——

「快去洗洗，咱們要啟程了。」

她小小地打了個呵欠，睏極地倚在他懷裡，喃喃地問：「天還沒亮呢，黑乎乎的便要趕路了嗎？」

程紹禟甚少見她這副想要耍賴不起床的模樣，微微笑了笑，湊近她耳畔低聲道：「還不捨得起嗎？兒子都要笑妳了。」

呼出的熱氣噴著她的耳垂，她揉了揉耳朵，側過臉望去，果然便看到小石頭歪著腦袋，好奇地望著自己。她一個激靈，當即清醒過來。再四下望望，趙贇與褚良這對主僕也已經起了，正朝她這邊看過來。

她頓時便鬧了個大紅臉，趁著沒人留意，偷偷地瞪了嘴角仍帶著笑意的程紹禟一眼，壓低聲音道：「你怎地也不早些叫醒我？」

「我見妳睡得這般沈，一時心生不忍。」程紹禟無奈地回答。

凌玉動作索利地整了整髮髻、衣裳，又用他取回來的水簡單地洗了把臉，這才道：「可以了，咱們出發吧！」

程紹禟點點頭，又朝趙贇走去，恭敬地請示。「殿下，可否啟程了？」

趙贇「嗯」了一聲，正要起身，卻不小心觸及身上的傷，痛得他倒抽一口冷氣，臉色頓時也白了幾分。

「主子小心！」褚良伸手想要去扶他，可他身上的傷並不比趙贇輕，猛地這般一動，好不容易包紮好的傷口便裂開了。

程紹禟連忙上前，想要替他們查看傷口。

趙贇咬著牙關沈聲道：「不必了，死不了，還是趕路要緊。」

褚良亦是不在意地搖搖頭。「我不要緊，還是先離開這裡再說，萬一他們的人又追上來，怕又有好一番麻煩。」

見他們執意如此，程紹禟也不好再多說什麼，只道：「離此處最近的鎮名喚龍灣鎮，咱們快馬加鞭，大概兩刻鐘左右便能抵達鎮上，到時可以補充些乾糧和傷藥。馬車已經破損，而你們身上又帶著傷，依我之見，不如租條船，沿著南陵河南下，取道雍州往京城，不知殿下意下如何？」

趙贇皺著眉思忖片刻，終於頷首道：「如此也好。」

水路雖說慢些，但較之陸路卻要安全許多，雖然他表面瞧來不在意，但只有他自己知道，他身上的傷確實不適宜長途跋涉，好歹要休養一陣，倒是可藉著在船上的機會養養傷。

凌玉卻在聽到「龍灣鎮」三個字時臉色變了變。

上輩子，太子不就是死在龍灣鎮的嗎？為著他的死，龍灣鎮所在的縣、州、府多少官員烏紗不保、人頭落地，說是一夜之間血流成河也不為過！這輩子雖然多了她與程紹禟兩個變數，但能否順利通過這個「死亡之地」，她確實心裡沒數。

想到這裡，她終於忍不住憂心忡忡地道：「萬一那些人就在鎮上埋伏呢？咱們豈不是自投羅網？畢竟咱們的狀況他們必也能猜得到，不如……」

趙贇抬眸朝她望過來，她下意識地往程紹禟身後縮了縮，隨即又暗暗唾棄自己的沒用。這會兒大家都坐在同一條船上，難不成他還能吃了自己？

「妳所說的我們都知道，只是若不補給，怕是支撐不了多久。」程紹禟摸了摸抱著他雙腿的兒子的腦袋，將小傢伙抱起來。「再說，便是我們能熬得住，小石頭怕也不行。」

凌玉望望已經不似昨日那般有精神的兒子，頓時便心疼了，立即改口。「你說得極是，那我們便去龍灣鎮吧！」

趙贇再次抬眸望了她一眼。這個婦人，怕是根本不知什麼叫「君為臣綱」！

這會兒倒是褚良有些遲疑了。「主子，萬一他們果真埋伏……」

「我有位生死之交正居於龍灣鎮，若是殿下與褚統領不放心，可不必親自到鎮上，容我與他取得聯繫，請他代為租船和置辦乾糧傷藥。」

「不必如此麻煩，該來的總會來，咱們還是按照原定計劃，先到鎮上補給，再租船南下取道雍州城回京。」趙贇一錘定音。

褚良滿腹的話不得不嚥回去。

有了定論，眾人再不遲疑，簡單地收拾一通便坐上馬車，程紹禟依舊充當車夫這一角色。

小石頭蔫蔫地靠在娘親懷裡，糯糯地問：「娘，咱們回家嗎？我想阿奶和小叔叔了。」

凌玉輕輕撫著他的臉蛋，柔聲道：「小石頭不喜歡與爹娘一起嗎？」

「喜歡，可也喜歡阿奶和小叔叔。」

「爹娘帶小石頭去一個很大、很漂亮的地方玩些日子，然後再買些非常好吃的東西，帶回去給阿奶和小叔叔好不好？」凌玉哄他。

小石頭眨巴眨巴眼睛，想了想，點頭道：「好……」一會兒又扳著胖指頭如數家珍般道：「還要買很多很多甜甜糕，給阿公、阿婆、舅舅、姨母、表姊姊，還有孫阿奶、崔伯伯……」

「好，小石頭說什麼便是什麼，娘都聽你的。」凌玉笑著摟緊他。

趙贇面無表情地聽著母子倆的對話，只覺得這婦人說起謊來真是面不改色。當然，哄騙小孩子也挺有一套的。

程紹禟駕著馬車，聽著身後妻兒的對話，縱是心中憂慮頗深，這會兒也不由得泛起笑意。他想，哪怕是拚著自己的命不要，也一定要護著他們娘兒倆。

正這般想著，奔跑著的駿馬突然一聲長嘶，還不等他們反應，前蹄陡然一屈，轟地一下倒在地上，還滑行衝出好一段距離。

「是絆馬索！」褚良大叫一聲，拉著趙贇凌空一躍，避過了被甩下馬車的命運。

程紹禟的反應比他更快，在駿馬長嘶時便扔掉韁繩，一把抱起還未回過神來的凌玉母子，跳下馬車。

雙腳落地那一瞬間，突然出現五名黑衣人同時攻過來，當中四人圍攻著趙贇主僕，另一人則提劍朝程紹禟刺過來。

程紹禟避開他這一劍，迎著凌厲的劍鋒纏鬥上去，霎時間，寂靜的山路上響起一陣陣兵器交接的「乒乒乓乓」聲音。

凌玉將兒子的臉按入自己懷中，抱著他躲到安全的地方，提心吊膽地望著不遠處正與黑衣人搏鬥的程紹禟，偶爾還警覺地望望四周，生怕對方又突然湧出幫手。

「小心！」眼看著黑衣人的長劍就要刺到程紹禟的喉嚨，凌玉嚇得尖聲叫出來，可下一瞬間，她便看到那黑衣人腹部遭受重重的一擊，直接摔倒在地，掙扎了好一會兒還爬不起來。她剛吁了口氣，忽見褚良突然凌空而起，手起劍落，方才被程紹禟打倒在地的黑衣人哼都哼不出聲，喉嚨便被人劃破，鮮血四射，徹底沒了氣息。

她張著嘴，呼吸都快要停止了，全身血液彷彿要凝固一般，瞳孔因為恐懼而不停收縮著。殺、殺人了……

昨日被追殺時天色已暗，而她一直四處躲避著，雖然也知道身邊倒下了不少人，血腥味久久不散，可卻從來沒有似如今這一刻般，眼睜睜地看著一個人被劃破喉嚨，瞬間斃命。

「婦人之仁！」褚良在死去的黑衣人身上拭去劍上的鮮血，瞥了臉色相當難看的程紹禟一眼，「噌」地一下，長劍入鞘。

程紹禟緊緊抿著薄唇，雙手不知不覺地攥緊。

「愣在那兒做什麼？還不過來幫忙處理屍體？難不成你打算讓這些死屍躺在路上？」見他只是站著一動也不動，褚良不悅地喝道。

程紹禟胸口急促起伏，好一會兒才讓自己平靜下來，剛一轉身便對上了臉色雪白的娘子，眸中閃過不忍，只仍是低著頭，與褚良二人快速地把現場的打鬥痕跡簡單清理掉。

馬車沒了，馬又受傷，還遭遇了一場埋伏，對是否還要繼續往龍灣鎮，褚良表示否定的意見。

程紹禟一言不發，彷彿沒有聽到褚良勸說趙贇的話。

「孤意已決，按原定計劃，繼續往龍灣鎮。放心，這一回他們只出動了區區五人，可見他們人手已經不足，暫時還沒有能力再進行下一場刺殺，走吧！」趙贇堅持道。

褚良無奈，唯有應下。

程紹禟恍若未聞，只輕撫著受傷的馬，無比耐心地替牠包紮傷口，然後再割去牠身上的轠繩，低低地道：「對不住，恐怕你我要在此分別了，你好生保重……」

凌玉輕咬著唇瓣，看著他滿臉的黯然，心裡突然一片茫然。他們……真的有命抵達京城嗎？

「走吧！不管怎樣，我必會護著你們周全！」程紹禟從她懷裡接過兒子，緊緊將她的手包入掌中，如同許諾般道。

「紹禟，你要記住，只有你活著，我們母子倆才有活下去的可能。所以，不要時時想著用自己的軀體來為我們擋去傷害。」凌玉反握著他的手，輕聲道。

「……我明白。」

良久，久到她以為他不會再回答時，終於聽到他低低的聲音。

趙贇淡淡地掃了他們夫妻一眼，放下衣袖，掩去受傷的左臂，不理會褚良欲伸過來扶他的手，率先邁開步子往鎮上方向走去。

褚良連忙跟上。

程紹禟抱著兒子、牽著娘子，跟在他們身後，一路沈默地到了鎮上。

他先帶著妻兒在路邊的麵攤上簡單地用了些早膳，看著吃得津津有味的兒子、狼吞虎嚥的娘子，眼眸幽深，心底隱憂漸濃。此番護送太子回京，不管有意還是無意，他日後想要脫身怕也是不那麼容易了。若是只得他一人，生生死死又有何懼？只是怕到頭來連累了妻兒。

「你怎地還不吃？早些吃完了，還得去租船呢！」見他只是怔怔地坐著並不起筷，凌玉連忙催促道，想了想，又低聲道：「事已至此，還是走一步算一步吧！只不管如何，都不能餓肚子。你不知道，餓肚子是這世間上最難以承受的。」

程紹禟怔了怔，隨即認認真真地點頭表示贊同。「妳說得極是。」

他「吸溜吸溜」地把自己那碗麵吃得乾乾淨淨，又把兒子吃不完的接過來吃掉，忽見對面桌邊的趙贇皺著眉，手上的筷子在那盛著麵條的海碗裡攪了攪，好一會兒才勉強地吃了幾口，便又放下了。

「性命都未知能否保得住了，還敢挑食？富貴人就是矯情。」

耳邊響著凌玉的嘟囔，程紹禟側過臉去，不贊同地望了她一眼。

凌玉這才發現自己不知不覺間將心裡話說出來，求饒般衝他笑笑。

程紹禟無奈地搖搖頭，壓低聲音道：「妳呀……」

「你說的住在鎮上的生死之交是不是小穆？」凌玉突然想起他方才所說的話，遂問道。

程紹禟點點頭。「自從鏢局沒了之後，小穆便到了龍灣鎮，如今正在鎮上的員外府中當長工。」

「小穆若是住在此處，找他幫忙租船倒是容易些，只是怕那一位未必會同意。」凌玉低聲道。

程紹禟自然知道她口中的「那一位」指的便是太子趙贇。「是我有失考慮。」

趙贇連讓人通知他那些追隨者尚且不允，更不必說一個素未謀面、不知底細的小穆，是他太過於想當然了。

他猜測，太子如此多疑，要不就是他本性如此，要不就是他此行被暗殺乃是遭人背叛。只不管是什麼原因，如今的太子恐怕除了生死追隨的褚良外，誰也不會相信。

或許，他勉強也能劃入太子「暫時可信」的範圍，畢竟太子手上帶有兩名人質呢！

一行幾人買了些路上用的乾糧，褚良又到藥鋪抓了藥，程紹禟則在麵攤老闆的指引下，與一對中年夫婦商量好租借他們的船。

等他們安安穩穩地坐上了船，凌玉才算是鬆了口氣。

待平安離開龍灣鎮，太子算不算是避過了「龍灣鎮」的死亡路？

小石頭還是頭一回坐船，興奮得在甲板上跑來跑去，完全不再是早前蔫頭耷腦的模樣。

「小孩子就是忘性大，只要吃飽了，什麼煩惱也就沒有了。」凌玉嘆了口氣，快走幾步將那撒歡的小傢伙抓住。

「小娘子可要把孩子看好了，馬上就要開船了。」中年船夫笑著叮囑。

凌玉笑著謝過他，抱著不依地掙扎著的兒子回到程紹禟身邊坐下。

程紹禟輕輕握著兒子的小胳膊，虎著臉道：「不許淘氣！」

小傢伙噘著嘴哼哼幾聲，倒也不敢再搗亂。

「咱們一夜未歸，家裡也不知急成什麼樣了，方才應該想辦法給他們帶個信的。」凌玉喃喃道。

程紹禟嘆氣，低聲道：「待到了雍州城再想辦法給家裡捎信吧，此地不宜久留。」程紹禟不著痕跡地掃了一眼正在包紮傷口的趙贇主僕，又低聲道：「方才我已經想法子拜託了小穆。」

凌玉一驚，臉上的喜色未及揚起便又迅速斂了下去，給了他一記讚許的眼神。

程紹禟將兒子抱在自己腿上坐好，任由小傢伙把玩著自己的手掌。

「好大呀！爹爹，我長大了也要和爹爹的手一樣大！」小傢伙把自己的小手放在爹爹的掌心，一大一小兩隻手掌對比明顯，不禁驚訝地叫出來，引得趙贇與褚良也不由自主地望過來。

程紹禟恍如未覺，輕笑著捏捏兒子的臉蛋。

凌玉笑道：「你若日後再不挑食，少吃些甜的，長大了必然也會如爹爹這般。若是再挑嘴，那可就不一定了。」

小傢伙苦惱地皺起小眉頭，好一會兒才以破釜沈舟般的勇氣大聲道：「好！以後不挑食，娘給什麼就吃什麼！」

程紹禟哈哈一笑，握著他肉乎乎的手臂道：「男子漢大丈夫，可是要說到做到。」

小傢伙豪氣地一拍胸膛，響亮地回答：「說到做到！」

凌玉笑看著他們父子，看著看著，心裡忽地咯噔一下，想到一個會讓她非常頭疼的問題——兒子這江湖豪客的動作學的誰？家裡已經有個讓她日夜擔憂的「忠義之士」，萬一日後再來個「小忠義之士」，豈不是得愁壞她？

趙贇瞧著他們一家三口的互動，片刻，冷笑一聲道：「這一家子不但膽大，心也寬。」

明明方才還是一副死氣沈沈、生無可戀的絕望模樣，一眨眼便又有說有笑了。

褚良的唇角不知不覺地帶著笑意。「殿下所言極是。」這樣之人不是更好嗎？
趙贇又是一聲冷哼，淡淡地瞥了他一眼。「你也該處理自己的傷了。」
「是！」褚良躬身行禮後，退到一旁處理自己的傷口。
「是不是很疼啊？我上回被娘打了屁股都很疼很疼的。」耳邊突然響起孩童軟糯清脆的聲音，褚良抬頭一望，對上了一張怕怕的擔心小臉。
「不疼。」他飛快地包紮好傷口，見那對夫妻已經不在船艙裡，連主子也到甲板上透氣，知道這小傢伙必是趁著爹娘不留意時跑來的。
「我能摸摸你的劍嗎？」小傢伙指著他身邊的長劍，滿目期盼地問。
褚良遲疑了一會兒，還是搖搖頭道：「不可以。」
「喔……」小石頭有些失望，但很快便又高興起來。「我爹爹、崔伯伯也有這麼長、這麼大的劍喔！崔伯伯說等我長大了，也送給我一把。」
看著眼前這張稚嫩的小臉，褚良的臉色不知不覺地柔和起來，忍不住啞聲問：「你叫什麼名字？今年多大了？」
「我叫小石頭，今年三歲啦！」小傢伙得意地伸出三根小手指。
褚良忍不住好笑，揉了揉他的腦袋瓜子。「小石頭是小名，你的大名呢？」
小石頭懵懵懂懂地望著他，大眼睛忽閃忽閃的。
「真是個笨蛋，竟連大名都不知道！」趙贇不知什麼時候走了進來，聽到他這話後哼了一聲，隨即坐下來，朝小傢伙招招手。「你過來。」

「我才不是笨蛋！」小石頭生氣地瞪他一眼，然後「咚咚咚」地跑出去。「爹爹、娘……」

趙贇還是頭一回被人這般頂撞無視，一時呆了呆，待看到小傢伙跑出去的身影，不敢相信地道：「他剛才是不是瞪孤了？簡直放肆！怎麼，這般跑出去是打算向父母告狀不成？」

褚良忍俊不禁，生怕他瞧見了更惱，連忙低下頭去掩飾。

趙贇生了一會兒悶氣，只覺得那虎落平陽的感覺更濃了。

凌玉與程紹禟帶著兒子走進來時，便發現太子的臉色越發難看了，只是也不放在心上，反正此人陰晴不定，他們多少也是清楚的。

趙贇見狀，臉色又難看了幾分，一張俊臉黑得幾乎可以滴出墨來。

褚良照舊低著頭作木柱狀。

天色漸漸暗下來，船也無驚無險地行駛了大半日，凌玉緊懸著的心慢慢地落回實處。

夜裡歇息的時候，程紹禟與褚良輪流守夜，褚良身上有傷，程紹禟便主動接了下半夜。

夫妻二人躺在床板上，聽著河水的嘩啦啦聲，明明已經很累、很睏了，可凌玉不知怎的就是睡不著。

「你這些年在外，可曾殺過人？」她忽地低聲問。

程紹禟搖搖頭。

「也是，殺人可不是什麼好玩之事。」凌玉喃喃道。

程紹禟知道她是想到了這兩日發生之事，其實他也一直想著。他苦澀地道：「實不相瞞，這兩日發生之事，讓我覺得什麼人命關天、什麼殺人者償命、什麼律法全成了笑話。」

凌玉沈默。人命如此輕賤，對如今身為公門執法者的他來說，著實難以接受。

可是，世道不就是如此嗎？天子犯法與庶民同罪，誰當真誰就輸了。

短短的兩日，已經有記不清多少條人命在她眼前沒了，可她甚至連同情都生不出來。因為她很清楚，在那等緊要關頭，不是你死就是我亡。

可她甚至不知道他們因何而死，又是為了什麼而如此奮不顧身？

她微微側頭望著身邊的男人，想到他的上輩子。

上輩子的他，是不是也如那些黑衣人一般，為了完成任務，不惜以命相搏？

她突然生出一股憂慮，下意識地抓緊他的手。「紹禟。」

「嗯？」

「把太子平安送回京城後，咱們便回家好不好？你繼續當你的捕頭，我也繼續和大春哥、素問他們開店。若是你不喜歡，日後我也會儘量減少花在留芳堂的心思，只顧著咱們的家，好不好？」

程紹禟轉過身來，眉頭微微擰著，深深地凝望著她，良久，低低地嘆了口氣。「好。待將太子平安地護送回京後，咱們便回家，我依舊當我的程捕頭，妳若喜歡，也可以繼續去做妳的生意。」

凌玉終於鬆了口氣，合著眼眸輕輕地靠著他的肩頭，喃喃又道：「娘說想再要個小孫女，可我覺得還是再要一個兒子，接著再生一個女兒比較好，這樣一來，女兒就有爹爹和兩位兄長護著，將來也不怕被人欺負，你說是不是？」
「女兒也好，兒子也罷，都是咱們的孩子，我一樣會疼愛他們。」程紹禟難得見到她這般脆弱，又似是相當不安的模樣，探出手去將她摟入懷中，輕輕拍著她的背脊。「睡吧，這兩日必是累壞了吧？」
「是啊，可把我累壞了……」凌玉低聲說著，睏意襲來，很快便睡了過去。
到了與褚良約好的換班時辰，程紹禟輕手輕腳地下床，細細地為母子倆掖了掖被角，而後推門而出，來到甲板上。
褚良盤膝而坐，聽到腳步聲回頭一看，見是他，握著劍柄的手鬆開來。
「褚統領，我來接班了，你回去睡吧！」
「不忙，這會兒我也睡不著，不介意的話便坐下來說會兒話如何？」
程紹禟並無不可，學著他的模樣盤膝坐到甲板上。
「妻子能幹賢慧，兒子聰明伶俐，程兄弟乃是有福之人。」許是月色柔和，褚良臉上的神情較之白日也添了幾分溫和。
「褚統領過獎了，山野小子淘氣不懂禮數，若是有什麼衝撞了殿下，還請統領看在他年紀尚幼的分上，在殿下跟前美言幾句，好歹寬恕於他。」
褚良擺擺手。「程兄弟多慮了，殿下不會與一個小孩子計較的。」
況且，這一路上有個活潑大膽的小傢伙在，倒也添了幾分趣味，讓人覺得這凶險的前路彷彿也不是那般可怕了。

程紹禟不知他的想法，只與他左一句、右一句地閒聊著，不管是對他們主僕此番遭遇，還是太子趙贇之事，均是隻字不提，完全沒有半分興趣。

褚良有意無意把話題往京城的繁華、太子府的權勢風光上引，卻發現每一回都被程紹禟不動聲色地岔開。他若有所思地望著他，想了想，恍若不經意地問：「待此番護送殿下平安回京後，程兄弟有何打算？」

「自然是歸家去。」程紹禟簡單地回答。

「憑你的身手，大可留在京城一展拳腳，必有一番前程。」

程紹禟微微一笑。「人各有志。」

「好一句人各有志。」褚良嘆息一聲，隨即別有所指地又道：「只是，程兄弟可知道還有一個詞，叫身不由己？」說完，他拍了拍程紹禟的肩膀，起身拂了拂衣裳，緩緩地進了船艙。

程紹禟緊緊皺著雙眉。身不由己嗎？人活一世，最怕的便是「身不由己」這四個字。因為，這四個字往往代表著無能為力。

在船上的第一個夜晚，便這般風平浪靜地過去了。

第十二章

「想不到這船娘還有這麼一手好廚藝！」接連吃了兩碗魚粥，趙贇才放下碗，拭了拭嘴角，難得地誇讚道。自從遭遇此番劫難而來，這還是他唯一覺得能下嚥的食物。

「公子若是喜歡，不如多吃幾碗，程家娘子煮了不少，夠大夥兒吃的。」見他不像早前那般食不下嚥，褚良暗暗鬆了口氣，將試毒的銀針收起，忙道。

「這粥是那個婦人煮的？」趙贇有些意外。

「是的，程娘子一大早便起來給大家準備早膳。」

趙贇似笑非笑。「看來孤是沾了他們父子的光了。」他可不認為那婦人會這般好心，親自下廚煮東西給他吃，必是心疼相公、兒子之故，想給他們做頓好吃的補補身子。

褚良裝作沒有聽到他這話，連忙又替他盛了一碗。不管那婦人是出於什麼原因下廚，反正有得吃不就得了？

確如趙贇所言，凌玉是因為心疼程紹禟父子才主動幫船娘做早膳，想著儘量給他們父子做頓好吃的，只可惜船上最多的只有魚，故而她乾脆煮了些魚粥，還細心地挑去魚骨頭，才盛到小碗裡餵小石頭吃。

趙贇進來的時候，看到的便是小傢伙吃得心滿意足，烏溜溜的眼睛彎成兩道新月的模樣，他微不可見地皺了皺眉。不過一碗再尋常不過的魚粥，也值得他高興成此等模樣？這山野人家的孩子果然容易滿足。

凌玉察覺他的到來，欠了欠身便當是見禮。

趙贇倒也不甚在意，挑了個臨窗的位置坐下。

凌玉耐心地餵兒子用了大半碗粥，叮囑他好生坐著，不許四處淘氣，這才收拾碗筷拿到後艙去洗。

「爹爹坐在這兒的。」

趙贇正透過窗子望向白茫茫一望無際的河面，想著自己此番的遭遇，眸色漸深，突地，孩童不高興的聲音打斷他的思緒。

他回頭一望，就見小石頭不知什麼時候跑到自己跟前，正鼓著腮幫子不高興地瞪著自己。他冷笑一聲，視若無睹地再次轉過頭望向窗外，耳朵卻豎起來，留意著小傢伙的話。

「爹爹坐這兒的！」小石頭見他不理自己，急得伸手去拉他。

手臂被軟軟嫩嫩的小手拉著時，他身體一僵，下意識地想要拂開，卻又不知為何止了動作，任由小石頭抱著他的臂想將他拉起來。

片刻，他陡然伸出手去，直接把小傢伙拎起來，扔到對面的長椅上。「你這小子好大的膽！竟敢趕孤走？孤就偏要坐在這兒，你能奈我何？」

小石頭眨巴眨巴烏溜溜的眼睛，小手指指著他，忽地脆聲道：「壞蛋！」

「你敢罵孤?!」趙贇像被針刺中一般，「嗖」地一下便彈起來，凶狠地瞪著他。

「壞蛋！」小鬼頭不知天高地厚，又衝著他響亮地嗅了一聲。

趙贇沒有想到他居然真的敢，還一罵便連罵兩遍，一時又恨又怒，恨不得將這以下犯上的刁民斬於劍下；可對著那張氣呼呼、肉嘟嘟、不及他巴掌大的稚嫩小臉時，長劍怎麼也無法拔出。只是，若讓自己就此放過他又覺得不甘，唯有凶神惡煞地繼續瞪他。

小石頭被他瞪得癟了癟嘴，忽地仰起腦袋「哇」的一聲哭出來。

趙贇被他哭得愣了愣，片刻，嘴角不雅地抽了抽，看著聽到哭聲後快步而來的程氏夫婦和褚良，以及發現艙內這一幕的他們陡然停下腳步，你望望我、我看看你，均是一副不敢相信的遲疑模樣，終於忍不住大怒。「褚良，把這以下犯上的刁民扔出去！」

褚良怔住了，好一會兒才明白過來，這刁民指的是正在嚎啕大哭的小石頭。

他雙唇微微翕動，好半晌才邁步過去，拎起「刁民」，把他扔進程紹禟懷裡。

落到爹爹懷抱那一刻，小石頭立即止住哭聲，仰著乾乾爽爽的臉蛋，甜甜地喚：「爹爹。」

程紹禟不知兒子做了什麼淘氣事惹惱了那個陰晴不定的太子，有心想要問個究竟，可又怕再次激怒他，唯有揉揉兒子的腦袋瓜，抱著兒子走出去。

凌玉狐疑地望了趙贇一眼，也跟在他們父子二人身後走出去。

「真真可惡，這一家子均是可惡至極！」趙贇自然也發現了小石頭方才是光打雷不下雨，只覺得自己竟被個三歲的小屁孩給騙了，惱怒非常，恨恨地扔下這麼一句。

「……」太子殿下，所以您現在是在與一個三歲小娃娃置氣嗎？

「待孤回京，必定要教訓他們一頓，好教他們知道，何為『君為臣綱』，以出一出心中這口惡氣！」趙贇深深地呼吸幾下，這才放著狠話。

褚良忽地覺得臉有點兒疼，昨夜他才跟程紹禟說「殿下不會與一個小孩子計較的」，可這一刻……

他清清嗓子，又見主子正恨恨地瞪著甲板上笑聲不絕的一家三口，忙轉移話題。「方才船夫說，明日怕是有風雨，船估計要在日落前靠岸暫避風雨。」

那面容憨厚的船夫說起此事時，還一副生怕他們不同意的模樣，直到他們應下來，才如釋重負地鬆了口氣。

趙贇回答道：「既如此，那自靠岸便是。」略頓了頓又問：「日落前可能尋到適合停靠的村鎮？」

「初步估計一下距離，想來應該沒有問題。」褚良略想了想才回答。

「如此便好。」

凌玉有些頭疼，她怎麼也沒有想到，兒子居然膽大包天去招惹那尊最大的煞神，一時恨不得把小傢伙拉過來打一頓屁股，偏偏程紹禟卻護著兒子，只道「童言無忌、大人有大量」云云，凌玉無奈。瞧那位太子爺方才氣狠的模樣，像是大人有大量嗎？

想了又想，終究是氣不過，她伸手在兒子的小臉蛋上捏了一把，壓低聲音教訓道：「老虎便是打盹，也依然是隻老虎，你不能以為他暫時瞧著可親近便不把他當回事。」

小傢伙癟了癟嘴，委委屈屈地道：「爹爹坐的位置，爹爹坐的！」

「是是是，什麼都是你爹爹的，你怎不說這船也是你爹爹的呢？」凌玉沒好氣地又捏了他一把。這霸道鬼，但凡爹爹用過的東西都是他的。

小傢伙乾脆一頭扎進爹爹懷裡。

程紹禟無奈地拍了拍他的小屁股，這才對凌玉道：「明日怕是會有大風雨，等會兒咱們到了最近的村鎮便要停下來歇息。」

「他們同意了嗎？」凌玉朝船艙位置努了努嘴。

「褚統領已經同意了，這會兒想來在徵求那位的意見。不過如無意外，應是會同意的，畢竟在大風雨中航行，危險性著實太大。」

很快地，他們便確切得到了褚良的答覆，船將在離此處最近的村鎮靠岸，待風雨過去後再度啟航。

程紹禟暗暗鬆了口氣。雖然在凌玉跟前，他說得那樣信心滿滿，其實還是擔心那位太子殿下急於回京而堅持冒雨而行，這萬一要是出了什麼問題，旁人倒也罷了，他的妻兒可經受不得這些。

得了主客的同意，中年船夫歡歡喜喜地離開了，不過一會兒工夫，凌玉便感覺船航行的速度加快不少。

「離這兒最近的村鎮大概要行多久？」凌玉捏著兒子的小手，隨口問兒子他爹。

「若按如今這速度，大概要差不多兩個時辰。放心吧，天黑前一定可以趕到的。」程紹禟回答。

凌玉點點頭，又忍不住嘆氣。「此番可真真是……」真真是什麼，她雖沒有說出口，可程紹禟也是明白的。

真真是一番無妄之災！

夫妻二人帶著兒子回船艙裡，迎面便對上趙贇的一張黑臉，程紹禟遲疑了一會兒，還是代兒子請罪。趙贇卻只是冷哼一聲，別過臉去，又再度看著窗外的茫茫河水，程紹禟也猜不出他這是什麼意思？

倒是小石頭噘著嘴直哼哼，凌玉又捏了他一把，小傢伙才安分下來。

半個時辰之後，天色越來越暗沈，不到片刻工夫，狂風驟起。

船艙裡的眾人根本坐不穩，凌玉甚至覺得整條船都像是快要被風颳跑一般。

「客官，風太大了，只怕這雨要提前來，咱們先找個地方靠岸吧？」船娘急急忙忙地走進來。

「靠岸靠岸，盡快靠岸！」程紹禟緊緊抱著兒子，也不等趙贇主僕開口便急急道。

那船娘得了話便快快步離開了。

一陣大風颳進來，吹得艙裡一陣「乒乒乓乓」的物品掉落響聲，窗簾迎風瘋狂翻滾，發出一陣撲刺刺的聲音。

船急劇地搖晃起來，晃得凌玉根本站立不穩，唯有一手緊緊抓著窗櫺，一手死死地抓著程紹禟。

程紹禟抱著如同八爪魚一般纏著自己的兒子，勉強穩住了身子。

趙贇和褚良的情況比他們卻是好上許多，因兩人是習武之人，又無須顧及他人，很快便穩住身子。

如同鬼哭狼嚎般的呼呼風聲吹響在耳邊，嚇得小石頭整個身子不斷往爹爹懷裡縮，四肢更是把程紹禟纏得更緊。

「褚良，你去幫忙，盡快把船靠岸。」趙贇忽地吩咐。

褚良遲疑了一下，並不怎麼放心他一人留在此處，趙贇不悅地瞅了他一眼，他才應下。

「是，屬下這便去。」

褚良步伐不穩地出去後，很快地，船勉強算是穩了些許，可不一會兒，又是一陣狂風大作，船更加劇烈搖晃起來。

「爹爹，我害怕！」小石頭終於哭叫起來。

程紹禟安慰地在他額上親了親，聲音卻是一如既往的沈穩。「別怕，爹爹在呢！」

小傢伙嗚咽著把他纏得更緊了些。

程紹禟本打算也去幫忙的，可這會兒被兒子這般一哭，不禁遲疑了。

凌玉看出他的猶豫，伸出手去想把小石頭接過來，可平日愛黏她的小傢伙卻不肯讓她抱，一個勁兒地往程紹禟懷裡縮。

「罷了，再看看情況吧！」程紹禟無奈。

不過片刻工夫，豆大般的雨點便砸下來，程紹禟再不猶豫，當機立斷把兒子塞進凌玉懷中，頭也不回地走出去，打算和褚良一起幫助船夫盡快停靠。

小傢伙被爹爹拋下，當即哇哇大哭起來。

凌玉抱著他安慰了幾句，小傢伙抽抽噎噎地開始向她控訴爹爹不好、爹爹不要他之類的話。凌玉耐著性子又是親、又是哄，可小傢伙頭一回這般被爹爹扔下，心裡可謂委屈極了，嚶嚶的哭聲怎麼也止不住。

「男子漢大丈夫，哭哭啼啼的成何體統！」

趙贇猛地喝斥，倒是把凌玉嚇了一跳。

小石頭的哭聲頓止，淚眼矇矓地望著他，下一刻，「哇」的一聲，哭得更響亮了。

「壞蛋！嗚……討厭壞蛋……」

趙贇額上的青筋頻頻跳動，臉色鐵青得可怕。

凌玉嚇得小心肝亂顫，只恨不得摀著兒子的嘴，生怕趙贇當真發作起來，連忙虎著臉。

「你再不聽話，娘親便要惱了！」

小傢伙一聽更加委屈了，只是到底還是怕娘親惱，抽抽搭搭起來，小胖手抹著眼淚。

兩廂一對比，趙贇的臉色又難看了幾分。

半個時辰不到，在眾人合力之下，船便在一個杳無人煙的破敗村子靠岸。

凌玉懷中的兒子被程紹禟接過去，兩人身上幾乎快要濕透了，此刻正在船家夫婦的引領下往村裡走去。

風呼呼地颳著，敲打著沿途破敗屋子的門窗，雨點砸在身上，凌玉忽地生出幾分寒意來。

「紹禟，此處是什麼村？為何竟會破敗至此？」戰亂未起，想來應不會如此才對啊！

程紹禟心中也是狐疑，瞥了一眼前方不遠的船家夫婦和趙贇主僕，心口緊了緊，有了幾分警覺。「莫怕，想來應該無事。」他安慰著。

雖然他這般說著，可凌玉心裡卻更加發毛了。

突然，前頭的四人停下腳步，凌玉正想問問怎麼回事，卻被程紹禟一把擁入懷中，她還來不及反應，便聽到前方先後兩聲重物倒地的聲音。

她愣了愣，抱著他的程紹禟已經鬆開她，將兒子交給她，快步走至趙贇跟前，憤怒地指責。「為何要殺他們?!難道在你們這些皇室貴族眼裡，尋常百姓的性命便如此輕賤如泥嗎?!」

凌玉大驚失色，望向地上，果然便看到方才還好好的船家夫婦倒在血泊中。

她用力把正好奇地探出脖子的兒子按回去，身體因為極度憤怒而不停顫抖。

片刻前還好好的兩條人命，瞬間便沒有了……

趙贇沈著臉。「你這是在指責孤？」

「上位者，更應該愛民如子，你如此輕忽人命，他朝如何為一國之君？如何使萬民臣服？」程紹禟氣得不停顫抖，右手按著劍柄，恨不得當場奮起，斬殺此日後暴君於劍下！

「程兄弟，若不是你識人不明，咱們如何會落到這般險境？你且仔細瞧瞧四周！」褚良忽地冷冷地道。

程紹禟一愣，下意識抬頭一看，竟見不知何時，周圍出現了十餘名手持兵器的黑衣人。凌玉的臉色也變了，抱著兒子飛快地躲到他身後。

「你再看看方才還在為他們抱屈的船家夫婦。」褚良冷漠的聲音再度響起來。

程紹禟低頭一看，看著地上那對夫婦被褚良挑下的臉皮下，卻是另外兩張完全陌生的臉。

他當即僵住了，全身血液彷彿也停止了流動。所以，這真的是他的錯？看著地上那兩具與早前完全不一樣容貌的屍體，凌玉也是大吃一驚。所以他們這一行人從一開始便落入對方的圈套嗎？難怪太子會這般輕易便「脫離」了上輩子他的葬身之地龍灣鎮。

事到如今，懊悔也好，痛恨也罷，都已是於事無補。程紹禟脫掉外袍兜頭覆著小石頭，以衣裳作背帶，動作飛快地將他綁在凌玉的背上，而後低低地道：「閉著眼睛不要怕，爹爹很快便帶你和娘親回家。」

小傢伙嚇得抽抽噎噎，可聽了爹爹這話，還是緊緊抱著凌玉的脖頸，帶著哭音回答。「好……」

「紹禟……」凌玉煞白著臉，看了一眼提著劍、已經朝他們衝過來的黑衣人。那邊的趙贇主僕已經發狠地迎上去，招招致命，毫不留情，真真切切是生死之戰。

程紹禟這邊也有兩名黑衣人揮舞著長劍朝他刺過來，他提著劍擋去刺向胸膛的一劍，拉著凌玉的手忽地一用力，在凌玉尖叫出聲前將她摟在懷中，「砰」地一下劈開偷襲的另一人，隨即手起劍落，一邊護著妻兒，一邊「乒乒乓乓」地擋開圍攻而來那兩名黑衣人的劍勢。

凌玉揹著兒子，時而被他推開，時而又被他拉回來，有幾回，敵人的長劍險些便要刺中她的心口，嚇得她幾乎想要暈死過去。

程紹禟接連出招，「噌噌噌」的十餘下逼退對方，而後當即拉著凌玉的手。「走！」

凌玉二話不說緊緊跟著他，一路往東邊山林方向狂奔。

兩名黑衣人提著劍，緊追其後。

那廂的趙贇艱難地打退一名黑衣人，左肩處卻中了對方一劍。他咬著牙關，戾氣頓現，迎著當中一名黑衣人刺過來的長劍而上，對方沒想到他竟然以血肉之軀迎上來，動作有少頃的停滯，趙贇眼明手快，揮著長劍用力往對方脖頸處一劃，那人哼了一聲便倒地而亡。

立即便又有另幾名黑衣人圍攻而來，趙贇又急又怒又恨，不要命般連連出招，身上又有兩處中招，可也成功地再次擊殺了對方兩人。

褚良的情況比他也好不到哪裡去，身上多次受傷，鮮血混著雨水從他額上流下來，衣裳上早已染了不少血跡。

「殿下小心！」他一劍刺死迎面殺來的一人，卻看到趙贇身後有黑衣人偷襲，頓時大驚，一邊大叫著，一邊奮力朝他那邊衝過去。

趙贇只聽到屬下的一聲大叫，還來不及反應，背後便又中了一劍。眼看著下一劍又要再度刺過來，千鈞一髮間，褚良提劍擋下來，卻不防又有人從他身後偷襲，他只來得及悶哼一聲，後背的衣裳便被對方的長劍劃破。

不過頃刻間，主僕二人身上已經傷痕累累、血跡斑斑。當他們看到遠處拉著妻兒邊戰邊逃的程紹禟時，臉色陡然大變，雙目簡直像是能噴出火來！

「叛徒！」褚良當初對程紹禟有多賞識，此刻就有多憤怒！若不是看到程紹禟與追殺他的黑衣人對打，褚良都要懷疑程紹禟是不是對方的同黨，才故意引著他們主僕上船，最終落到如今這般險境。

倒是趙贇似是已經習慣一般，隨手一抹臉上的血水，冷笑著劈開迎面而來的一劍，眸中殺氣四溢。若此回他能保得性命，必不會放過任何膽敢背叛他的人！

程紹禟畢竟不是主要目標，故而當他拉著凌玉母子逃離趙贇主僕時，那些黑衣人雖然有片刻的意外，但還是分出兩人追殺過去，其他人手則集中對付趙贇與褚良，誓要將他們刺殺當場。

凌玉到底是婦道人家，體力有限，何況身上還揹著一個小石頭，跑著跑著便已經體力不支，速度也漸漸慢下來，很快地，那兩名殺手便追上來，合力圍攻程紹禟。

程紹禟揮劍迎戰，一點一點地引著他們遠離凌玉母子，待覺得到了安全的距離，當即施展平生所學，招招致命，劍劍不留情。

那兩人本就不怎麼將他放在眼內，先存了輕敵之心，此刻見他劍勢凌厲，雖是以一敵二，可竟是漸漸占上風，當下不禁暗暗吃驚，暗悔不該大意輕敵。

二人本就武藝不如人，如今臨陣對敵又心生怯意，越發被打得只有招架之功，無還手之力。

個子稍高的一名殺手瞥了一眼躲在樹後正大口大口喘氣的凌玉，突然賣了個破綻，趁程紹禟反手殺向同伴時，足下輕點，提著劍朝凌玉母子疾馳而去！

「紹禟！」凌玉嚇得魂飛魄散，下意識想要轉身逃跑，可一想到背上的小石頭，轉身的腳步硬生生地停下來，尖聲叫著相公的名字。

「爹爹！」始終被衣裳蒙著腦袋的小石頭感受到娘親的恐懼，嚇得大聲哭起來。

眼看著長劍即將刺入胸口，程紹禟卻如離弦之箭一般，驟然出現在凌玉身前，硬生生地替她擋下這一劍，隨即手起劍落，只見鮮血四濺，那人便被他割破喉嚨，轟然倒在地上。

見同伴被殺，餘下那人臉色大變，自知不敵，猛然轉身便想要逃走，可程紹禟又哪會讓他逃脫？飛身上前，長劍直插對方後心，那人只來得及發出一聲悶哼，瞬間便也斃命。

「走！」程紹禟快速奔回凌玉身邊，飛快地解下她背上的兒子，一手抱著兒子，一手抓著她繼續往東逃去。

「你的傷、你的傷……」凌玉臉上已分不清是雨水還是淚水，無意識地跟著他的腳步，腦子裡卻始終浮現著方才他被長劍刺入胸膛那一幕。

可是程紹禟卻沒有理會，緊緊拉著她的手一路狂奔，雨越下越大，瞬間便掩去兩人奔跑的痕跡。

程紹禟一直帶著她們母子跑進山林裡，尋到一處隱蔽的山洞，將哭泣著的兒子塞回她懷中，而後飛快地搬來樹枝雜草，將洞口掩飾住。

「紹禟，你做什麼?!快停下來，你身上的傷……」凌玉哭叫著想讓他停下來處理傷口，可他卻恍若未聞，手上的動作反倒越來越快。

「爹爹！爹爹、爹爹……」小石頭被娘親緊緊抱著，掙扎著想要向爹爹撲去。

「小玉，聽我說，妳和兒子好好地待在此處，不論發生什麼事都不要出去，我會盡快回來找你們！」眼看著洞口的偽裝即將完成，他卻突然停下來，握著凌玉的肩膀沈聲叮囑。末了，又替兒子抹去眼淚，在哭得鼻子紅紅的小石頭臉上親了親，啞著嗓子道：「聽爹爹的話，好好保護娘親，爹爹很快便回來接你們……」

「你要去哪裡？你要扔下我們母子去哪裡?!」凌玉一把抓住他的手腕，哭著問。

「我不能棄他們主僕於不顧，若不是我識人不明，他們不會落入如今這般險境……」程紹禟的喉嚨似是被堵住般，雙眼通紅，深深地吸了口氣，用力扯開凌玉的手，一轉身衝出洞口，在他們母子的哭聲中飛快地把洞口偽裝好。聽著洞裡隱隱傳出的嗚咽聲，他眼中漸漸泛起水光。「等我回來……」他低低地道，而後一狠心，提劍轉身朝來時路飛奔而去。

凌玉將兒子按入懷中，用力摀著嘴不讓自己哭出聲。

「爹爹……嗚嗚……爹爹……」小石頭伏在娘親懷中嗚嗚地哭著。

洞外嘩啦啦的雨水聲，很快便掩去母子二人壓抑的哭聲。

程紹禟紅著眼，臉上盡是肅殺之氣，提氣運功一路疾馳，不過片刻工夫，便聽到前方一陣打鬥聲。

透過白茫茫的雨簾，程紹禟看到與血人無異的褚良，一手抱著已經毫無知覺的趙贇，一手揮舞長劍，迎向漸漸圍攻上來的殺手。可褚良本就已經受了重傷，如今又帶著一個生死未知的趙贇，對方更是人多勢眾，他又哪裡是對手？不過頃刻間，身上便又連中了幾劍，其中有兩劍是刺往趙贇的，卻被他硬生生以身軀給擋下了。

程紹禟心頭劇震，再不敢耽擱，凌空一躍，舉劍便朝那些殺手飛掠而去。

右手突然中了對方一劍，褚良手中的長劍再也握不穩，「噹」一聲掉落在地，後背隨即又被對方踢中，連同趙贇一起重重地摔倒在泥水中，再無還手之力。

他絕望地閉上眼睛，等待即將到來的奪命之劍。

忽地，「噹」的兵器交接聲，隨即有人用力把他從地上扯起來。

他陡然睜開眼睛，不敢相信地盯著彷彿從天而降的程紹禟。

「護著殿下！」程紹禟一劍刺向左側殺手的眉心，眼角餘光看到居然愣在當場的褚良，怒聲喝道。

褚良總算回過神來，立即撿起地上的長劍，咬牙把躺在地上、一動也不動的趙贇半扶半抱地弄起來。

程紹禟一個迴旋，踢開了刺往趙贇後心的殺手，再劈出一劍打掉右方殺手的兵器，不待對方反應，便又反手一劍刺向他的心口。

「快走！」他護著褚良，褚良半扶半抱著趙贇，兩人且戰且退，走過之處，也分不清是誰的鮮血，混著地上的雨水，紅得刺目。

一個殺手倒下了，又一個殺手倒下了，敵人越來越少，可程紹禟身上的傷也越來越多，而褚良在左臂再度中劍後，已經無力把趙贇扶穩了。

「程兄弟，你快走吧！不用管我們了！」眼看著餘下的殺手再度攻上來，褚良終於絕望了，望了一眼地上生死未卜的主子，再看看身中多劍仍奮力殺敵的程紹禟，大聲喊著。

「少廢話！起來！」程紹禟又刺死一名殺手，頭也不回地喝道。

「我不行了，程兄弟，我他娘的真的不行了！」褚良無力又絕望地吼著。

他已經連半分力氣都施展不來了，身上的傷口綳著、裂著，劇痛一陣又一陣，別說對敵，連站起來都困難了。

「能嚷能吼便還死不了！起來！難道你想讓殿下也陪著你一起死在這裡嗎？」程紹禟左肩中劍，可他卻是眉頭也不皺一下，順手揮劍朝刺中自己的殺手劈過去。

他這種不要命的打法，讓圍攻他的殺手都不禁膽寒。

能當得了殺手的，自然不是怕死之徒，可真的面臨生死的瞬間，卻非人人均能坦然處之。

褚良心頭一震。是啊，他死了不要緊，可若是連累主子葬身此地，豈不是百死莫贖？

一想到這兒，他用力一咬牙，也不知從哪裡生出的一股力氣，居然撿起地上的長劍，掙扎著站起來，與程紹禟一人一邊，護著地上不知生死的趙贇。只要能將敵人打殺，對自己身上受的傷絲毫不在意。

「噗」的一聲，對方的長劍插進褚良的胸口，他毫不留情地揮劍朝對方的脖子砍去，那人大驚，急忙欲拔劍抽身退開，可褚良的劍勢太快，下一瞬間，那人喉嚨便被劃破。

又是一個不怕死的……餘下的四名殺手臉色大變，彼此對望一眼，一咬牙，齊齊發力刺向地上的趙贇。反正這個才是他們的最終目標，只要確保殺了他便是完成任務。

程紹禟與褚良二人同時欺身上前，以身體擋著他們的劍勢，奮力揮劍迎戰，招式凶狠卻又顯得破綻百出，每一招都只求將對方打倒，卻是絲毫不顧自己的安危，完全是以命相搏的打法。不過一會兒工夫，對方竟被他們打得連連後退。

「先殺了他！」眼看著風雨漸漸停了，帶來的人死傷大半，可該殺的人卻依然活著，為首的黑衣人又急又怒，猛地用劍尖指著程紹禟，厲聲下令。

另三名殺手彼此對望一眼，隨即提劍，同時朝程紹禟刺去！

「程兄弟小心！」褚良有心欲上前相救，可那首領已經殺到身前，逼得他不得不迎戰。

程紹禟沈著臉，毫不畏懼地與那三名殺手纏鬥一起，只他縱是再勇猛，卻已經身受重傷，加上雙拳難敵四手，更何況還是以一敵三，因此很快便落了下風。

一口鮮血噴出來，隨即手上兵器便被對手打落，他面不改色，猛地朝離他最近的殺手撲過去，右手箍著對方的脖子用力一擰，只聽得一陣骨頭斷裂聲，那人脖子一軟，轟地一下便倒在地上，再也動彈不得。

另兩名殺手見狀大駭，竟連攻勢都停下來，程紹禟見機不可失，立即欺身上前，奪過當中一人的兵器，反手往另一人心口刺去，當場便將對方刺死。

剩下的那人慘白著臉，看著渾身鮮血、殺氣騰騰的他，不禁雙腿發軟，眼瞧著利劍又向自己刺來，居然猛地轉過身去——逃了！

程紹禟提劍正要去追，身後忽地傳來褚良一聲慘叫，立即果斷地轉身，揮劍就往那首領殺去。

那名首領一擊得手，正想當場將趙贇主僕擊殺在地，不承想被充滿殺氣的長劍擋住去勢，他登時大怒，立即拋下趙贇主僕，回身與程紹禟打起來。

「乒乒乓乓」的打鬥聲清晰地響在山間，兩人雖是武藝不俗，可打了這般久，早已慢慢開始脫力，再不復初時的氣勢；而程紹禟以一敵多，體力耗損更甚，不過幾十回合便又中了對方一劍。

他被打得連連退了好幾步，忽地眼前一花，隨即胸口又被踢中，鮮血從他嘴角滲出，他終於支撐不住，身體搖搖晃晃，咚地一下便倒在地上。

「程兄弟——」眼看著對方的長劍即將刺入程紹禟的心口，褚良心神俱裂，卻是無力上前相救，只能淒厲地叫著。

突然，一陣凌厲的破空聲響起，緊接著一枝利箭「嗖」的一聲從褚良身旁飛過，準確無比地插入那首領的後心。

看著那人轟然倒下，褚良呆呆地趴在地上，好一會兒，臉上才揚起驚喜的笑容。

「程大哥！」

程紹禟本以為自己這一回是必死無疑了，在長劍即將刺入心口那一刻，他的腦子裡閃過凌玉與兒子的面孔。這一回，他到底還是對他們母子食言了……

當那聲熟悉的「程大哥」在耳邊響起時，他整個人還有些反應不過來。「……小穆？」

小穆飛快跑到他身邊，把他扶起來，探探他的心脈，眼眶驀地一紅。「太好了，總算趕上了！」

「你怎會在此？」程紹禟扶著他穩住身子，問道。

「我發現了那對船家夫婦的屍體，知道你必是中了圈套，這才趕過來。」小穆攙扶著他，回答道。

程紹禟也沒有心思細問，掙扎著來到褚良身邊，緩緩地坐下去，咧著嘴喚道：「褚統領。」

「好小子，命可真大！」褚良哈哈一笑，劫後餘生的喜悅瀰漫心頭。

「程大哥，他傷得比較重，但是還有氣息，得趕緊救治才是。」小穆皺著眉道。

程紹禟又示意小穆去查看趙贇的情況。

「你身上可有帶著傷藥？」程紹禟忙問。

「帶著的！」

三人合力架著重傷昏迷的趙贇到了一處破屋裡，看著小穆開始替趙贇療傷，程紹禟簡單地收拾一下身上的傷口後，起身便要往外走。

「程兄弟，你去哪兒？」褚良察覺他的動作，不解地問。

「去接娘子和兒子。」程紹禟扔下話，頭也不回地走出去。

褚良愣了愣，片刻，長長地吁了口氣。

原來如此，當時他只是想把妻兒帶到安全的地方，而不是他以為的棄主逃走。

到底是有妻兒、有牽掛之人，不似他，孤家寡人一個，除了主子再無牽念。

卻說凌玉被程紹禟拋下後，緊緊抱著兒子默默流淚，小石頭在她懷裡哭了一陣便沈沈睡了過去。

她獨自一個人坐在洞裡，聽著外頭的風雨聲，想到不知所蹤的程紹禟，不知不覺間淚水再度流下來。

她知道他必是折返回去救趙贇主僕了，可殺手那麼多，上輩子的趙贇也逃不出生天，這輩子多了他一個助力，難不成便會有所改變嗎？

只怕到時不但人救不了，便連他自己的性命也要折進去。

眼淚啪嗒啪嗒地直往下掉，她胡亂抹了一把，想到上輩子他也是這般扔下他們母子，一時心中又怨、又惱、又恨。

他怎能如此？怎能再一回拋下她？若是他回來，她必定教他……

若是他回來，她又待如何？鼻子又是一酸，眼淚再度洶湧襲來。

若是他回來，她想，她大概是要撲進他懷裡，緊緊地抱著他，再不讓他拋下自己……

「混帳！說話不算話，明明答應過會回來接我們的……」

時間一點一點過去，不知從什麼時候開始，洞外的風雨聲漸小，可那個人始終沒有出現。

「爹爹……」

睡夢中的小石頭無意識地喚著，更教她心酸難忍。

「愛走便走吧！反正、反正這輩子我一定會帶著你兒子和你的全部家產改嫁，從此真真正正地過上幸福的生活……」她發狠地道，可淚水瞬間便又模糊她的視線。

「入我程家門，便為程家婦，妳還是死了這條心吧！」

耳邊忽地響起熟悉的聲音，她呼吸一窒，又驚又喜地抬頭望過去。

透過朦朧的視線，她看到那個人微微笑著，正朝她伸出手來。

「娘子，我來接妳和兒子了。」

她吸吸鼻子，把懷中的小石頭抱得再緊了些，帶著哭音道：「你還回來做什麼？由得我們母子自生自滅好了！」

程紹禟苦笑。「小玉，我受傷了……」話音剛落，轟地一下便倒在地上。

凌玉嚇得心跳幾乎停止，將揉著眼睛剛好醒來的兒子放到地上，朝程紹禟飛撲過去。

「紹禟！」

當她靠得近了，才發現這個男人身上全是傷，那一道道還在滲血的傷口刺痛了她的眼睛。僅是這麼一看，她就可以想像他到底經歷了怎樣的一場惡戰。

她吃力地扶著他靠在自己身上，一低頭，自己的雙手也沾了不少血跡。

小石頭迷迷糊糊地睜著眼睛，好一會兒才發現被娘親抱著的正是爹爹，立即邁著小短腿跑過來。「爹爹！」

凌玉顫著雙手想在身上尋找傷藥，錢袋、帕子、兒子的汗巾，一樣又一樣被她扔到地上，可卻沒能找到哪怕半點的傷藥。

「我怎麼就沒隨身帶著傷藥？我怎麼就沒隨身帶著傷藥……」她急得幾乎又要哭了，只自責不已，也顧不上跑過來的兒子。

小穆不放心受傷卻還堅持去尋妻兒的程紹禟，簡單地替趙贇包紮好，正要給褚良上藥，褚良卻搖搖頭。

「我自己來便好，你快去看看程兄弟，他身上的傷也不輕。」

小穆等的便是他這話，毫不猶豫地把身上的一部分傷藥給了他，才匆匆忙忙地追著程紹禟而去。

他遠遠地看著程紹禟進了一個隱蔽的山洞，連忙跟上去，哪想才走到洞口，便聽到裡面傳出女子帶著哭音的焦急自責聲，間或還有孩童叫著爹爹。

他心中一緊，加快腳步走進去，便看到了靠著凌玉、已經不省人事的程紹禟。

「嫂子！程大哥！」

凌玉聞聲望去，認出是小穆。「你快來！他受了很重的傷，身上全是血，我又沒有帶著藥……」

「嫂子不必擔心，藥我這裡有。」小穆一邊安慰著，一邊與凌玉二人合力將程紹禟抬到一處乾淨之地，開始檢查他身上的傷。

程紹禟的胸口、左肩、手臂、背脊、腿上，或是紅腫，或是流血，或是瘀青；有的是被劍所傷，有的是被重拳所擊，有的則是踢傷，真可謂是傷痕累累、觸目驚心。

凌玉用力一咬唇瓣，才讓自己不至於哭出聲來，只是視線漸漸變得模糊，她胡亂用衣袖抹去，緊緊抿著雙唇，小心翼翼地為程紹禟清理傷口。

便是小穆，替程紹禟上藥的雙手也有幾分顫抖。

小石頭也看到了爹爹身上的傷，小嘴癟了癟似是想哭，又似是想要撲過來，可最終卻是要哭不哭、委委屈屈地站著。

當二人合力把程紹禟及趙贇主僕這三個重傷患搬到他們來時的船上時，天邊已經掛上雨後彩虹。

凌玉又強忍著恐懼，和小穆一起把那些殺手的屍體一一掩埋，看著那些死狀各不相同的殺手，她挖坑的雙手都不停顫抖著。

她並非沒有見過死人，可卻從來沒有見過死狀如此恐怖的，尤其是當中一名殺手，脖子軟綿綿的，明顯就是活生生被人擰斷頸骨而死。這得有多可怕的力量，才能生生把人的脖子給擰斷啊！

小穆沈默地處理好最後一具屍體，又將他撐來的小船綁在載著程紹禟等人的大船後，忍不住回頭望望又陷入靜謐中的荒村，臉上憂色漸深。

凌玉白著臉回到船上時，看著兒子乖巧地坐在昏迷不醒的程紹禟身邊，小手偶爾伸出去輕輕地碰了碰那張帶著傷痕的臉，但像是怕弄疼爹爹一樣，只略碰了碰又飛快地縮回來。

「小石頭……」她啞聲喚著。

小傢伙聽到她的聲音，跑過來抱著她的腿，悶悶地喚道：「……娘。」

凌玉抱著他坐下來。

小石頭依偎著她，糯糯地問：「爹爹什麼時候才醒來陪小石頭呀？」

「爹爹很累了，讓他多睡一會兒好不好？」凌玉輕輕撫他帶著幾分涼意的臉蛋，柔聲道。

「好……」小傢伙乖巧地點頭。

他越是這般乖巧聽話，凌玉就越是心酸。想到這段日子他所經受的一次又一次驚嚇，她心裡又是難過、又是心疼、又是後悔。當日她便不該帶他出門的，若沒有帶上他，這會兒他必定還好好地在家中，不會似如今這般，跟著她擔驚受怕。

「小石頭怕嗎？」她低聲問。

小傢伙點點頭又搖搖頭，摟著她的脖子，軟軟地道：「有爹爹，有娘，我不怕。」

凌玉嘆息著抱了他一會兒，這才輕聲叮囑道：「娘去給爹爹、各位叔伯和小石頭做好吃的，小石頭乖乖留在這裡照顧爹爹，不要亂跑好不好？」

「好。」小石頭用力點點頭，脆聲應了下來。

他們如今乘坐的船，正是那對假船家夫婦的那艘。雖然經歷了一場暴風雨，船艙裡已是一片凌亂，但因為它的空間足夠寬敞，方便眾人養傷，故而凌玉與小穆還是決定仍舊使用這艘船。

來。

她也是聽小穆所言，真正的船家夫婦早就死在那些殺手手上。聽罷，她好半晌說不出話

若說那些殺手死有餘辜，可那對船家夫婦呢？他們又做錯了什麼？這些皇室貴族之間的爭鬥，卻讓無辜百姓來承擔後果，一如上輩子飽受戰亂的百姓，一如這輩子這對枉送性命的船家夫婦。

她下意識地望了望另一邊床上仍舊昏迷不醒的趙贇，這個上輩子此時早就應該死去的短命太子。

若是這輩子他能保住性命，成功登上皇位，又將會給百姓帶來什麼？

待船漸漸平穩下來後，小穆抽空去查看那三名傷患，又逗了小石頭一會兒，正從船艙裡走出來，便遇上了甲板上的凌玉，終於忍不住問出一直困擾他的問題。

「嫂子，那兩人到底是什麼人？你們為何會與他們一起？」當日程紹禟只匆匆地託人轉告他，讓他代為向家人報個平安，具體發生了什麼事也沒有說清楚，只說如今有要事在身，暫且不方便歸去云云。「還有，為何會有那般多殺手追殺你們？你們是不是得罪了什麼人？我瞧得出，那些殺手個個武功不凡，能一下子出動這麼多殺手，幕後之人絕非等閒之輩。」

凌玉沈默片刻，還是搖搖頭道：「這些問題，你還是待他們醒來之後再問吧！我只能跟你說，他們不是我們能招惹之人，萬事還是小心為妙。」

小穆狐疑地望著她，到底也沒有再追問。

程紹禟是第一個醒來的，一睜眼便發現自己躺在陌生的床上，只略動了動，便觸動身上的傷口，痛得他不由自主地皺緊了眉。他靜靜地躺著，待那股疼痛過去，微微側頭，便看到了正伏在他枕邊睏倦睡去的凌玉。那張他最熟悉的臉蛋，如今瞧來卻消瘦了不少，許是心中存了放不下之事，縱是睡著了，秀氣的雙眉也緊緊地蹙著。

彷彿心有所覺，下一刻，凌玉緩緩睜開眼眸，瞬間便對上了他帶著心疼的眼神。

「你醒了?!」凌玉又驚又喜，沒想到他居然比預期的還要早便醒來了。

也是這個時候，程紹禟才知道他竟然已經昏迷一日一夜，而他的情況還是好的，趙贇主僕二人至今未曾醒來。

「大夫說沒有性命之憂，只是因為傷得太重，一時半刻怕是醒不過來；不過也不必過於擔憂，他二人體格極好，又是習武之人，想來過不了多久便也會醒來。」凌玉見他不放心仍舊昏迷著的趙贇主僕，忙向他解釋道。

程紹禟沈默片刻，才嘆息著又問：「這是什麼地方？」

「此處是位於洛平鎮轄內的一處莊園，小穆特意租來這麼一間小院子方便你們養傷。」頓了頓，生怕他不高興，凌玉忙又道：「你們傷得著實太重，在船上多有不便，也是我的意思，想著好歹讓你們先養養傷再啟程。」

程紹禟凝望她良久，忽地握著她的手，啞聲道：「對不住，害妳擔心了。」

凌玉的鼻子冒起了酸意，想要讓他日後不要再如這回這般拋下他們母子，可話到了嘴邊卻又嚥下去，反握著他的手輕輕摩挲著自己的臉蛋。

那些話，說了又有何用？縱是此刻他真心實意地答應了，可真到了緊要關頭，難道他還真的能袖手旁觀、見死不救嗎？若真的如此，那便不是她認識的「忠義之士」了。

她嫁的就是這樣一個人，她應該早就知道才是。

約莫次日午時過後不久，趙贇與褚良也先後醒了過來。

身上是一陣又一陣的劇痛，可趙贇眸中卻閃著激動與狂喜。

他還活著！他沒有死！他還好好地活著！這個認知刺激著他，讓他根本絲毫不在乎身上的傷口帶來的痛楚。再沒什麼比活著更讓他歡喜的了！

「主子，您——」褚良見他神情有異，撐著受傷的身體擔心地喚道。

「孤無事，你不必擔心。」趙贇打斷他的話，隨即便看到一名陌生男子扶著傷重的程紹禟緩步而入。他立即警覺地想要去抓長劍，可卻抓了個空，他的床上並沒有那把從不離身的劍。「他是何人？為何會與你一起?!」他眸光銳利地盯著程紹禟，沈著臉厲聲喝問。

「主子，這位是——」一旁的褚良想要解釋，可話未說完便被他打斷了。

「孤沒有問你！」

早在他問起小穆時，程紹禟心裡便咯噔一下。

雖說此番多虧了小穆及時趕到，救了他們的性命，可小穆的出現，歸根究柢還是他瞞著趙贇主僕私底下與之聯絡的。縱然當時他的目的只是希望小穆代他向家人報個平安，免得他們牽腸掛肚、寢食難安，可在性情多疑的趙贇眼中，自己此番作為與背叛無異。

「殿下……」褚良有心想說幾句好話，可趙贇卻冷冷地掃了他一眼。

「孤沒有問你之前，你不許多話！」

褚良立即噤聲，嘆息著往程紹禟那邊望了望，給了他一記自求多福的眼神。

「他是草民的生死之交，姓穆名牧，此番遇刺，多虧他及時趕來相救，草民才得以挽回一條性命。」程紹禟平靜地回答。

「他如何會得知你有難？如何能夠及時趕來相救於你？你是何時與他取得聯繫？」趙贇寒著臉接連發問。

程紹禟沈默了片刻，還是如實道來。「當日在龍灣鎮，草民曾拜託他代為向家母報個平安，同時也好讓關心草民之人能稍稍放下心來。」

「你果然瞞著孤與他人聯絡，看來孤到底還是小瞧了你。」趙贇眸中凝著一團風暴，一張臉沈得可怕。

褚良終於還是沒忍住，開口求情。「殿下，程兄弟私自洩漏行蹤確實有罪，但念在他總算是救駕有功的分上，還請殿下寬恕於他。」

趙贇又是一聲冷笑。「孤記得清清楚楚，當日他可是拋下孤逃走在先，不管後來他是否折返回來救駕，其心均是可誅！」

「殿下！」褚良「撲通」一聲跪下來。

小穆早就在程紹禟自稱「草民」時便愣住了，整個人簡直如遭雷轟，再一聽趙贇左一句「孤如何」，右一句「孤怎樣」，便是再遲鈍，此刻也是明白了眼前人的身分。

他的腦子有片刻的空白，聽著屋裡那三人的對話，約莫知道程紹禟尋上他時，是瞞著眼前這位貴人的，如今看來，這位貴人是打算秋後算帳了。

小穆跪了下去，沈聲道：「草民敢以項上人頭擔保，絕對不曾向第二人洩漏過殿下的行蹤！當日草民是偶然發現了真正船家夫婦的屍體，心憂程大哥，故而才一路尋過來，機緣巧合之下才救了程大哥一命的。」

趙贇銳利的眼神投向他，微眯著雙眸，不放過他臉上的每一分神情。良久，又緩緩地望向跪在地上的另兩人——臉上帶著毫不掩飾的憂慮的褚良，以及神色坦然的程紹禟，最後終於緩緩地道：「起來吧。」

褚良鬆了口氣，知道他這是打算不追究了。

小穆遲疑了一下，也扶著程紹禟，跟著他站起來。

「你叫穆牧？何許人氏？現以何為生？家中可還有其他親人？」小穆剛站穩，趙贇便又接著問。

小穆定定神，一五一十地回答。說到唯一的親人穆老爹去年便已經過世，如今他孑然一身時，神情有幾分黯然。

趙贇面無表情地聽著，心裡卻是另有想法。

那日被圍攻，身上中了好幾劍，倒地的那一刻，他以為自己必死無疑，哪想到老天爺到底還是眷顧他的，仍是讓他撿回了一命。

他唯一信任之人，只有一路護著他、為他出生入死的褚良，那程紹禟雖未必可信，但因為他身邊帶著妻兒，算是帶著兩個最大的弱點，故而在某種程度上也是可以相信的。只如今不管是他自己，還是褚良與程紹禟，均已身受重傷，想要安然無恙地回到京城，怕不是一件容易之事。

這穆牧……在當前無人可用的情況下，或許能勉強收為所用。

程紹禟一直留意著他的神情，見狀暗地嘆息一聲，眼神複雜地瞅了瞅身邊對趙贇知無不言的小穆。

看來小穆也如他一般的命運，怕是不得不坐上太子這條船了。

他想，或許當日他不應該尋上小穆的，那樣的話，小穆便不會走到如今這般地步。

正這般想著，忽地聽見趙贇問話。

「程紹禟，聽穆牧所言，你竟是公門中人？」

「是，草民乃青河縣衙捕頭。」他怔了怔，如實回答。

「青河縣知縣是何人？」趙贇又問。

「郭騏郭大人。」

「郭騏……」趙贇忽地冷笑。「孤還道是何人，原來竟是他。」

程紹禟心中一突。聽這位主兒的語氣，難不成竟是認識郭大人的？莫非他與郭大人有舊怨？

可趙贇卻已經轉過身去不再理會他，他也不敢多問，行禮退了出去。

小穆自是跟在他身後離開。

「程大哥，裡面那位真的是太子殿下嗎？我真不敢相信，自己居然見到了當今的太子！」回屋的路上，小穆的語氣難掩激動。太子啊！那可是日後的皇上，不承想他竟有這般大的福分，能夠得見天顏。

「他確確實實是當今的太子殿下。」事到如今，程紹禟自然沒有必要再瞞他。

「竟是太子殿下，難怪當日他不肯如實相告。只是，到底是何許人，竟敢刺殺當朝太子？」小穆皺了皺眉，憂心忡忡地道。

程紹禟沈默。這也是他至今想不明白，卻又不敢去深想的。

「小穆，你可知經此一回，不管你是否願意，日後只能追隨太子殿下了嗎？」半晌，他還是忍不住提醒。

小穆搖搖頭，又嘆了口氣，這才堅定地道：「我如今孑然一身，到哪裡不是一樣？與其一輩子碌碌無為，倒不如跟在太子殿下身邊幹一番大事，如此才算是不辜負了這輩子。」

「你可想清楚了？從來機遇必是伴隨著危險，如今你也看到了，那些人連當朝太子都敢刺殺，可想而知這有多凶險。連太子他們都不放在眼內，更不必說咱們了。」程紹禟平靜地又道。

「機遇與危險並存，我自是知道。程大哥，我想過了，不管將來前程如何，至少此刻，我還是想要去嘗試的。其實若是此回沒有遇到你，我也是打算辭了員外府裡的差事，前去長洛城齊王府投奔宋大哥他們了。」小穆回答。

程紹禟又是一陣沈默，也不知過了多久，才嘆息一聲。

當日他就是不想與天家貴人再有接觸，這才沒有進齊王府去，倒不承想兜兜轉轉，他還是要與天家人打交道。若早知會有今日，當初倒不如便與兄弟們投奔齊王去，至少齊王於他有恩，而且又能再與往日的弟兄們一起共事。

第十三章

一行人暫且留在了小莊園裡養傷。

只是，不管是凌玉還是程紹禟，都沒有想過會在此處久留，畢竟趙贇晚一日回到京城，便會多一分危險。

果然，隔了小半個月，待勉強能方便行走後，趙贇便提出繼續趕路回京。

褚良勸了他一會兒，見他執意如此，也不好再多說，唯有收拾行李，與程紹禟等人又商議好新的路線，便再度啟程了。

「殿下為何不命他的心腹臣下前來護駕？」將眾人所用的傷藥都收拾好後，小穆還是沒忍住，低聲問。

程紹禟搖搖頭，少頃，不答反叮囑道：「以咱們的身分，只需聽從吩咐便好，莫要多問。」

「我明白了。」小穆瞬間明白他的意思。

是啊，那等天家貴人的想法打算，又哪是他們這些人可以了解明白的。

明明傷還不曾好便又要匆匆趕路，凌玉老大不樂意，在心裡暗暗罵著那個不知死活的太子爺。

程紹禟一看到她這副表情便知道她在想什麼，安慰道：「莫要擔心，此回咱們喬裝打扮，混入商船裡，想必問題不大。況且，小穆還是個陌生面孔，諸事由他出面總是穩當些。」

凌玉也知道太子既然打定主意要啟程，哪會輪得到她有意見？聽罷也唯有嘆了口氣。「只希望這一路上平平安安的，再不要出什麼差錯才好。」

「不會的。」程紹禟除了安慰她，也沒有辦法多說什麼，捏了捏依偎著自己的小石頭的手臂，柔聲問：「小石頭怕嗎？」

「不怕！」小石頭脆聲回答。

程紹禟微微一笑，見他回復了早前的活潑愛鬧，心裡不止一回感到慶幸。

這一回由小穆出面，找上了一條上京的商船，程紹禟扮作家道中落的富家子，帶著妻兒、家僕上京投親。凌玉與小石頭自然便是他的妻兒，趙贇、褚良與小穆則為家僕。

讓凌玉意外的是，趙贇對這樣的安排絲毫沒有異議，便是穿起了下人的衣裳，眉頭也不見眨一下，甚至還很自覺地收斂那滿身的鋒芒。她不得不感嘆，此人倒也稱得上能屈能伸，不至於到分不清場合仍擺著皇室貴族高人一等的嘴臉。

無端捲入這場凶險中，凌玉對他確實心存怨惱的，這會兒看著他成了自己的「僕從」，雖明知一切是假的，可她心裡卻還是或多或少有幾分解氣。

趙贇不動聲色地抬起眼簾掃了她一眼，暗地冷笑。

他就說這一家子尤其膽大，這婦人眼中的得意洋洋，以為他看不出來是吧？

也許是對方接連遭受重創心生了退意，也許是對方人手已然不足，又可能是此番他們隱藏得極好，一行人竟就這般平安順暢北上，離目的地京城越來越近。

「娘，咱們這是要到很大、很漂亮的地方了嗎？」小石頭伸長脖子想要去看碼頭上的熱鬧，卻被凌玉一把拉回來。

「可不能調皮，若是掉進水裡如何是好？」

凌玉緊緊握著他的小手，望著越來越接近的碼頭，心中一陣七上八下。

按計劃，他們要在此處下船，而後走陸路回京。可她卻不知道，接下來的行程是否還會如在船上這般安全？若再有個什麼，旁人倒也罷了，她只怕是再也承受不住。

「走吧。」程紹禟不知什麼時候走了過來，輕輕拉著她的手低聲道。

「嗯。」她斂下憂慮，看著他抱起兒子，率先踏上碼頭，而後朝她伸出手來。

她握著他的手也走上去，雙腳踏到實地的那一瞬間，她整個人還有幾分搖晃。

趙贇、褚良和小穆也跟在他們一家三口身後陸續下船。

「此處人來人往，不如先找個地方安置下來，再行……」程紹禟話未曾說完，忽見前方一陣整齊急促的腳步聲，隨即有數十名官差朝他們跑過來。

他立即與小穆一起，將凌玉等人護在身後。

趙贇神色不變，褚良雖是皺著眉，可亦不見驚慌。

那些官差越跑越近，卻在離他們數丈遠時停下腳步，僅是將他們幾人圍在當中，不過一會兒工夫，一名身著錦袍的中年男子即邁著大步迎上來，逕自走到趙贇跟前，單膝跪下。

「臣救駕來遲，請太子殿下降罪！」

「起吧。」趙贇的音調平平，讓人聽不出喜怒。

這是太子的心腹臣下趕來了？凌玉猜測著。有幫手便好，接下來的行程也能安心了，便是再有殺手至，有這麼多官差在，再怎麼也輪不到她的男人出頭了。

「那是鎮國將軍府的易將軍，有他在，咱們這一路也可以高枕無憂了。」待一切安置好後，褚良瞅了個空，前來尋程紹禟與小穆等人。

「如此甚好。」不管是程紹禟還是小穆，聽到他這話都鬆了口氣。

「這些是易將軍帶來的傷藥，都是宮裡的好東西，你趕緊用上，傷口也能痊癒得快些。」褚良將手上的傷藥遞給程紹禟。

小穆代為接過。

「好了，我也不打擾你們了，今晚早些歇息，明日一早就出發，待回到京城，必又會有一場風波。」褚良起身。

程紹禟與小穆將他送出門。

「程大哥，回到京城不就安全了嗎，為何還會有一場風波？」待褚良離開後，小穆不解地問。

程紹禟默言不語，良久，才沈聲道：「太子此番遇刺，幾度面臨生死，又豈會悶聲吃下這般大的虧？必然會秋後算帳，到時豈止是簡單的風雨？只怕會是一場腥風血雨。」

只可惜，他已是局中人，便是腥風血雨，也只能迎著風雨而上，再沒有退路！

不到兩個月，在鎮國將軍的護送下，趙贇在數度歷經生死後，終於平安抵達京城。

凌玉根本沒有機會看一眼京中的繁華，便被安置到太子府上一處比較僻靜的小院落裡。引路的僕婦一直旁敲側擊地想要打探她的來頭，畢竟這可是褚統領親自命人安排進府的，又是這等年輕婦人，還帶著一個孩子，怎麼看怎麼不同尋常。

凌玉哪裡知道旁人已經將她與褚良扯到一起，只因她自己一時也搞不清楚他們一家三口，在這富麗堂皇的府邸到底是個什麼樣的存在？故而對那僕婦的刺探也只能裝聾作啞。

哪想到如此一來，倒是越發讓那僕婦肯定了她和褚良間非比尋常的關係。

早就聽聞褚統領未曾婚娶，不承想原來已經在外頭置了人，連兒子都長得這般大了，這口風當真是瞞得緊啊！那僕婦暗暗咂舌。

一時間，關於褚統領已經納了人、生了兒子的流言，便小範圍地在下人當中傳開了。

也因為有著褚良這層關係，縱然有不少人對凌玉的來歷深感好奇，但也沒有人敢前來探個究竟，畢竟，誰也沒有那個膽子敢招惹黑面煞神褚大統領的人。

凌玉也沒有想到這輩子還有機會進太子府，而且瞧這安排，倒像是還准她在府裡住上一陣子，一時百感交集。

若是遲些日子還能歸家去，這段日子以來的經歷，足夠她當成談資扯上好些年了。好歹待她老得白髮蒼蒼時，還能驕傲地告訴別人，她這輩子到過京城、住過太子府、見過皇帝，還……讓皇帝給她充過「僕從」。

當然，這一切的前提是，那位太子爺能順利登基稱帝。

自到了京城後，程紹禟和小穆便被褚良叫去，也不知在忙些什麼，已經好些日不曾露過臉了。凌玉初時還提心吊膽的，但慢慢也就看開了。

既來之，則安之，反正都走到如今這地步，將來何去何從，還是見步行步吧！

想明白了這一層，她便心安理得地住下，偶爾還帶著兒子在小院周邊走走，也算是讓他見識見識這皇家宅院的氣派不凡。

這日，她用過午膳，把碗筷等物清洗乾淨後親自送回後廚，幫廚的下人也習慣了她的親力親為，見她眉眼溫和、臉上含笑、觀之可親，便也慢慢地和她說上幾句話。

一來二回，凌玉便與她們混得熟絡了，自然也得知了那個誤會，一時哭笑不得，再三解釋她與褚良毫無瓜葛，只是相公如今跟在褚大統領身邊辦事，他們母子暫被安置在此而已。

她說得真誠，眾人一想也覺得有道理，便也相信了她的說詞。

既然得知她並非大統領的家眷，眾人待她的態度也就隨意了。

「前頭宮裡的太醫來了一撥又一撥，皇上得知太子被刺殺，龍顏大怒，下旨徹查，如今京裡到處人心惶惶，今日這個府被抄家，明日那個府被流放。這一刻還是高高在上的官老爺，下一刻便成了階下囚，這京城啊，都亂了。」正在摘菜的老婦搖著頭道。

凌玉望了望在樹底下戳著螞蟻窩玩得不亦樂乎的小石頭，手上倒了乾淨的水，把她摘下的菜洗淨，聞言皺了皺眉。「竟是這般亂了？」

「妳初來乍到不清楚，別瞧著京城繁華，一亂起來啊，比窮鄉僻壤都好不到哪裡去。」

凌玉想了想，深以為然。太子吃了這麼大的虧，不可能不報復，這京城只怕還得亂上一陣子才是。就是不知這回險些要了他性命的，是眾皇子中的哪一個？魯王？齊王？還是韓王等其他皇子？

上輩子太子死後，緊接著便是韓王出事，彷彿當今皇上也是差不多這個時候病重，接下來便是齊王被冊立為太子，魯王不忿，起兵作亂，及至齊王平定叛亂，皇帝駕崩，齊王登基，天下太平。

她一個平頭百姓，所知的也只是此等人盡皆知之事，至於這當中是否有不實之處，又或是牽扯了什麼陰謀詭計，那便不得而知了。

程紹禟是半個月後回來的，回來的時候身上還帶著一股血腥的味道，小石頭嫌棄地捏著小鼻子不肯讓他靠近，他無奈地笑了笑，接過凌玉遞過來的乾淨衣裳前去沐浴。

待他徹底清洗過後再進屋裡時，便看到他娘子正摟著兒子在懷裡，低聲教著他唸《三字經》。

「洗好了？肚子可餓了？要不我到後廚給你弄點吃的？」凌玉放下兒子迎上去。

這段日子她已經和府裡那些廚娘混得很熟了，眾人見她勤快肯幹，嘴巴又甜，哄得人眉開眼笑；再加上一個活潑可愛的小石頭，母子二人簡直混得如魚得水。

「不必忙，我已經與褚大哥他們吃過了。」程紹禟接過朝他撲過來的兒子，搖搖頭道。

凌玉聞言也就止了腳步，在他身邊又坐下。「這些日子你都去哪兒了？小石頭都問了好些回。」

「殿下有差事分配下來。」程紹禟含含糊糊地回答，眼神有幾分黯然。

這短短一個多月，數不清有多少官員丟官入獄、抄家流放，往日那些高高在上、不可一世的官老爺，一夜之間便被折了滿身驕傲。

可他甚至不清楚這些人到底是不是真的罪有應得，是不是真的參與了刺殺太子一事？

在青河縣當捕頭時，不管是縣太爺郭騏，還是下面的捕快，抓捕犯人必是要有證有據；可如今到了京城，他卻只知道奉命行事，至於要抓之人是罪有應得還是含冤受屈，那便不是他應該考慮之事。這樣的落差著實太大，他一時難以接受。

有時候，他甚至懷疑，太子不過是利用被行刺一事，藉機打壓對手、排除異己而已。至於那些人是否參與了刺殺，那根本不在考慮的範圍。

君不見這邊有人丟官，那邊迅速便有人填補上來了嗎？速度如此快，可見一切都早已經準備好了，就等著位置被空出來。

朝堂之爭，著實變幻莫測，今日瞧著風光，不定明日便一無所有。

「對了，我讓人在西巷那邊租了座宅子，雖是不大，但足以安置咱們一家子，過幾日待我回了褚大哥便搬出去，妳意下如何？」程紹禟問。

「如此也好，此處畢竟不是久留之地。」凌玉哪有不應之理？太子府再氣派、再富貴，也不是她可以逗留的地方，倒不如早些搬出去過些自在日子為好。「你身上的傷如何了？快讓我瞧瞧。」想到他早前受的傷，凌玉便放心不下。

「已經好得差不多了，早前殿下便命太醫替我診治過，這些日子又一直用著太醫開的藥，殿下也不時有宮裡的靈藥賜下，早已經好得七七八八。」

凌玉還是不放心地解下他的衣裳查看，果然便見不少傷口都已經結痂。

「如此看來，殿下待你還是有幾分上心的。」又是吩咐太醫診治，又是賜下靈藥，以他那等身分、性情，算是難得的了。

程紹禟笑了笑，沒有接她這話。

今上雖然沈迷於修道煉丹，不理政事，可待太子這個長子卻還是好的，一見趙贇帶著滿身的傷回京，又聽了褚良訴說在路上幾度被刺殺的凶險，哪還能忍得住怒火？趙贇乘機又澆了把油，越發讓他火冒三丈，對褚良真假摻和的幕後指使名單深信不疑，立即下旨嚴辦。接二連三的官員被抄家流放的消息傳出後，朝臣人人自危，朝堂更是亂作一團。

趙贇著重打壓了魯王趙甫的勢力，伺機將自己的人安插上去頂替了魯王的人，待魯王反應過來時，他在朝中幾大重要位置上的棋子已被拔了十之五六，一時氣得臉色鐵青。

「廢物！全是一幫沒用的廢物！若是當日便將他刺殺在回京的路上，又何至於讓本王如今陷入如此被動的局面！」

「太子身邊有位武藝高強的——」跪在地上的暗衛話音未落，便被他重重地踢了一腳。

「廢物！如此說來，本王養你們有何用？這般多人竟連一個人都打不過！」趙甫只恨不得斬殺他於當場，只是最近折損的人手著實太多，唯有壓著怒氣。「那人是什麼來頭？為何會與趙贇走到一起？」良久，他稍稍平復怒氣，這才問道。

「屬下已經著人仔細打探過了，那人姓程名紹禟，乃是青河縣捕頭，好像是半途上被太子劫持，不得已與他們一起上路的。」

「青河縣？難不成是郭騏就任的那個青河縣？」趙甫皺著眉頭又問。

「正是！」

趙甫冷笑。「本王側妃的娘家兄弟，倒是替趙贇培養了一個好幫手。」

那人低著頭，再不敢多話。

雖然未能一舉致趙甫於死地，但能重創對方勢力，趙贇還算滿意，至於背叛他的那幾人，均被他處理掉了。

此時，太子妃正侍候他著衣。

望著眼前溫婉端莊的太子妃，他忽地想起那個目無君上的婦人，吩咐道：「明日派位教習嬤嬤到褚良處去。」

太子妃一時不解，但也沒有多問，溫順地應下。「是，妾身明日便安排好。」

「嗯。」趙贇這才覺得滿意。

那婦人著實無禮，待她被教習嬤嬤折磨掉一層皮的時候，方才知道自己當日言行無狀得有多離譜過分！

他大步到了書房，將臣下呈上來的密函仔細地翻閱一遍時，已經是一個時辰之後了。

「殿下，謝側妃與大公子求見。」剛呷了幾口茶，便有小太監進來回稟。

「讓他們進來吧！」想了想已有許久不曾見過他的長子，趙贇也有些想念，雖然只是庶子，但好歹也是目前他唯一的子嗣，多少也有幾分上心。

不過片刻，一名宮裝華服女子便牽著一名兩、三歲的孩童娉娉婷婷地走進來，盈盈行禮問安。

趙贇免了禮，望向怯怯地縮在謝側妃身後的長子，眉頭不由自主地擰了擰。

「你過來！」他不悅地沈下臉。

「父親叫你呢，快去呀！」哪想到孩子不但不過去，反倒更加往謝側妃身後縮去，急得謝側妃直接便把他扯出來，逕自往趙贇身邊推去。

「不要、不要！嗚哇……」孩子嚇得直接哭出來，一邊哭一邊鬧著要嬤嬤，死活不肯接近趙贇。

看著趙贇的臉色越來越難看，本還打算藉著孩子勾起往日恩寵的謝側妃又急又惱。

「你這孩子哭什麼呢！這是你父親，之前你不是一直鬧著要父親的嗎？」

「夠了，出去！」趙贇不耐煩了，直接趕人。

謝側妃臉色一僵，到底不敢惹他，唯有心不甘情不願地帶著孩子離開了。

趙贇揉了揉額角，被自己兒子這般一鬧，他的心裡著實堵得厲害。

「你，去召程磊過府。」他忽地吩咐一旁的小太監。

小太監呆了呆，想要問他誰是程磊，但又怕觸怒他，唯有應了下來，打算出去尋師父打探打探。

「咱們府裡新來的那位副統領便姓程，他有個兒子名喚程磊。」趙贇的貼身太監搖搖頭，提點徒弟。

凌玉得知太子要召見兒子時，臉色有些難看，望了望正眼巴巴地等著吃點心的小石頭，遲疑片刻，問：「公公可知殿下因何事要召見小兒？」

那小太監也沒有想到程磊居然是位三歲的小娃娃，整個人好半晌反應不過來，又聽凌玉這般問，本是不耐煩，但又顧忌程紹禟，不敢無禮。「殿下的心思，我等如何知曉？程夫人還是莫要耽擱了，趕緊替小公子收拾收拾，隨我去見殿下吧！」

凌玉無奈地替小石頭換上新做不久的衣裳，叮囑他到了太子府上要聽話、不可淘氣，末了還偷偷地給那太監塞了錠銀子。「小兒年幼，又是在鄉野長大，怕衝撞了貴人，還請公公諸事多多提點。」

那小太監臉色好看了幾分，笑道：「程夫人客氣了。」

說完，一把抱起小石頭便走了。

凌玉快步追出家門，看著兒子被塞進轎子裡抬走，這才憂心忡忡地關門回屋。

太子要見小石頭一個三歲的孩子做什麼？難道又想要藉此要挾他們一家不成？可如今她的相公都已是他名正言順的手下了，有什麼差事不能直接吩咐？

她坐立不安，焦急地等待著程紹禟的歸來，以便問個究竟。

趙贇傳了滿桌各式精緻誘人的點心，自己則坐在書案前翻閱卷宗，並沒有進食的意思，倒是讓侍候他的人滿頭霧水。

約莫一刻鐘過後，有太監進來稟報。「殿下，程磊到了。」

「讓他進來。」趙贇扔下卷宗，抬眸望向大門，便看到小石頭那小小的身影出現在眼前。

「還不向殿下行禮問安？」引著小傢伙進來的太監，見他只是睜著一雙烏溜溜的眼睛這裡看看、那裡望望，盡是一副好奇的模樣，卻是半點行禮的意思都沒有，不禁急得推了他一把。

小傢伙被他推得一屁股跌坐在地，張著小嘴，懵懵懂懂地望著他。

「大膽！你做什麼?!」趙贇怒聲喝斥。

那太監嚇得「撲通」一聲跪在地上。「殿、殿下恕罪……」

「滾出去！」

那太監哪敢逗留，連滾帶爬，飛快地離開了。

小石頭仍舊坐在地上，咬著手指頭，眨巴眨巴著眼睛。

趙贇瞪了他一會兒，冷笑道：「你娘竟還不曾教過你行禮此等基本的規矩？當真是個不可靠的婦人。你過來！」

小石頭歪著腦袋想了想，自己爬起來。「叔叔。」

「誰是你叔叔？你也不怕折壽。」趙贇又瞪他。

小傢伙被他瞪得不高興地噘起嘴。

趙贇忽地覺得心情好了幾分，靠著椅背，指了指那滿桌散發著誘人香味的點心。「想吃嗎？」

小石頭順著他所指的方向望過去，眼睛登時放光，用力點著小腦袋，無比清脆響亮地回答。「想！」

「你站在屋中間，大聲說三聲『我是笨蛋』，這些點心便全是你的了。」趙贇微微一笑。

「我不是笨蛋！」小傢伙不高興了，大聲反駁。

「連行禮都不會，不是笨蛋是什麼？」趙贇嗤笑。「說了，這些點心便是你的；若是不肯說，便站在這裡，一直站到肯說為止。」

「我不是笨蛋！」小石頭更大聲地道。

趙贇不再理他，再度打開案上的卷宗。

見他不理自己，又看看這個陌生的地方，小石頭有些委屈地癟了癟嘴，可是爹爹和娘親都不在，哭也沒有用。

趙殰瞧著似是將注意力都放在手中的卷宗上，實則一直留意著小傢伙的動靜，見他癟癟嘴似是想哭，但不知為何卻又沒有哭出來。片刻之後，他笨拙地爬下石階想要離開，哪知走出幾步便又被門外的侍衛給拎回來，一張小臉都快要皺到一處了。

趙殰以為這下總該哭了吧，不承想小傢伙只是吸了吸鼻子，委屈地揉了揉眼睛，居然還是沒有哭的意思，他有些不解了。這一路上逃亡，這小子真哭假哭信手拈來，他可是見識了不少，連他也著過這小子的道。

小石頭站了一會兒，雙腿開始打顫，乾脆一屁股坐到地上，睜著圓溜溜、黑白分明的眼睛瞪他，待察覺他似乎想要望過來了，便大聲道：「我不是笨蛋！」

趙殰忽地想笑，連忙忍住了，假裝沒有聽到他的話，繼續埋首卷宗。

好片刻沒有再聽到小傢伙的動靜，他皺眉望去，頓時氣不打一處來。

只見小傢伙不知什麼時候爬到了長榻上，正縮著小身子睡得香甜；也不知夢到什麼好吃的，偶爾還咂巴咂巴小嘴，一副回味無窮的模樣。

趙殰狠狠地瞪了他片刻，見他仍是無知無覺兀自睡去，忍不住伸指在那肉嘟嘟的臉蛋上戳了戳，存心想要把他戳醒。

不承想小石頭卻忽地揮舞著短臂，啪地一下拍掉趙殰作亂的手，繼續甜甜睡去，渾然不覺有人險些氣歪了鼻子。

「屬下程紹禟求見殿下！」

趙殰只恨不得把這可惡惱人的小子拎起來打一頓，忽地聽屋外傳來小子他爹的聲音，又是一聲冷笑。「進來吧！」他重又落坐，看到程紹禟邁著大步急急而入，冷冷地道：「怎麼，程護衛這是怕孤對你兒子不利？」

程紹禟一進來便看到長榻上好夢正酣的兒子，頓時鬆了口氣，又聽趙贇這帶惱的話，當即恭恭敬敬地道：「殿下言重了，犬兒年幼無知，性子跳脫，不知輕重，屬下是怕他衝撞了殿下。」

趙贇冷哼一聲。「把他帶走吧！孤瞧著便生氣！」

「是。」程紹禟應聲將兒子抱到懷中，又朝他行禮，這才退了出去。

「來人，把這些點心都扔出去！孤瞧著便討厭。」

走出一段距離，忽又聽見屋裡傳出趙贇的聲音，他不解地皺眉，腳步卻也不止，抱著兒子出府回家。

看到他把兒子平平安安地帶回來，凌玉總算鬆了口氣，連忙將小傢伙接過；聽說兒子只是在趙贇的書房內睡了一覺，頗為狐疑，對那個喜怒不定的太子爺越發捉摸不透了。

「殿下雖有手段，但也不至於會對一個三歲小兒不利，我瞧妳就是擔心得太過了。」程紹禟道。

「我這不是關心則亂嗎？好好的當朝太子爺突然要召見一個三歲孩子，誰能放得下心去？」凌玉有些委屈。

程紹禟其實也想不透趙贇好端端的要見自己的兒子做什麼？但是這段日子下來，他已經習慣了縱是心存不解也絕不輕易詢問。畢竟，如今他所處之地，不是個可以讓他事事求個清楚明白的地方。

有時候，知道得越多並不是什麼好事。

第二日，褚良帶著太子府的教習嬤嬤上門，說是太子妃指來教凌玉學習規矩的，程紹禟當即愕然。

凌玉也是丈二金剛，摸不著頭腦，她一個平民百姓，學那高門大戶的禮儀規矩做什麼？只是上頭既然指了人下來，也由不得他們拒絕。

翌日，當她渾身痠痛僵硬到對那教習嬤嬤退避三舍時，才總算明白了上頭的「險惡用心」。

當晚，她趴在床上讓程紹禟給她按捏痠痛的身體，哭喪著臉道：「你能不能尋個機會向太子殿下求求情，這什麼規矩禮節我便不學了吧！我一個市井婦人，學他們高門大戶那套規矩，豈不是要笑掉旁人大牙嗎？」

其實，那教習嬤嬤只是教了她一些關於遇到貴人時，必須有的禮儀及所需注意之事，所教授的都是與她的身分相符，並沒有扯高門大戶那些有的沒的，只是凌玉不習慣家中突然多了這麼一個外人，又不願無緣無故接受別人的好處，故而才故意說得嚴重些，只盼著程紹禟好歹能替她推了此事。

程紹禟也有點心疼她，只是又覺得多學些也沒什麼不好，畢竟如今不似在老家，京裡處處都是要講規矩的。

「妳可知道，京城多少大戶人家的夫人想請一位可靠的教習嬤嬤有多不容易？更不必說這還是出自太子府的教習嬤嬤，不知多少人家想請也請不去。況且，這是太子妃指來的，我跑去求太子算什麼事？」

「我與太子妃素未謀面，她如何會指人來教我規矩？必是太子的主意！他必是記恨回京途中我多番對他不敬，只是不好對我一個婦道人家出手，故而才想了這法子來折磨我。我懷疑昨日他把小石頭叫去，必也是懷著報復之意。此人真真忒小心眼，睚眥必報。」

「又胡說了是不？太子豈是妳所能置喙的？」程紹禟板著臉教訓道，卻又覺得自家這小娘子確實需要好生讓教習嬤嬤教教規矩才是。

凌玉也知道自己說錯了話，忙又換了個說詞。「這教習嬤嬤如此難得，卻被指來教導我，若是讓人知道了，還不定扯出些什麼難聽的話來呢！上回褚統領不過是命人在太子府裡安置咱們幾日，那裡頭的下人便把我傳成他了的外室。」

程紹禟皺眉。「竟有這樣的事？」

「這種事我還能騙你不成？所幸她們對褚統領頗為忌憚，倒不敢過於張揚，後來我好生解釋過，這才平息下來。」凌玉乘機又道。

程紹禟思忖片刻，安慰道：「此回妳倒不用在意，人既是太子妃指來的，她必然能做得妥妥當當，旁人最多不過是以為她想藉此向我賣個人情。」

如今在太子府裡，除了褚良，便是他最得太子看重，每日跟在太子身邊的時候也最多，確實有不少太子的姬妾打著賣他個好，從而在爭寵路上多個助力的主意。

「人家是高高在上的太子妃，未來的皇后娘娘，哪裡需要賣你人情？」凌玉嘀咕，又道：「我說你是榆木腦袋，倒還真沒說錯，難不成便只是旁人會亂想，太子妃便不會了嗎？要知道，旁人再怎樣猜測胡說，都不及她的懷疑來得嚴重。」

程紹禟雙眉皺得更緊，略一思忖便覺得這倒真的是個問題。雖說他們夫婦問心無愧，他也相信太子殿下沒有那些心思，可不知太子妃怎樣想啊！

「我明白了，明日當差時便瞅個機會向太子提提此事。」

凌玉總算鬆了口氣。「這才對嘛！我只要會向貴人行禮問安、不失禮惹禍便是了，其餘的學它做什麼？」

對太子妃指派教習嬤嬤去管教一個臣下之妻，太子那些姬妾確實各有想法，便是太子妃身邊的侍女，對主子的做法也是百思不解。

「那程紹禟再怎樣得力，到底也不過是府裡的下人，娘娘何必如此給他做臉？」

太子妃緩緩地道：「此人深受殿下器重，日後前程無可限量，我先賣他一個好，將來自會有我的好處。況且，妻賢夫禍少，他那位夫人知禮懂事些，於他而言是好事，家裡妥當了，他也能安心替殿下辦事。再者，陳嬤嬤懂得分寸，知道以她的身分更應該學什麼，不會浪費時間教她一些不等用的。」

「昨日殿下還召見了她的兒子，還吩咐後廚準備了滿桌點心，只是後來不知為何又讓人全倒了。娘娘，殿下對那孩子如此上心，又特意讓人教那婦人規矩，會不會……」侍女遲疑片刻，還是說起了心中顧慮。

太子妃怔了怔，隨即搖搖頭。「妳想太多了，那孩子我也曾遠遠見過一面，與程護衛長得如同一個模子印出來的，若說他們不是父子，說出去怕也沒人會相信。還有，這些話日後莫要再說了，可知流言蜚語對一個婦道人家的傷害有多大？若是因此讓他們夫妻生分了，倒成了我的罪過。」她接著又正色道。

「奴婢知錯！」侍女連忙認錯。

程紹禟雖然答應了她，可次日卻又被臨時指了差事，根本無暇向趙贇提及此事，且他一去便是數日，凌玉見不著他的面，自然也只能咬著牙關繼續跟那陳嬤嬤學規矩。

她自來便是個不肯輕易認輸之人，既然推脫不得一定要學，便也堅持要學到最好，一來二往的，本是對她存有幾分輕視的陳嬤嬤倒也暗暗點頭，算是認可她了。

再後來又見她居然識文斷字，頓時有些刮目相看。

凌玉自然能察覺她態度的轉變，但是也不在意，待她一如既往的客氣有禮，關懷備至，態度卻又是不卑不亢。

久而久之，陳嬤嬤待她便也添了幾分真心實意。她好歹活了這把年紀，真心與假意還是區分得開來的，同樣也知道真心換真心之理。

既存了交好之意，她的教導頓時又嚴格許多，倒讓凌玉暗暗叫苦，唯有繼續硬撐著堅持。

嚴師出高徒，她自己沒有發現，其實短短一個月不到的時間，她的儀態、規矩已經起了翻天覆地的變化，也讓陳嬤嬤心生得意。

「程護衛如今是太子殿下身邊的紅人，妳身為他的夫人，在外一言一行都影響著他，若是人前失禮，自己倒也罷了，不定還會連累夫君的前程。似如今這般倒也挺好，若是一直堅持下去，至少，我敢保證，沒有任何人能挑得出妳在禮節上的毛病。」看著她將近日所學從頭到尾演示一遍，陳嬤嬤甚是滿意，只還是板著臉教訓。

「是，多謝嬤嬤提點，凌玉必將銘記於心。」凌玉低眉順眼，態度是說不出的恭敬，讓陳嬤嬤更是受用。

看著活潑的小石頭蹦蹦跳跳地跑過來，陳嬤嬤又朝他招招手，讓他將昨日她教給他的行禮動作再做一遍。

小傢伙歪著腦袋想了想，很快便似模似樣地開始行禮。

「這孩子畢竟還小，只需要懂得基本的行禮動作，讓人說不出什麼便可，無須過於刻意周全，那樣反倒失了最可貴的稚子之心。」陳嬤嬤牽著小石頭的手在身邊坐下，這才對凌玉道。

凌玉怔住了，隨即肅然起敬。「嬤嬤所言甚是！」

她一直將與陳嬤嬤的相處視作不得以而為之，待她也只是盡著為人學生所應盡的照顧體貼，並不曾往心裡去，可如今聽著陳嬤嬤這番話，她才發現，不管對方最初懷著什麼樣的目的、何種心態而來，但確實是真心實意地教導她。

陳嬤嬤瞥了她一眼，又淡淡道：「妳若以為自己學這些不等用，那便大錯特錯了，所謂有備無患，多學些，對自己只有好處。況且程護衛跟在太子殿下身邊，更深得殿下器重，焉知將來你們程家不會水漲船高，到時候自然也成了如今妳口中的『高門大戶』？」

「嬤嬤說得極是，是我鼠目寸光了。」

凌玉其實並不在意程紹禟將來前程如何，唯一的希望便是無論何時他都能保住性命，至於富貴也好，權勢也罷，得之為幸，失之也是命，根本不必在意。

只要命保住了，便是一無所有返回原籍，大不了從頭再來，長著一雙手，難不成還能把自己餓死？

不過對陳嬤嬤的告誡，她還是虛心接受了。

凌玉在幾日後迎回了外出辦差的程紹禟，讓她意外的是，楊素問居然也與他一起。

一看到她，楊素問便撲過來，摟著她嗚嗚咽咽地訴說著別後的想念。

凌玉無奈地安慰幾句，引著她到了屋裡，看著她啜飲幾口茶水，這才問：「妳怎地上京來了？家裡的生意呢？」

她早前還思忖著能不能尋個機會回去一趟，畢竟日後怕是要長留京城了，而她出來得太急，家裡有好些東西沒有帶來，最重要的是她辛辛苦苦攢起來的那些錢，總不能就這般把它們扔在家中不要了吧？

還有她在縣城裡住的屋子，是縣太爺撥給程紹禟的，如今程紹禟不在縣衙當差，屋子自然要歸還回去，可屋裡的東西她也得整理出來才是。

「妳不在家，著實無聊，我一個人悶得慌，便決定出來找妳，沒想到在路上遇到了程姊夫，這便乾脆和他一起到京裡了。至於家裡的生意，如今可是用不著我操心了，妳大春哥後來又請了幾個人，人手早就不是什麼問題。」楊素問面不改色地回答。

凌玉狐疑地望著她，總覺得似是哪裡怪怪的。「妳就這般出來了，大春哥和蕭姊姊可知道？」

「當然知道，我的包袱還是屏姊姊替我收拾的呢！」

凌玉還是有許多地方感到疑惑，但一時之間卻又不知從何問起？加之見楊素問趕了這些日子的路，整個人瞧來都憔悴不少，頓時有些心疼。「我去燒些水讓妳洗洗風塵，妳先好生歇息，有什麼話改日咱們再說。」

次日一早，陳嬤嬤便完成她的任務，回府向太子妃覆命了，凌玉親自送她出門，再三謝過了她。陳嬤嬤拍拍她的手背，只朝她微微點點頭，正轉身上轎，卻看到楊素問好奇地探出來的身影，不禁止了腳步。

凌玉不解地順著她的視線望過去，見是楊素問，遂朝她招招手，示意她過來，拉著她的手介紹道：「嬤嬤，這位是我妹妹，名叫素問。」

陳嬤嬤上上下下地打量楊素問一番，眉頭一直擰著。「凌姑娘？」

「不不不，我姓楊，您叫我素問便可以了。」楊素問連連擺手。

「姓楊……確實應該姓楊，理應姓楊。」陳嬤嬤微微一笑，留下這意味深長的話後才上轎回府。

「她這話是什麼意思？為何應該姓楊，理應姓楊？」楊素問一頭霧水。

凌玉同樣是滿腹狐疑。

得知陳嬤嬤完成了任務，太子妃只是簡單地問了幾句凌玉學得如何之類的話，旁的倒也沒有多問，但陳嬤嬤還是仔細地回覆。

「那程凌氏性子有幾分倔強，但也並非那等不識抬舉之人，想來是秀才之女之故，還能識文斷字，言談亦不似尋常市井婦人般粗鄙無禮。」

「我明白了，辛苦嬤嬤。」太子妃自然明白她說這些話的用意，無非是告訴自己，那個程凌氏是個可以拉攏之人。

「還有一事。娘娘可還記得當年的宮中聖手楊伯川？」陳嬤嬤忽地問。

太子妃一聽，立即挺直了腰。「嬤嬤難不成知道那楊伯川的下落了？」

成婚這麼多年一直無子，太子妃心裡也是急得很，可宮裡的太醫瞧了不少，宮外的名醫也請來過，均不見效，自然便有人向她提到當年宮裡的聖手太醫楊伯川，尤為擅長診治婦人之疾，只是後來犯了錯被趕出宮，不知所蹤。

「今日我在程府見到一個年輕姑娘，年紀瞧著不過十七、八歲，可那模樣卻與楊太醫夫人年輕時甚為相似，偏巧她也姓楊。若沒猜錯，可能是楊伯川之女，只是還要著人去打探打探才是。」

「若真是楊太醫之女，可真真是眾裡尋她了！」太子妃又驚又喜。尋到了女兒，當爹的下落自然也有了。

「明日程凌氏進府謝恩，我提醒她帶上楊姑娘，娘娘到時自可以親自問問。」

太子妃哪有說不好之理。

卻說楊素問也知道了凌玉這段日子在家中苦學各種規矩，便連小石頭也似模似樣地跟著學，一時咂舌，摟著小石頭在懷裡道：「都說京城規矩大，倒還真是這麼一回事。不過……」她忽地笑得賊兮兮的。「不過姊姊此番被調教過，整個人看上去越發有『夫人』的氣派了。」

凌玉沒好氣地戳她。「就妳愛貧嘴！」

「貧嘴！」小石頭學舌，樂得凌玉好一陣笑。

楊素問輕輕掐著小傢伙兩頰的嫩肉，裝出一副凶巴巴的模樣。「小壞蛋，居然敢罵我！」

小石頭掙脫她，一頭扎進娘親的懷抱，咯咯笑個不停。

「家裡一切可好嗎？」笑鬧過後，凌玉便問。

「你們一家三口突然沒了音訊，郭大人和崔捕頭險些把整個青河縣都翻過來了。程伯母、凌伯母整日在家裡淌眼抹淚；碧姊姊急得要親自去找，好不容易才被勸住了。」

「後來崔捕頭找著了程姊夫騎走的那匹馬，聽說還發現了一些別的什麼線索，神神秘秘地向郭大人稟報，也不與咱們說。再後來便有位姓穆的仁兄派人前來傳話，說程姊夫臨時有急事要辦，也沒有時間把你們母子送回來，便一起帶著去了，讓大家不用擔心云云。」詳細的楊素問也不是很清楚，只大概地回答。「不過這會兒大家都聽說你們進了京，姊夫還得到太子賞識，如今在太子身邊辦事，大夥兒心裡都替你們高興。」

這是值得高興的事嗎？凌玉暗自苦笑。每回程紹禟外出辦差歸來，身上總是帶著一股洗不掉的血腥味，她便是什麼也不問，也能知道他當的這些差事有多大的風險。

他越是得太子賞識，職位越高，她便越是提心吊膽，沒個安穩覺。

上輩子他僅是齊王府的一名普通侍衛，後來都落得那樣的下場；這輩子他成了太子身邊得力的手下，將來的前途命運如何，她真的不敢想像。

可是這些她卻不能對任何人明言，畢竟在外人看來，這是許多人求之不得的恩典，他們若是有意見，那便是不識抬舉。

雷霆雨露均是君恩，不管那「恩」是不是你想要的，上頭賜下來了，也只能受下謝恩。

待用過午膳，楊素問拉著小石頭在外頭玩鬧了一會兒，回到屋裡卻見凌玉蹙著眉也不知在想什麼，望向自己的眼神更是有幾分古怪。

「妳這般瞧著我做什麼？」她狐疑地往自己身上看看，沒發現有什麼不妥當之處啊！

「明日我要到太子府謝恩。」凌玉緩緩地道。

「知道了，早前妳便說過了，妳放心去吧，小石頭我幫妳看著。」楊素問不甚在意地道。

「方才陳嬤嬤著人來，讓我明日把妳也帶上。」

「我也要去？」楊素問不敢相信地指著自己。「我去做什麼？我又不認識她們。」

凌玉思前想後，覺得問題應是出在陳嬤嬤臨走前的那句「應該姓楊，理應姓楊」，只是如今陳嬤嬤不在跟前，她縱是想問也問不了。

「罷了，既然府裡有話傳來，明日妳便與我一起去吧，剛好讓妳有機會見識見識太子的府邸。」

這般一想，楊素問也高興起來。「這倒也是，待日後回去，我還能向屏姊姊她們吹吹牛。」

次日醒來，姊妹倆梳妝打扮好，因不放心小石頭一個人在家，程紹禟便乾脆帶上他，只等凌玉見完太子妃後再把他帶回來。

將二人送到了二門，看著她們走進去，程紹禟才帶著兒子轉了個彎，往演武場方向而去。

小石頭屁顛屁顛地邁著一雙小短腿跟在爹爹身後，程紹禟偶爾回頭看看他，見他一如既往的活潑愛鬧，絲毫不受前段日子奔波追殺的影響，也算是徹底寬了心。

兒子膽大心寬，確實是最讓他慶幸之事了。

而凌玉與楊素問跟在引路的侍女身後，徑直往太子妃所在的正院走去。走過長長的迴廊，又踏上十字甬路，到了抱廈前便停下來，待那侍女進屋去通稟。

楊素問的興奮與新奇早在這一路的屏息斂氣、低頭走路中給消磨掉了，如今在此等候，不由自主地添了幾分緊張。凌玉輕輕地握著她的手，給了她一記鼓勵的眼神，她一下子便安心了。怕什麼呢！她又沒做什麼壞事，不過是前來見見世面，況且又不是她主動要來的。

「妳們要再等片刻，娘娘這會兒正在見客，怕是一時不得空，妳二人隨我到那邊等候吧！」不過一會兒工夫，有另一名陌生的侍女從屋裡走出來。

凌玉與楊素問便隨她到別處等候。

二人只略坐了小片刻的工夫，便有侍女來請，說是娘娘傳召。

凌玉拉著楊素問連忙起身，跟在那侍女身後出門，還未行至正屋前，忽見屋裡出來兩名錦衣華服的女子，走在前面的一位身著一襲粉色宮裝，緊跟著她後的那名則是一身未出嫁姑娘的打扮，正低著頭走下石階。

「不勞彩雲姑娘了，日後我這妹妹有什麼不盡之處，還請彩雲姑娘不吝提點提點才是。」宮裝女子止步，笑著對引路的侍女彩雲道。

她身後的那名華服姑娘也不得不停下了腳步，朝著那彩雲盈盈福了福。

「不敢當，姑娘請起。」彩雲連忙扶起她。

女子緩緩抬頭，唇邊含著得體的淺淺笑容，卻讓正好望過來的凌玉震驚得險些把眼珠子都瞪出來。

那女子不經意間抬眸，亦對上了凌玉的視線，瞳孔微縮，臉色都僵住了。

是她?!

是她?!

察覺凌玉突然停下來，楊素問順著她的視線望過去，險些失聲叫出來，可到底還是顧忌身處之地，連忙別過臉去，壓著「怦怦」亂跳的心房，跟在凌玉身後邁過了門檻。

那不是程姊夫他弟弟那位過世的娘子嗎，她怎會出現在太子府裡？還是說，這世間竟會有長得如此相似的兩個人？

金巧蓉袖裡的雙手緊緊地攥著，腦子裡只有一個念頭——她發現了，她發現了……

寧側妃側過頭來見她臉色發白，身體也在微微顫抖著，不禁蹙眉，同時也有幾分不屑。

到底是外室養的，上不得檯面，不過見個貴人便怕成這般模樣。不過如此也好，這樣軟弱無能之人也容易拿捏，將來不怕她能翻得出什麼風浪。

「如今既得了娘娘恩准，妳便留下來，至於將來的前程如何，便要靠妳自己了。我是個不中用的，只盼著妳好歹能爭些氣。」她很快便收回輕視之意，語重心長地道。

「姊姊的話我都記下了。」金巧蓉定定神，努力讓自己的語氣平和些。

「妳便暫且住這兒，有什麼需要的再與我說一聲。」

「多謝姊姊，姊姊慢走。」一直到寧側妃的身影再也看不到，金巧蓉才一下子癱坐在長榻上，顫著身不停地喃喃道：「怎麼辦……怎麼辦？她怎會也在太子府上？她不是應該在青河縣嗎？萬一、萬一她告訴了太子妃……不行不行，得趕緊找舅舅商量，不能讓她們壞了我的大事！可是、可是舅舅遠在千里之外的家中，遠水救不了近火呀……」她越想越慌，作夢也想不到，就差這麼臨門一腳便能過上她想要的生活了，可偏偏半路卻殺出個程咬金，死死地掐著她的命門。

「姑娘，東西放這兒可以嗎？」

忽地有侍女進來問，也讓她迅速回神。「放那兒就可以了。」

看著侍女將她帶來的東西放好後，她想了想，故作不經意地問：「方才在太子妃屋外見到的那兩位是什麼人啊？」

「我只知道當中有一位是程統領的娘子，另一位是誰便不大清楚了。」

「程、程統領？」金巧蓉的臉色都變了。「我、我怎從不曾聽說府裡有位姓程的統領？」

「喔，姑娘不知道也不奇怪，這程統領是新來的，如今是太子殿下身邊的紅人，否則太子妃娘娘又何必透過他的娘子拉攏他呢？」那侍女也是出自寧家，故而並沒有瞞她。

「竟是這般厲害？卻不知這程統領是何方人氏？」

「這我倒不清楚了，只聽說他原來是哪個縣裡的捕頭，上回護駕有功，太子殿下便把他留在府裡任副統領，與原來的褚統領一般，都是深受殿下信任的。」

金巧蓉心跳得更厲害了，臉色也不知不覺地又白了幾分。

事到如今，她終於可以確定，那位深得太子器重的程統領，的的確確就是程紹禟。她再怎麼也想不到，程紹禟居然會有這般際遇，竟能一躍成為太子府裡的統領。

再聽侍女的口氣，竟是連太子妃都要想方設法拉攏他嗎？

萬一他們將自己的事告訴了太子……她不由得打了個寒顫。

不行不行，一定要想法子阻止他們，不能讓他們壞了自己的前程！

第十四章

凌玉心裡也是久久不能平復，她同樣沒有想到今生竟然還有再遇上金巧蓉的機會，而且，還是在這麼一個讓人意外不已的地方。

跟著侍女進屋拜見了太子妃，聽著上首傳來女子溫柔動聽的賜座聲，她連忙又曲膝行禮謝過，這才落坐。

自她進來後，太子妃便一直留意著她的一舉一動，見她短短一個多月時間，儀態、禮節已是似模似樣，讓人挑不出半點錯處，不禁暗暗點頭。「看來陳嬤嬤還是用了心去教的。」

凌玉忙起身回話。「嬤嬤花了不少心思耐心教導，是妾身愚鈍，領悟有限。」

「不必拘束，只當在家中一般便可。」太子妃含笑示意她坐下。

凌玉福身謝過，再度落坐。

太子妃又問了一些她往日在家中所做之事，還問起了小石頭；聽她說著小石頭調皮搗蛋的種種事跡，臉上的笑意始終沒有消失過。

「程娘子是個有福之人，有子如此，此生也就無憾了。」她嘆息一聲道。

凌玉怔了怔，一時竟不知該如何接她這話？畢竟她也是知道太子妃自成婚至今一直不曾有過身孕。她斟酌著正想說幾句勸慰之話，太子妃便已將視線投向了一直安安靜靜地坐在一旁的楊素問身上。

「姑娘姓楊，不知令尊名諱是？」

「先父楊伯川。」楊素問沒有想到她會問到自己，一時有些慌亂，下意識便回答。

先父？太子妃心中一突。「令尊已經不在人世了？」那豈不是她最後一個希望也沒有了？

「是、是的，先父已然過世多年。」楊素問緊張地揪著袖口，飛快地抬眸望望上首衣著華貴，卻又瞧著溫婉可親的女子。

這便是當朝太子妃？長得可真是標緻，只是瞧著氣色不是很好，臉上雖是敷了粉，可楊素問還是瞧得出有些斑點的痕跡，就是不知道她平日用的是什麼香膏？若是持續塗抹玉容膏，不出半個月便能得到極大的改善。她正在心裡暗暗琢磨著，忽地聽太子妃狐疑地問——

「什麼膏？」

「玉容膏！」她嘴快地回答，話音剛落，便對上了凌玉無奈至極的表情，這才明白自己方才應該是不知不覺說出了心裡話，頓時有些心虛地低下頭。

太子妃看看她這副想挖個地洞把自己埋起來的模樣，又瞧瞧凌玉那恨不得與她劃清界線當作不認識她的神情，終於沒忍住笑出聲來。

「這玉容膏是個什麼東西，怎地聽起來這般耳熟？它果真有此等奇效？」太子妃也清楚自己近來氣色不大好，但仍會儘量以最得體、最無可挑剔的妝容示人，似如今這般被人當面指出氣色不好，還真是破天荒頭一回。

「娘娘忘了？前些日大夫人不是送了一盒過來，說是用著不錯？這會兒東西還躺在妝匣子裡頭呢！」侍女彩雲笑著提醒。

「妳這樣一說，我倒是想起來了。既然大嫂與楊姑娘都說不錯，可見確實是個好東西。」雖然失望於楊伯川早已過世，但太子妃很快便將滿腹的沮喪斂下去，含笑道。

見她不但絲毫不怪罪自己的失禮，而且還仍是溫和可親的模樣，楊素問精神一振，頓時便又來勁了。「娘娘，我可不會騙人。雖說玉容膏能改善您肌膚上的問題，但關鍵還要娘娘自己多歇息，把身子調養好。內裡調養好了，自然也就容光煥發，便是不塗脂抹粉，也能光彩照人，讓人移不開眼睛。」

凌玉阻之不及，無奈地撫額，在她興致勃勃地起身想要湊到太子妃跟前時，一把抓住她，硬是把她扯回來，壓低聲音道：「瘋丫頭，妳就消停吧！」

楊素問臉色一僵，心虛地瞥了她一眼，老老實實地坐回去，吶吶地不敢再多話。

凌玉硬著頭皮告罪，卻見太子妃突然發出一陣清脆悅耳的笑聲，她呆了呆，頓時有幾分不知所措。

太子妃笑了好一會兒，才用帕子輕輕拭去眼角笑出來的淚花，又輕輕理了理妝容，這才難掩笑容地道：「楊姑娘所言極是，真不愧是聖手太醫楊伯川之女。」

「聖手太醫？」楊素問正為她的不怪罪鬆了口氣，又聽她這話，不解地皺起了眉。

「令尊生前竟不曾與姑娘說過嗎？他原是宮裡的太醫，素有聖手太醫之稱，母后在世時，身子素日皆由他親自調理。」太子妃也有幾分意外，不承想那楊伯川竟將他的過往瞞得緊緊的，連親生女兒也不曾提過。

楊素問撓撓耳根。「我爹他原來還當過太醫啊？這還真不曾聽他提過。照理這般光鮮、這般了不起的過往，他應該會常得意洋洋地掛在嘴邊才是。」

太子妃見她性子如此有趣，又引著她說了一會兒的話，這才讓她們離開。

「妳這瘋丫頭，真真是人來瘋！虧得娘娘性情寬厚不怪罪，否則我瞧妳能得什麼好！」離開正院的路上，凌玉再也忍不住，偷偷瞪了楊素問一眼。

楊素問討好地抱著她的胳膊搖了搖。「好姊姊，日後再不敢了。」

「嫂子、楊姑娘！」

兩人正穿過一道圓拱門，迎面便看到小穆笑著走過來招呼道。

「是小穆啊，好些日子不見了。」看到熟人，凌玉也不禁放鬆了幾分。

「妳回去覆命吧！我待會兒親自把她二人送回去便是。」小穆吩咐引路的那名侍女。

那侍女頷首應下，朝他福了福身便離開了。

「嫂子這是去接小石頭嗎？他這會兒正與程大哥在演武場。嫂子在此稍等片刻，我讓人去通知程大哥。」

「那便麻煩你了。」

「不麻煩。」小穆叫住了不遠處的侍衛，吩咐對方幾聲。陪著凌玉說了會兒話後，又有侍衛走過來，在他身邊一陣耳語。

「你有事便去忙吧，我們在此等候便可以了。」凌玉見他皺著眉似有為難事，連忙道。

小穆雖有心留下來看顧她們，但差事也不能耽擱，唯有抱歉地道：「那我便先走了。嫂子放心，此處離演武場不遠，程大哥想必已經在來的路上了。」

「知道了，你快去忙你的吧！」凌玉催促。

小穆這才離開了。

「進了太子府果真不一樣，我瞧著他整個人都威風了、也氣派了。」楊素問望著小穆遠去的背影，忽地一聲長嘆。

凌玉只笑了笑，並沒有接她這話。外頭瞧著是威風了、氣派了，可誰又知道他們背後要面對多少凶險之事。

「大嫂……」

有熟悉的年輕女子聲音驀地在二人身後響起，凌玉回身一看，便見金巧蓉不知什麼時候出現在眼前。

「果真是妳！我就知道這世間上不可能會有長得如此相像之人！」楊素問指著她道。

凌玉輕輕握了握她的手，示意她不要多話。

楊素問雖然有許多話想問，但還是噤了下去，老老實實地站在凌玉的身邊，看著她淡淡地跟對方說話。

「妳我早已毫無瓜葛，這聲大嫂還是免了吧，我猜姑娘也不會想要讓人知道咱們過去的關係才是。」

金巧蓉眼神複雜地望著她，若不是這張臉依然是那張她熟悉的臉，她是怎麼也無法相信，眼前這位氣度、舉止絲毫不遜於自己的女子，會是程家村那位滿身銅臭的婦人。

不過對方打開天窗說亮話，她也不必再遮遮掩掩，況且此處她也不便久留，萬一讓人發現，到時只怕會有些麻煩，至少她嫡姊那關不會那般輕易能過得去。

「既如此，我也希望妳能記得自己的話，妳我毫無瓜葛，過去種種便徹底埋葬，不該說的話，還是死死地把它爛在肚子裡才是。」

凌玉自然知道她的來意，聞言也只是一聲冷笑。「妳放心，若真要論起來，我比妳更不願與妳扯上干係！」

金巧蓉的臉色有些難看，還想要說些什麼話，遠遠便看到自己好不容易撇開的侍女正朝這邊走來，她再不敢久留，飛快地往另一邊走了。

「所以，她來的目的就是要警告妳，不要對人說出她的過往？」待她走得再看不到身影後，楊素問才皺著眉問。

「想來應是如此沒錯了。妳也要記得，紹安的娘子金氏早就已經死了，眼前這位與咱們毫不相干，在此之前，我們並沒有見過面。」凌玉不放心地叮囑她。

「姊姊放心，我知道分寸。」楊素問也不是蠢人，只略想想便知事關重大，又豈敢掉以輕心？

兩人正說著，程紹禟便牽著小石頭來了。

凌玉看到兒子興奮得紅撲撲的臉蛋，一邊替他拭了拭汗，一邊問：「你帶著他去做什麼了？怎地弄得一身汗？」

「帶他到演武場跑了幾圈。方才那是……」程紹禟隨口回答，視線卻投向了金巧蓉消失的方向，濃眉不知不覺地皺起來。難不成是他眼花了？居然看到了那金氏。

凌玉自然知道他問的是何人，只是不便在此處與他多說，遂抱起兒子低聲道：「有什麼話回去再細說。」

程紹禟心中一突，突然意識到自己方才可能並非眼花，臉色頓時便添了幾分凝重，微微點點頭。

夜裡程紹禟當值歸來，看到屋裡的凌玉披著外袍，心不在焉地疊著衣裳，倒似在等著自己一般。

「我今日在太子妃處見著金巧蓉了。你說她怎會在此處？她不是回歸本家當她的富貴人家小姐了嗎？」一見他回來，凌玉便迫不及待地問。

程紹禟日間自看到金巧蓉的身影時，便已經私底下打探了一番，聽到她這話便道：「她現時的身分是寧側妃的庶妹，自幼寄養於庵堂的寧家三姑娘，如今寧側妃接她過府小住。」

「寧側妃的妹妹？接過來小住？」凌玉有些意外，只是又覺得似是有哪裡不對勁。

程紹禟頓了頓，緩緩又道：「說是小住，其實大家都心知肚明，不過是要進府侍候太子的。寧側妃自當年小產過後，一直再難有孕，不管是她本人還是寧府，只怕心裡都急了。這位寧三姑娘，想必是寧府送來代姊固寵，並為寧府生下有皇家血脈的外孫。」

凌玉的臉色都變了。所以，金巧蓉這是要給太子當妾……不對，說妾還抬舉了，太子的妾好歹還是正兒八經抬進府裡，在宮裡也是過了明路的，似金巧蓉這般，以側妃妹妹的身分過來小住，縱是一時入了太子的眼，只怕也不過是個上不得檯面的侍妾。

「可是她畢竟嫁過人，已非完璧之身，寧府又怎會把她送了來？這萬一事敗，豈不是自找麻煩？」凌玉還是想不明白。

「唯一的可能便是，她與她那位蘇家舅舅隱瞞了此事，寧家人並不知道她已經嫁過人。我猜測著，大概自她親娘蘇夫人過世後，蘇家與寧家關係漸遠，而沒了與寧府的這層關係，蘇家近些年的日子不好過，這才急於尋回外甥女，打算藉著外甥女的關係，重新與寧府走動起來。剛好寧府又沒有適齡姑娘可以助寧側妃一臂之力，正是瞌睡就有人送枕頭之時，故而很順利地接納了她。」程紹禟將他的猜測一一道來。

凌玉思忖片刻，深覺有理。

「只是，畢竟她曾經與咱們家……若是讓太子知道了……她這樣著實冒險。」她還是有些憂慮。萬一金巧蓉事敗，惹怒了太子，太子追查下來，查到程紹安頭上，豈不是給自家招麻煩嗎？「要不還是想個法子提醒一下太子吧？這樣也能早早把咱們家給摘出來。」

程紹禟搖搖頭。「提醒什麼？寧三姑娘只是進府陪伴長姊，還得了太子妃的首肯，咱們巴巴地跑去提醒太子，說那寧三姑娘已經嫁過人，非完璧之身，這成什麼話？此事關鍵還是在於太子本身。他若瞧不上那寧三姑娘，咱們去說，豈不是白白把紹安扯進來？他縱是瞧上了那寧三姑娘，真有個什麼，太子府上那般多的眼睛，難不成她便當真瞞得過去？」

「她既然敢這般做，說不定還真有瞞過去的法子呢！真到了那時候，咱們再去說，只怕免不了要受牽連。」凌玉不放心地道，卻見程紹禟深深地望著她，直望得她心裡沒底。

「你、你這般看著我做什麼？」

「小玉，妳真的不了解男子，尤其是那些出身富貴的男子。」

凌玉生氣地瞪他，不服氣地道：「我做什麼要了解別的男子！」

程紹禟失笑，也覺得自己此番話有些不妥，忙摀嘴佯咳一聲掩飾過去。「以太子的性情，若是發現被騙，頭一件要做之事便是殺了她洩憤，然後再與寧府算帳，根本不會白花那個心思去查她曾嫁過的男人是誰？畢竟，寧三姑娘於他而言，只不過是可以隨手棄之的不入流女子。太子是要幹大事之人，必不會在此等女子身上浪費太多時間。」正兒八經的妻妾，太子都沒那個閒工夫多理會了，更不必說一個自動送上門來的。

凌玉往趙贇的性情上想了想，覺得他這話倒真的說到點子上。

「如此說來，咱們要做的，便是袖手旁觀，真真切切與她毫無瓜葛？」

程紹禟點點頭，冷漠地道：「這是自然。程金氏早已經死了，那一位不過是長著與金氏相似容貌的陌生人罷了，咱們何苦在她身上花費心思？」

凌玉自然沒有錯過他臉上的厭惡與不屑，知道他仍舊為程紹安抱不平，更深恨金巧蓉當日拋棄相公的作為，一時無話。

「還有一事我想與你商量，我打算把留芳堂也開到京城來，你意下如何？」

今日在太子妃屋裡時她便有了這個想法。玉容膏既然在她不知道的情況下打入了京城貴婦圈中，若她不乘機賺上一筆，豈不是太可惜了？

程紹禟不自覺地皺起了眉。「妳可知樹大招風之理？」

凌玉呼吸一窒，又聽他道——

「誠然，留芳堂若在京中開起來，必然可以大賺，到時生意越做越大，賺得越多，只怕到頭來便非妳我所能掌握的了。」

從來爭鬥都少不了助力，而助力一說，除了人、物、權外，錢也是必不可少的。一旦留芳堂壯大起來，那就是一塊人人眼紅的肥肉，誰不想撲上來咬一口？

京中貴人太多，他雖靠著太子府，但力量仍是太過弱小，根本沒有把握可以護得住。可若是依靠太子，留芳堂到頭來只怕便不是姓程或楊，而是姓趙了。

這些，他相信她是不會願意看到的。

凌玉略想想便明白他的顧慮，臉色幾經變化，良久，這才喃喃地道：「容我先想想，必還會有其他法子的。」

「法子並非沒有，那便是再尋一位合作者。便如當日你們與長洛城葉府合作一般，如今同樣可以在京城也尋一個合夥人。」程紹禟又道。

「對對對，我還可以再尋新的合夥人！」凌玉眼睛一亮。

程紹禟輕搖搖頭，取過乾淨衣物便準備去沐浴就寢。

京城裡的合夥人豈是這麼容易找的？既要有一定勢力，又要品行過關，而滿足這兩點的，大多數卻又未必瞧得上她這點生意。

凌玉從來便是個說幹就幹之人，既然有了這樣的打算，便立即梳理一番自己在京城所能用得上的助力，可思前想後，卻發現她能得到的助力，全部來自太子府。

「我聽那日太子妃身邊那侍女所言，彷彿太子妃娘家大嫂也在用玉容膏，還推薦給她，這不就是兩大很好的助力嗎？」聽聞她打算在京城也開一家留芳堂，楊素問自然也是興致勃勃。

「話雖如此，但太子妃的身分太高了，彼此相差太遠，何來合作之說？不基於平等的合作，那便不是什麼合作，而是一方替另一方做事。」凌玉搖搖頭。她何嘗沒有考慮過太子妃，只是再一想到她的身分，便又打消這個念頭。

這是太子妃，未來的一國之母，不是尋常富貴人家的夫人，留芳堂生意便是再好，她也不過一平民百姓，又有什麼資格與這天底下最尊貴的女子談合作？

「雖然不能與太子妃談合作，但太子妃這股東風卻是要借的，連太子妃都認可的東西，日後還怕銷量不好嗎？」凌玉微微一笑，又道。

「妳說得有理，太子妃可以給咱們當個活招牌！」楊素問眼睛一亮，頓時便明白她的意思。

「雖然有這樣的意思，只這話卻不能這樣說，皇室貴族的便宜哪是這般容易占的？」凌玉搖搖頭。這種事，總得在雙方心照不宣的前提下方可以行事，否則那便不是助力，而是阻力了。「待我給大春哥書信一封，問問他的意思，若是他能抽空來一趟京城就更好了。」凌玉起身去找文房四寶。

楊素問臉上的笑意當即僵住了。「不、不用跟他說了吧？有咱們兩個，想來也能成事，何必多此一舉呢？況且，那邊也離不得他。」

凌玉正磨著墨的動作停下來，狐疑地望著她，沒有錯過她那心虛的表情，乾脆地問：「妳老實告訴我，妳為什麼會到京城來？莫要再說那套覺得悶了的說詞，妳當我是三歲小孩呢？這樣的話縱是騙小石頭，他也不會相信。」

楊素問結結巴巴地道：「我哪、哪裡騙妳了？就是、就是覺得在家裡悶得慌，這才、這才想著出來散散心的。加上我長這般大還未曾到過京城，想著見見世面，才會來的。」

凌玉定定地望著她片刻，隨即繼續磨墨。「行，妳愛怎麼說便怎麼說，我寫信回去問大春哥，想必大春哥肯定知道。」

「別別別！千萬別告訴他我在這兒……」楊素問慌了，撲過去就要搶她的筆墨，兩人正鬧著鬧，忽聽外頭傳入一陣男子爽朗的笑聲，隨即便聽到程紹禟走進來，歡喜地道——

「小玉，妳瞧是誰來了？」

凌玉往他身後一看，當即驚喜地叫起來。「大春哥?!」

「你你你、你來做什麼?!」話音剛落，楊素問如同撞鬼一般，不等凌玉回神，陡然轉過身，拔腿便跑！

「楊素問，妳給我站住！」凌大春二話不說便追上去。

看著他們旁若無人地一個跑、一個追，凌玉與程紹禟對望一眼，均從對方眼中看到了疑惑不解。

「妳給我出來！」

「不、不出！說不出就是不出！」

「有種就出來把話當面說清楚！」

「我沒種，就是沒種！」

遠遠地傳來那二人的對話，凌玉忽地有點想笑，望了望同樣忍俊不禁的程紹禟，問：「你在哪兒遇到他的？」

「大春兄找到了太子府，恰好今日我在府裡當值，又無別的什麼事，便把他帶回來了。」

那廂的凌大春把房門敲得「砰砰」直響，可裡面的楊素問仍是一副打死也不開門的模樣，氣得他險些沒忍住，想尋把斧頭來把門直接劈開。

凌玉忍著笑上前勸道：「好了，你也趕了這般久的路，先好生歇息一下，有什麼話改日再說不行？反正人都在這兒了，還怕她跑了不成？」

凌大春冷笑。「她這縮頭烏龜，什麼事幹不出來？一聲不響偷偷跑掉這樣的事也不是沒有幹過！」

凌玉清清嗓子。「放心，這回我給你打包票，絕對讓她跑不了！」

「玉姊姊，妳怎能這樣?!」屋裡的楊素問一聽她這話便不滿了，大聲嚷起來。

「我不這樣，那妳倒是出來把話說清楚呀！」凌玉語氣無辜。屋裡那人嘀咕了幾句什麼，她也沒有聽清楚。

程紹禟在一旁聽了這般久，也忍笑上前保證道：「大春兄，你放心吧，有我在，她便是想跑也跑不了。縱是跑了，我也一定把人給你抓回來。」

凌大春對他的話還是較相信的，而且也相信以他如今的實力，確實能幫自己把人給看住，故而才不甘心地瞪了緊閉著的房門一眼，彷彿這樣就能把裡面那人給瞪出來。

凌玉親自下廚做了一頓豐盛的晚膳替凌大春接風洗塵，待吃飽喝足後，便將她計劃在京城再開一間留芳堂的意思向他道來。

凌大春聽罷也覺得可行。「其實早前也有來自京城的商家尋上我，想要與咱們合作，只是當時妳不在，我便想著等妳回去再商量商量，倒沒想到妳卻到了京城。只是京城貴人雲集，商家也多，要想從中分一杯羹，怕不是件容易事。縱是商品極好，若背後無人依靠，旁人想拿捏著實容易。」這幾年四處奔波，凌大春見過不少原本生意經營得好好的人家，突然莫名其妙地惹上官司，待一場官司打下來，生意一落千丈，甚至倒閉關門事小，最怕到頭來連性命都保不住。

凌玉早料到他會這般說，便又將太子妃及其娘家嫂子也在用玉容膏一事告訴他。

凌大春聽罷，眼睛頓時一亮。「如此甚好！若能有此貴人相助，不愁生意開展不來，也不怕有不長眼的膽敢打咱們的主意。高門貴族女眷的規矩、忌諱咱們不清楚，故而也不必和她們談什麼合作，只要不時把店裡最好的商品孝敬給她們，若能得了她們的認可與喜歡，一來相當於無形中給自己披了一層保護衣，二來也是間接打下了口碑。常言道『上有好者，下必有甚焉者矣』，那般尊貴之人都覺得好，旁人難不成還會覺得差嗎？自然跟風來買！」凌大春一拍大腿，越說越興奮。

「我也是這般想的。」凌玉笑道。

程紹禟將酒杯裡的酒一飲而盡，看著對面那對兄妹說得興起，已經在計劃要在何處選址、前期要投入多少、打算再調製哪些品種的香膏云云。

他挑了挑眉，只覺得此二人果然不愧是兄妹，做事都是一樣雷厲風行，絕不含糊。

「說起來，還多虧妳上回與葉家簽合同的時候提醒了我，在合同裡明確寫出玉容膏的銷售之地，否則這會兒若是葉家也到京城裡開間分店，我這兒還真不好交代了。」

「葉家在長洛城做得好好的，又怎會想來京城？」凌玉道。

「這可不一定，齊王一旦回京，長洛城變天，葉家的生意怕會有些衝擊，我瞧著葉公子近段時間也正為此事煩惱得很。好在郭大人會留任青河縣，否則我還真不放心就這樣到京城來。」凌大春搖頭道。

「等等，你方才說什麼？齊王回京？郭大人留任青河縣？」凌玉心中一驚，猛地抓住他的衣袖連聲問。

「是啊，聖旨早就下了，長洛城滿城的人都知道了，齊王不日便要離開封地返回京城，只怕日後也不會再回去了。郭大人的留任文書也已經下達，上回他還在感嘆，說少了紹禟這麼一個好幫手呢！」凌大春奇怪她這般大的反應，但還是如實回答。

「他說的可都是真的？」凌玉抬頭望向自斟自飲的程紹禟。

「確實是真的，京裡的齊王府也已經收拾好了，這會兒齊王想必已經在回京的路上。至於郭大人，也確實是留任青河縣。」程紹禟同樣對她的反應有些奇怪，只是也沒有多問，反正娘子奇怪的事多了去，她若是不想說，他也懶得再問。

這、這不對啊！凌玉只覺得頭有點兒疼。

齊王回京倒也罷了，反正上輩子他最後也還是要離開封地回京，此後便一直留在京城的。可是郭大人呢？她可是清清楚楚地記得，他是要調任金州知府的，為何這輩子居然還是留任青河縣？

難道是因為這輩子太子活著之故？太子活著，他們一家子的命運有了變化，連帶著郭大人的前途也跟著改變了？

她怎麼也想不明白，上輩子太子死了，郭大人憑著他的政績也能夠調任知府；這輩子太子雖沒死，可郭大人的政績也沒有變，怎地偏偏就升不了官？這二者有什麼關係嗎？

她覺得自己不能再想上輩子之事了，而是應該徹底把上輩子發生的一切拋棄，不能讓它影響她這輩子的判斷力。事實上，在太子成功度過了上回的生死劫後，她便應該有此覺悟了。

太子活著，所有的一切便將是截然不同的。

想明白這一層，她也漸漸平靜下來，只是到底心有不解，遂問：「封地都已經給了，也已經去了那麼多年，怎地還能重回京城？」

「這……我倒不清楚了。」凌大春搖頭道。他一介平民百姓，如何會知道朝廷的用意想法？

凌玉又望向程紹禟。

程紹禟放下筷子，略想了想，還是簡略地道：「太子殿下自回京後，勢力大增，京中其餘諸王有些抵擋不住。」

至於郭大人，恐是受己所累。他也是前不久才知道，郭大人的親妹竟是魯王側妃，而他這個郭大人曾經的手下卻救了太子，如今又成了太子的下屬，難免魯王不會遷怒到郭大人身上。

凌玉恍然大悟。所以齊王的回京是太子與其他諸位皇子相爭的結果？魯王等人大概是想著多拉一個回來，也就多一個人分去太子的連番打擊，自己也能多透一口氣。

不過這些皇室子弟間的爭鬥，應該與他們無關才是。有了這樣的想法，她頓時便又坦然了。還是那句老話，天塌下來也有高個子頂著，她著實無須杞人憂天。

晚膳過後，趁著程紹禟與凌大春到堂屋裡說話，凌玉捧著特意留下來的飯菜，敲開了楊素問的房門。

「還是玉姊姊待我最好！」早就餓得雙腿發軟、兩眼昏花的楊素問，一邊往嘴裡塞著飯菜，一邊含含糊糊地道。

「妳是不是哪裡得罪了大春哥，怎地見了他便如老鼠見貓似的？」凌玉替她倒了碗茶，皺著眉問。

楊素問挾菜的動作頓了頓，假裝沒有聽到她這話。「玉姊姊，妳這手藝倒是越發好了，比屏姊姊不知好多少倍，妳不在的時候，我天天想著妳的飯菜呢！」

「妳便繼續裝傻充愣吧，自然有我知道的時候。」凌玉輕哼一聲。

楊素問嚥下最後一口飯菜，又灌了幾口茶水，才長嘆一聲道：「其實我也知道跑得了和尚跑不了廟的道理，做錯了事，不管怎麼逃避，也總得有要面對的時候。」

「妳到底做錯了什麼事？」凌玉被她勾起了好奇心。雖然這丫頭確實容易闖禍，但從前她闖禍時，怎地不見她害怕得逃之夭夭、不敢面對？

楊素問俏臉一紅，有些不自在地別過臉去，好一會兒才聲如蚊蚋般道：「我、我我、我輕薄了凌大哥……」

「什麼？妳說什麼？」凌玉一時沒有聽清楚她的話。

「我說，我輕薄了凌大哥……」楊素問心虛地又道。

「妳輕薄了大春哥?!」凌玉不敢相信地瞪大眼睛。

「噓，妳小聲些！」楊素問急得去掩她的嘴，又四處張望，生怕被別人偷聽到一般。

凌玉拉下她掩著自己嘴巴的手，壓低聲音又問了一句。「妳說妳輕薄了大春哥？我沒有聽錯吧？真的不是反著來嗎？」

楊素問的臉又紅了幾分，扭扭捏捏地道：「妳沒有聽錯，是我輕薄了他。可我、我也是無心的啊！」

凌玉的雙唇顫了顫，不死心地重複又問：「真的是妳輕薄了他？不是他輕薄了妳？」怎麼想也不對勁啊！難道不應該反著來的嗎？

「都說了是我輕薄了他，是我，是我！」楊素問沒好氣地大聲重複道。

話音剛落，發現凌玉的神情有些詭異，她的背脊又忽地感到一陣寒意，遂僵著脖子，一點一點地轉過頭去，不意外地對上了凌大春那吃人的眼神，以及程紹禟忍俊不禁的表情。

「小玉，兒子吵著要娘呢，咱們回去瞧瞧。」程紹禟清咳一聲，裝模作樣地對凌玉道。

凌玉反應過來。「對對對，兒子在找，咱們回去、咱們回去！」

說完，夫妻二人一前一後快速離開，避過了身後凌大春的怒吼。

「妳還想跑哪兒去?!」

「大春哥真粗魯，這樣子可是不行的，素問一個小姑娘，得哄著才行啊！」凌玉感嘆一聲道。

「言之有理，不過如今是素問姑娘做了錯事，大春兄是追著討債的那位。」程紹禟接著道。

凌玉嗤笑一聲。「得了吧，他也就騙騙素問那傻丫頭，說不定那什麼輕薄也是他故意整出來的，想著快刀斬亂麻，先倒打一耙，把人給訂下來再說。不承想那傻丫頭是個慫包，居然嚇得溜之大吉，讓他的打算泡了湯。」

程紹禟掩嘴佯咳一聲。「小玉，他是妳兄長……」所以，好歹嘴下留幾分情啊！

凌玉笑咪咪又道：「幸虧他是我兄長，若是旁人，我早就揮著菜刀把他趕出去了。」

「……我聽聞陳嬤嬤教了妳一段時間的禮儀規矩？」

凌玉輕拂了拂袖口，朝他行了個標準的福禮。「相公，妾身先行告退。」

程紹禟啞然失笑，看著她款款而去的身影，無奈地搖搖頭。

次日一早，楊素問照舊躲在屋裡不肯出來見人，倒是凌大春大大方方地出來與他們一家三口用早膳，甚至心情瞧著也頗好，臉上始終帶著一絲掩飾不住的笑容。

凌玉一邊餵著兒子，一邊不時往凌大春臉上瞅。

凌大春只當不知。「用過早膳後，我便到街上四處瞅瞅，看看把店開在哪個位置好？先把地方選好了，接下來再慢慢籌備別的。」

「如此也好，今日我不必當值，不如便陪你四處走走？」程紹禟道。

「若能如此是再好不過。」凌大春哈哈一笑，樂得有人作陪。

一直到那兩人離開後，楊素問才從屋裡出來，若無其事地開始用早膳。

凌玉有心想問問她發生了什麼事，但想想便又作罷。

齊王低調回京那日，凌玉看著他的車駕駛進城門，雙唇緊緊抿著，有一種真真切切恍如隔世的感覺。

上輩子，她的相公也是齊王車駕裡的一員，可是這輩子，他卻成了太子府上的副統領，此生與齊王再無瓜葛。她輕輕地吁了口氣。

凌大春恰好走過來，笑著問：「這嘆的什麼氣？京裡雖是寸土寸金，但咱們也不是窮得連間店面都租不下來。我還想著，待京裡的生意穩當下來，把爹娘也接進京裡過些日子，青河縣的留芳堂便交給柱子嫂呢！」

「如此也好，就怕爹不同意。你也知道他那性子，固執得很，若是不肯，倒還真的拿他毫無辦法。依我看……哎喲！」凌玉正說著，一名從她身邊匆匆而過的男子狠狠地撞上她的肩膀。

「對不住、對不住……」男子沒想到會撞到人，連忙躬身道歉。

人家都表示了歉意，凌玉也不好追究什麼。「不要……緊。」她的臉色大變，瞳孔因為憶起某些可怕的畫面而急劇收縮著，死死地盯著那男子快步離開的身影，身體不停顫抖。

「小玉？小玉？」凌大春察覺她的異樣，以為她被碰傷了何處，不禁擔心地喚。

「啊？我、我沒事、沒事……咱們、咱們回去吧……」凌玉慘白著臉，腦子一片空白，只能喃喃地道。

「真的沒事？我瞧妳臉色難看得很，是不是哪裡不舒服？還是最近太忙太累了？」凌大春不放心地追問。

「我真的沒事，還是快回去吧，素問和小石頭兩個人在家，也不知會怎樣鬧翻天呢！」凌玉定定神，勉強平復下來。

見她不願多說，凌大春也不再多問。

兄妹二人走出一段距離後，凌玉忍不住回頭，看著那名男子停在一處攤位前，正與老闆說著話。「……大春哥，你幫我做件事可好？幫我跟著方才撞到我的那男子，看他住在哪裡？」她一咬牙，拉著凌大春的袖口，壓低聲音道。

凌大春狐疑地望了望她，見她臉色仍有幾分發白，想了想便應下來。「好，那妳一個人先回去，打探到了我再告訴妳。」

「好。你小心些，莫要讓他發現。」凌玉叮囑。

凌大春點點頭，快走幾步，不遠不近地跟上那名男子，二人一前一後，很快便消失在人海中。

凌玉心不在焉地洗著菜，完全沒有留意到楊素問欲言又止的神情。

終於，楊素問還是沒忍住，提醒道：「玉姊姊，這菜妳已經洗了好幾遍，再洗下去都快要爛掉了！」

凌玉這才發現，抱歉地笑了笑，正想說句什麼，忽見凌大春回來的身影，匆匆地交代楊素問幾句，便急急地迎上去。「怎麼樣？」

凌大春左右看看，這才小聲回答。「我一路跟著，看到那人進了齊王府後門，再一打探，那人原是府裡負責採買的下人，彷彿叫什麼昆子。」

「齊王府的人？怎會如此？他怎會是齊王府裡的人？」凌玉滿目盡是不可思議，顫著雙唇。他怎會是齊王府的人……

「怎地就不會是齊王府裡的人了？小玉，妳到底在想什麼？」凌大春不解。是齊王府的下人有什麼好吃驚的？這京城到處是權貴之家，遇著幾個高門大戶裡的下人也沒什麼吧？

凌玉卻是不知該從何說起，只胡亂尋了理由打發他，心亂如麻地回了屋。

當晚，凌玉輾轉難眠，到了三更時分才迷迷糊糊地睡過去。

黑暗中，有陌生的男子朝她撲過來，死死地把她壓在身下，用力撕扯著她身上的衣裳，臭烘烘的嘴巴直往她臉上拱。

她死命掙扎，慌亂中右手觸到硬物，當即抓到手上，用力往那人的腦袋上砸去。

一下又一下，那人悶哼一聲便倒在地上。

「轟隆」一聲雷響，閃電劃破夜幕，瞬間照亮了黑漆漆的屋裡，也清楚地映出了地上那張鮮血淋漓的臉。

凌玉驟然驚醒。

是他，果然是他，白日裡撞到她的齊王府下人——昆子！

可是，為什麼會是他？為什麼會是齊王府裡的人？她覺得頭又開始疼起來了。

她一直以為那晚的人不過是街上的流氓地痞，被人盯上也只能當是自己倒楣，可是如今，她隱隱對這個想法有了懷疑。

側過頭去凝望身邊沈睡的男人，她不知不覺地皺起了眉。上輩子她與齊王府唯一的交集便是這個男人，他死後，齊王府送了撫恤金過來，自此她便算是與齊王府徹底斷了一切關係。

她清楚不管在哪裡也總會有幾個害群之馬，那個昆子縱是曾在齊王府當差，也不能就硬是說他對自己所犯下的那些事與齊王府有關係。只是，上輩子她的相公為了齊王府的主子死了，而她卻險些被出自齊王府的人玷污，這心裡頭，難免有幾分不是滋味。

「啪」的一下，小石頭那軟軟嫩嫩的腳丫子砸到她的胸口，也打斷了她的沈思。

她無奈地搖搖頭，將睡相豪邁的小傢伙抱回來，看著那張呼呼大睡的小臉，心裡萬般憐愛，忍不住輕輕點了點那小小的鼻子。「這般的睡癖，也不知學的誰？」

「估計是從娘胎裡帶出來的。」

男子有幾分沙啞的聲音忽地在她耳畔響起來，她回過頭一望，便對上了程紹禟幽深的眼眸。

「可是吵到你了？」她有幾分歉意地問。快二更天才當值回來，三更才睡下，這才睡了沒幾個時辰便被吵醒，凌玉只想著便覺得心疼。

程紹禟搖搖頭。「沒有，是我睡得不好，容易醒。」

事實上，自從到了京城後，他一直睡得不怎麼好，尤其最近差事更多，有時候一連幾日都不曾好好躺下休息的時候也有。

「你……可曾後悔當日沒有投奔齊王府？」凌玉遲疑了半晌，還是忍不住輕聲問。

雖然她並不曾接觸過齊王，但也聽聞齊王仁厚，素有君子之風，應該比如今這位陰晴不定、性子古怪的太子殿下容易相處才是。若是當日她沒有阻止他，任由他去了齊王府，想來便不會有後面發生之事。

程紹禟訝然。「妳怎會問出這樣的話來？當日沒有去齊王府，是我經過深思熟慮後作出的決定；況且，不管緣由為何，太子殿下待我也算是不薄，我如何會後悔沒有追隨他人？」見她沈默不再言，他嘆息著輕撫著她鬢髮。「不要多想，如今咱們的日子不是過得挺好的嗎？妳若是想要繼續做生意，那自去做便是；若是不想，便安心留在家中也可，如今我的俸祿，養活你們母子實乃綽綽有餘。」

這並非故意誇大，身為太子府的副統領，他的月銀本就不算少，加上太子不時有賞賜，故而他每月的收入確實相當可觀。至少，足夠妻兒在京城此等寸土寸金之地，無須擔憂生計問題。

凌玉自然也知道他此話不假，太子雖喜怒不定，但實在是個相當大方的主子。在此之前，她還從來不知道，單就得到的一回賞賜，也足夠從前他們家幾年的吃穿用度。

兩廂一對比，也難怪會有人「寧為富人妾，不為窮人妻」了。

此時此刻，她更深刻地感覺到，若是身邊這個人可以一直在，她這輩子真的無須擔心生計問題。這個人，哪怕是再窮，也總有法子不讓妻兒挨餓。

她想，上輩子自己便是太習慣了有他在，有他為自己打點一切，所以一旦他突然不在了，她便只能磕磕碰碰地從頭開始。

但是……想到造成她上輩子活著的最後那幾年，始終要在枕頭底下藏一把匕首的罪魁禍首，哪怕這輩子他還未曾傷害過她，她依然恨得牙關癢癢，總想替上輩子的自己出口惡氣。

一個意圖玷污故人之妻之人，不論他是否有過什麼不得已，都是不值得原諒的！

她心裡暗暗有了決定。

凌大春雖然一心一意想著早些把店鋪之事解決，但也沒有想過要凌玉每日陪著自己外出，只可惜他說了好幾回，凌玉卻總以這樣、那樣的理由把他給擋回去，慢慢地，他便也隨她去了。反正人家的相公都不在意她整日往外跑了，他亂操個什麼心？

這樣一想，他便相當坦然了。

凌玉雖明為陪著凌大春找鋪位，實則一直暗暗留意著那昆子出府採買的時辰，包括他大概隔多久會出來一回、多是走哪條路、什麼時辰會出現、身邊會不會有旁人等等，均一一記在心中。如此來回好幾次，她終於徹底掌握了對方出門採買的規律。

這日，小穆當值完畢，正從太子府離開，忽聽身後有人喚自己，回頭一望，認出是凌玉，當即笑著上前招呼。「嫂子！來找程大哥嗎？程大哥還未回呢，怕是要再過幾日。」

數日前，程紹禟便領了差事外出，至今仍未歸來。

「我知道，我來不是找他，而是為了找你。」凌玉回答。

「找我？」小穆有些意外。

凌玉左右看看，示意他到一處僻靜的地方，然後壓低聲音，如此這般地對他說了一通。

小穆聽罷，驚訝地張著嘴，有些不敢相信自己所聽到的，良久，才有點猶豫地問：「那人可是開罪了嫂子？」

「是！他開罪了我，我想給他一個教訓。只是你也知道，以你程大哥的性子，必會讓我寬大為懷，可我乃是婦道人家，自來便是雞腸小肚，奉行有仇必報。你且說，你幫不幫我？」凌玉坦然地迎著他的視線問。

小穆沒有想到她會說出這樣一番話來，望著她的眼神有幾分陌生，片刻之後，咧著嘴笑了。「嫂子是個爽快人。好，此事我便答應了！」

「你還要記得，千萬不可與你程大哥說。」凌玉又叮囑他。

「這是自然，嫂子放心便是。嫂子是因為相信我才會找上我幫忙，我又怎會出賣嫂子？放心吧！」小穆挺了挺胸膛，相當講義氣地回答。

凌玉這才滿意地點點頭。不錯，這才是她認識的那個小穆！

第十五章

卻說來昆這日如同往常一般出門，一路上遇到不少主動與他打招呼的府裡人，他沈著臉一一點頭致意。

自從得了這個差事後，往他身邊湊的人越來越多，往日那些瞧不起他的，如今見了他，一個比一個笑得諂媚；曾經欺辱過他的，這會兒只恨不得見了他便繞道走，生怕走得晚了讓他瞧見，從而來個秋後算帳。

照舊是與跟出來的那兩人分開行事，他獨自一人走在僻靜的胡同裡，突然眼前一黑，被人從身後用麻袋套住頭，不等他反應，有人重重地往他屁股上一踹，瞬間便把他踢倒在地。

緊接著，雨點般的拳頭便狠狠地砸在他的身上，他根本無處可躲，生生地受了下來，險些沒暈死過去。

下一刻，又有人拎著棍子，一下又一下，死命地往他身上打，「砰」的一聲悶響，他的後背中了一棍，那股劇痛，像是骨頭都被人敲碎般，痛得他再也忍不住叫出聲來，一邊叫一邊躲。「好漢饒命、好漢饒命！」

可哪想到他越是求饒，對方打得便越狠，「砰砰砰」的幾下，他的身上接連又中了幾棍，慘叫聲連連。

凌玉眼中帶著恨意，拎起棍子毫不留情地往地上那人打去。

來昆痛得恨不得就此死去，本以為這一下已經讓他夠痛苦了，不承想下一棍卻更是痛上加痛，他甚至還聽到骨頭斷裂的聲音。他又痛又怕，不斷地求饒哀嚎，就怕遲了須臾，自己便會被對方活活打死。

原本揮著拳頭往來昆身上揍的小穆，早就在凌玉掄著棍子來時便停下動作，此刻看得目瞪口呆，更是不由自主地打了個寒顫。

狠！太狠了！不承想表面看來溫和可親的嫂子，發起狠來竟是這般出人意表！瞧她那股狠勁，不知道的還真以為她與對方有什麼深仇大恨呢！

他看著被打得逃竄不得、哀嚎不止的男人，眸中突然生出同情來，一時不察，被對方掙扎著的雙腿踢中，他下意識地扶了旁邊的牆穩住身子，沒注意到身上有個東西掉了下去。

眼看著那人的慘叫聲越來越弱，而凌玉下一棍又要砸到那人身上，他終於忍不住，陡然伸出去手，緊緊地抓住木棍，朝著正打得紅了眼的凌玉搖搖頭，而後做了個「快走」的嘴形。

凌玉急促地喘著氣，好歹還知道該適可而止，若是真的把對方打死了，怕是難以善後，故而不甘心地重重踢了痛得在地上翻滾不止的來昆一腳，扔掉木棍，與小穆一前一後，飛也似地逃跑了。

兩人一直跑到無人之處才停下，凌玉抹了抹額上的汗，臉上帶著解氣般的燦爛笑容。

她覺得，她從來沒有似此刻這般輕鬆過，彷彿籠罩在頭上的烏雲盡數散去；又像是把積壓了兩輩子的恐懼全部發洩了出來。從此以後，午夜夢回，她憶起的恐怕只會是今日對那人的一番痛毆。

「嫂子，這一回就算妳不提醒我，我也絕對不敢告訴程大哥。」想想方才二人所為，小穆又好笑又無奈，也隨手抹了抹汗道。

「今日可真真是多謝你了，下回嫂子給你做好吃的。」凌玉笑著，因為一番劇烈運動而顯得越發紅潤的臉，此刻揚著極度明媚歡喜的笑容。

小穆方才還有些忐忑，生怕被人發現自己帶著義兄之妻做壞事，可此刻卻被她的笑容所感染，只覺得好像也沒什麼大不了的。

「好，還要多溫兩壺酒。」

「行，沒問題！」凌玉豪氣地應下。

卻說來昆被打得半死，硬是掙扎著扯下頭上的麻袋，也分不清是淚水還是汗水，抑或是鮮血，模糊了他的視線。

「救、救命……救命啊……」他微弱地呼救，從四肢百骸傳來的一陣陣劇痛，讓他覺得自己怕是要死在這裡了。

他掙扎著想要爬起來，左手不經意地抓到一個東西，隨即聽到有人匆匆過來的腳步聲，不過一會兒工夫，便被來人扶起了。

太好了，終於得救了……聽著來人有些熟悉的聲音，他只來得及鬆一口氣，而後便直接昏迷過去，手上仍舊抓著那個東西。

凌玉心情愉悅地辭別小穆回到家中，迎面便看到家門前停著標記太子府的馬車，笑容頓時便斂起來。

「程娘子，可真是巧了，太子妃正想見您與楊姑娘呢！」來傳話的嬤嬤認出她，笑道。

一聽太子妃要見自己，凌玉不敢耽擱，連忙迎了對方進屋，又匆匆地前去通知楊素問。待兩人收拾妥當出來，那嬤嬤看看緊緊揪著娘親裙裾不肯放的小石頭，又瞧瞧一臉無奈的凌玉，笑道：「程娘子把小公子也帶上吧！」

「這……可以嗎？」凌大春外出尋找適合的鋪面未歸，凌玉自然也不放心兒子一個人留在家中，只是又怕帶著他去見太子妃不合規矩。

「可以可以，自然是可以的。今日一早，娘娘還提起小公子呢！都說小公子活潑伶俐，只可惜未曾正式見上一見，如今有此機會，娘娘必定高興。」

聽她這般一說，凌玉也就放心了，牽著兒子的小手，與楊素問一起坐上往太子府的馬車。

雖然有些好奇太子妃找她們的原因，但是她本來也想著與太子妃打好關係，將來好靠著太子妃將生意做起來。至於楊素問，自來便是個大而化之的性子，加上有凌玉一起，自然便更懶得深想了。

只是凌玉卻沒有想到，居然又在太子妃屋裡遇上金巧蓉。四目交接間，她看到了對方眼中一閃而過的慌亂與害怕。

她若無其事地收回視線，向太子妃行禮問安，又哄著小石頭見禮。

小傢伙眨巴眨巴眼睛，而後居然拱著手朝太子妃搖了搖。「萬安！」

太子妃看得歡喜，笑著朝他招招手，示意他到身邊來。

小石頭仰著腦袋望望娘親，得到娘親的允許後，立即邁著小短腿，蹦蹦跳跳地過去。

「妳叫我做什麼？」

凌玉無奈地撫額。好了，方才還想誇他一句懂事知禮呢，這下子全露餡兒了。

太子妃噗哧一聲笑出來，捏捏他肉肉的小手，不答反問：「你叫什麼名字？今年多大了？」

小石頭已經很習慣別人問他這兩個問題了，當即伸出四根肉肉、短短的手指，驕傲地道：「我叫小石頭，很快要四歲啦！」

楊素問沒忍住，笑出聲來。這小滑頭……

凌玉也是忍俊不禁。

自從凌大春教他數數，小傢伙得知四比三要大後，日後誰再問他幾歲，他都說「快四歲了」，怎麼也不肯再說「三歲」。

太子妃卻稀罕他這活潑大膽的性子，摟著他在懷裡，又命侍女捧來香甜可口的糕點，親自餵他吃，不時逗他說上幾句，被小傢伙趣致的話語逗得笑聲不絕。

金巧蓉有些尷尬地坐在原處，走也不是，留也不是。只見凌玉與楊素問彷彿不認識自己的模樣，卻又暗暗鬆了口氣，暫且放下懸了好些日子的心。

不管她們有什麼打算，只要不誤了自己的前程便可。她原以為自己的本家寧家已經是富貴逼人了，直到來到太子府，方知道什麼是皇室氣派。相比之下，寧家那些富貴便顯得不值一提了。

她望著依偎著太子妃的小石頭，再想到府裡關於太子喜歡這孩子多過親生兒子的傳聞，雙唇抿了抿。

謝側妃生的那個孩子，懦弱、膽小又愛哭，怎麼可能討太子的喜歡？這個小石頭，不過矮子裡面拔將軍，運氣好罷了。歸根究柢，也是因為太子膝下荒蕪之故。不過，這也是她的機會便是了。

太子妃哄著小石頭說了一會兒話，又將一個精緻的兔子玉珮給他作見面禮，看著小傢伙捧著玉珮笑得大眼睛彎彎，好不歡喜，她忍不住在那肉嘟嘟的臉蛋上捏了捏。

真是個討喜的孩子，莫怪殿下也對他另眼相看。

凌玉忙起身謝過她的賞賜。僅從這一份見面禮上便可以看得出，太子妃對小石頭之事怕也是知道不少了，連他屬兔都知曉。

待太子妃吩咐侍女領著小石頭到外間玩耍後，金巧蓉也乘機起身告辭。

太子妃也沒有要讓她與凌玉等人結識的打算，很快便允她離開了。

「我如今方知，原來那玉容膏竟是楊姑娘所調製，留芳堂更是妳二人一手建立起來的，當真讓人刮目相看。」太子妃抿了口茶水，這才含笑道。

楊素問眸光閃閃發亮，抿著雙唇，略有幾分得意地道：「娘娘過譽了，這不值什麼。」

凌玉也謙虛了幾句。

「若這都不值什麼，只怕這滿京城的胭脂水粉商鋪都得關門了。」太子妃輕笑。

凌玉一時猜不出她的用意，也只是含笑與她客氣著。

終於，太子妃問：「楊姑娘能親自調配出玉容膏這般奇妙之物，想必對醫理，尤其是婦人之疾知之甚深吧？」

凌玉心思一動，沒有錯過太子妃臉上隱隱帶著的期盼，對她今日此番召見已是有了底。看來，太子妃今日主要想見的是素問，為的只怕便是「婦人之疾」四字了。

再高貴的女子，若是與「無子」牽連在一起，只怕心裡都會沒有底氣。

就她目前所知，太子趙贇有一正妃、兩側妃，再加數名侍妾，這當中並沒有特別得寵的，若硬是要對比，謝側妃的寵愛倒是多些，估計這與她生有太子長子之故。

凌玉自己的親姊姊不過一尋常百姓之家的婦人，也會因為膝下只得一女而憂慮多年，太子妃縱然出身高貴，但因為多年無子，只怕這些年來都不好過。

上回要見楊素問，想來也是因為那據聞是婦科聖手的楊太醫之故。

「我自幼便只愛搗鼓往臉上塗抹之物，對醫術並不怎麼用心，先父在時，為此沒少說我，待他病重，自知不起，為免我醫術不濟，拖累他一手建立的藥鋪，還把鋪子都賣給別人。」聽她問及自己的醫術，楊素問不好意思地摸摸鼻子道。

「難不成他沒有教過妳一些獨門醫術？」太子妃仍不死心。

這也是沒有辦法之事，楊伯川雖然早就過世了，但她也是偶爾從先皇后身邊的嬤嬤處得知，那玉容膏與當年楊伯川給皇后娘娘調製的產後痕跡膏藥的氣味、色澤頗為相似。

估計這玉容膏也有楊太醫的心思所在。

「獨門醫術？」楊素問滿頭霧水。「我爹有什麼獨門醫術？」

見她不似作偽，太子妃終於失望了，低低地嘆了口氣。是自己太過急切了。

凌玉不好說什麼。上輩子太子早死，他唯一的孩子也在幾年後夭折，太子一脈算是徹底斷了；至於太子妃這些太子妻妾的結局，她並不清楚。

畢竟這些人離上輩子的她太遠，她也沒那個閒心關注這些。

「我用著妳們那玉容膏覺著甚好，只是好像有點難買？妳們如今也在京城，何不考慮把留芳堂也開到京城來？」太子妃很快便收拾心情，想到了自己已經快要用完的玉容膏，不禁問。

「不瞞娘娘說，妾身正有此意，如今也與兄長在尋著鋪位。」凌玉精神一振，斟酌著回答。

太子妃聞言便笑了。「如此可真是好了，那我便等著妳們新鋪開張的好消息。」

「多謝娘娘，承娘娘貴言！」凌玉歡喜地回答。

屋內三人正說得興起，難得抽空到太子妃院裡來的趙贇，有些意外地在院子裡看到小石頭的身影。

他板著臉，等著小傢伙發現他的存在。

小石頭正往嘴裡塞著點心，吃得心滿意足、眉眼彎彎，哪裡還注意得到旁人？趙贇等了老半晌，還是奉命照顧小石頭的侍女先發現了他，連忙上前見禮。

小石頭終於被驚動了，好奇地望過去，見是熟悉的面孔，當即響亮地喚道：「叔叔！」嚇得正行禮問安的侍女死死地摀著他的嘴。

「妳做什麼？放開他！」趙贇瞪了她一眼，看著小石頭委屈地癟起嘴，嗤笑道：「難看死了，要哭不哭的。」

小傢伙噘起了嘴，忽地想起娘親的叮囑，遂拱著小手衝他搖了搖，奶聲奶氣地道：「萬安！」

趙贇險些雙腿打架，瞪著他。「誰教你這般行禮的？不倫不類！」

小傢伙終於生氣了，張著一雙烏溜溜的大眼睛瞪回去，隨即起身，「咚咚咚」地往屋裡跑。「娘……」

趙贇正想要把他拎過來教訓一頓，好教他知曉，自己可不是他這小屁孩隨便能瞪的，卻在聽到他那聲「娘」時止了腳步，皺眉問那侍女。「太子妃在見客？」

雖然並不認為凌玉與楊素問稱得上是客人，那侍女還是老實回了聲是。

趙贇擰著眉，還是轉身離開了。

齊王趙奕若有所思地望著手中的腰牌，問身邊的侍妾映柳。「這確實是來昆撿到的？」

「千真萬確。」在府裡多年，映柳早就褪去了當年面黃肌瘦的窮丫頭模樣，白淨細緻的小臉上，一雙清澈得似是含著兩汪春水的明眸格外靈動。

趙奕聽罷，濃眉皺得更緊。

這樣看來，毒打了他府裡下人的，是太子府裡的人？可這又是為何？

他思忖片刻均不得解，遂揚聲吩咐道：「傳宋超來見本王。」

映柳不解他為何突然要傳宋超，只是也不多問，只道：「那來昆那兒，婢妾是否讓人給他請個大夫？」

「去吧！不管他因何故而遭了此番罪，到底是府裡之人，請個大夫給他看看傷也是情理之中。」趙奕道。

他如今只想弄清楚，這到底是私人恩怨，還是太子藉此想要給自己的一個警告？

若是私人恩怨便罷了，可若是警告，他也得提前做好應對才是。

映柳領命而去，隨即宋超便走進來。

「太子府上那位姓程名紹禟的護衛副統領，可是你的結義兄弟？」待他行過禮後，趙奕遂問。

宋超愕然。「屬下確有位結義兄弟叫程紹禟，至於他與太子府上的那位是否是同一個人，屬下便不得而知了。」程兄弟應該在青河縣當捕頭才是，如何會到了太子府當護衛副統領？殿下不是搞錯了吧？他滿腹狐疑。

趙奕輕輕撫著手上那塊腰牌，半晌，將它遞給宋超，別有所指地道：「你們兄弟一別這許久，也是時候聚上一聚了。」

宋超怔住了。所以，太子府上那位真的是程兄弟？待趙奕又吩咐他幾句後，宋超如夢初醒，忙道：「屬下遵命！」

凌玉從太子府裡離開時，心裡很滿意，太子妃對玉容膏的態度讓她信心大增。

倒是楊素問有些垂頭喪氣，悶悶不樂地道：「我爹那般厲害，我身為他唯一的女兒，連他本事的三成也沒有學到，是不是很沒用？」

凌玉甚少見她這副沮喪的模樣，安慰道：「妳如今也不差啊，憑一己之力便把回春堂贖回來，還賺下了這麼多錢。妳可要知道，在青河縣，有多少人家都想著把妳娶回去呢！」

楊素問想了想，覺得她說得有理，頓時又高興起來。「聽姊姊這般一說，我覺得我也挺厲害的，一點兒也不遜於我爹。」

凌玉強忍著笑意，連連點頭。「是，妳這樣想便對了。」

回到家中，早就已經歸來的凌大春立即迎上來，臉上帶著說不出的欣喜。「小玉、素問，我找著適合的店鋪了！」

一回來就聽到這般好消息，凌玉與楊素問又驚又喜，異口同聲地問：「是在哪裡？」

「位於東街十里巷附近，明日我帶妳們去瞧瞧，若是覺得不錯，便先把店鋪訂下來。」凌大春歡喜地回答。

凌玉又詳細地問了他關於那店鋪的情況，越聽越滿意，有些迫不及待地想要實地瞧瞧。

次日一早用過早膳，三人便帶上小石頭，一起去了東街。

「如何？我這眼光不錯吧？若是妳們都覺得可以，咱們便先付訂金，待一個月後店主將他店裡的貨物都處理完畢，咱們也就可以開始收拾準備了。」凌大春笑著問。

「確實不錯，關鍵是這位置，前面有這般多的空地，客人來來往往也方便。」凌玉也是相當滿意。

「我聽說東街是京城最繁榮的街道之一，在這裡開間店，生意想必也不會差到哪裡去。」楊素問喜孜孜地道。

三人均感到滿意，凌大春便朝正等著他們商量結果的店老闆走去。

那店主是個約莫四十來歲的中年男子，凌玉看著凌大春與他談了好一會兒，最終雙方敲定了價錢，凌大春先付一成訂金，預留一個月時間給店主清理店裡的貨物，兩個月後正式移交。

店鋪之事得到了落實，凌大春便準備啟程返回青河縣，開始準備貨源之事。

他有些遲疑地望了望正與小石頭玩鬧得不亦樂乎的楊素問。

凌玉哪會不懂他的心事？壓低聲音取笑道：「怎麼，放心不下素問？」

凌大春瞥了她一眼，嘀咕著。「這不是明知故問嗎？」那丫頭的性子魯莽，容易闖禍，可京城到處都是貴人，萬一衝撞了，怕是不好收場。

「你且放心吧，我會看著她的！不過，你這會兒是以什麼身分不放心人家呢？」凌玉不懷好意地又問。

凌大春難得地添了幾分羞赧，對著她揶揄的眼神，乾脆把心一橫。「此番我回去，便稟明爹娘，反正爹娘如今日日憂心著我的親事，倒不如明說了，免得他們掛慮。」

「早該如此了，偏你心眼多，算計這個、算計那個，倒不如乾脆利落，把人給娶回去再說。」凌玉一副「你終於想明白了」的欣慰表情。

「你們在說什麼呢？」楊素問抱著小石頭走過來，隨口問。

「沒什麼！」凌大春搶先回答。

凌玉笑了笑，倒也沒有再多說什麼。

楊素問滿目懷疑地在他們兄妹二人臉上來回地看，正想追問個究竟，忽地想到了什麼，立即又將想要問之話嚥了下去。

「反正也留了這般久，不如等紹禟回來之後再走吧？他想來也會有些東西煩你帶回去給婆母和紹安。」凌玉建議。

凌大春想了想便答應下來。

程紹禟是在傍晚時分歸來的，歸來的時候身後還跟著宋超、唐晉源及一名作婦人打扮的年輕女子。

「許久不見，嫂子一向可好？」唐晉源見了凌玉，笑著問候。

凌玉沒有錯過寸步不離地跟著他的那名女子，見那女子小腹隆起，心裡頓時有了猜測。

「這位是弟妹？」

唐晉源笑得有幾分憨厚，但沒有否認，朝那女子道：「明菊，還不見過嫂子！」名喚明菊的女子遂上前，正要行禮，便被凌玉一把扶住了。

「都是自家人，妳又有了身子，不必客氣。」

明菊羞澀地笑了。

家裡來了客人，凌玉與楊素問親自下廚做了一頓豐盛的晚膳，程紹禟、宋超等人便在堂屋裡聚舊，凌玉則帶著小石頭、楊素問與明菊二人在隔壁的小廳裡用膳。

小石頭鬧著要去找爹爹，被凌玉虎著臉教訓了幾句後，便委委屈屈地乖乖坐好。明菊許是有了身孕，最是喜歡孩子，見狀心疼地拉過他到身邊，溫柔地哄他，過沒一會兒便把他哄得眉開眼笑了。

「弟妹這般有耐心，將來必會是位好母親。」凌玉輕笑道，緊接著又問：「不知弟妹有了幾個月身孕？」

「七個月了。」

凌玉又問了她一些孕後之事，得知她原是齊王府裡的侍女，自幼被賣為奴婢，身邊已無親人，半年前才與唐晉源成親，不禁以過來人的身分提點她孕期應該注意之事。

明菊均一一認真地記下來，不時還請教她一些自己一知半解之事。

兩人妳問我答，氣氛相當和諧。

而堂屋裡的程紹禟等人，幾杯酒下去後，氣氛便熱烈起來。

「倒不曾想到，你如今竟成了太子身邊的紅人，當日我還只道你會一直留在青河縣，跟在郭大人身邊做個捕頭。」宋超滿是唏噓地道。

「咱們兄弟如今雖不能一起共事，但好歹離得近了，日後自是有更多時候相聚，這也是相當值得高興之事。」唐晉源打了個酒嗝，笑道。

「晉源說得極是。對了，不是說小穆如今也和你一起在太子府的嗎？怎不見他？」宋超忽地問。

「小穆今日當值，想來抽不開身，改日我帶著他與兄弟們再聚一聚。」

凌大春與宋、唐二人並不相熟，故而多是安安靜靜地坐著吃菜喝酒，偶爾替他們把酒滿上，並不打擾他們敘舊。

「當日你說不願與天家貴人多有接觸，故而選擇留在青河縣，如今你卻進了太子府當差，若不是了解你的為人，我還以為你是嫌棄齊王府廟小。」一壺酒灌下去，宋超便有了幾分醉意。

「大哥言重了，這當中有許多意想不到之事，卻是不知該從何說起，只能說一切許是天意。」程紹禟嘆息著道。

「不過也好，跟著太子殿下，這前程必是有的。」宋超也不禁嘆了口氣。

往日一起出生入死的兄弟，如今各為其主，好在齊王殿下性子寬厚，從來不曾想與旁人爭奪些什麼，否則將來他們弟兄幾個，只怕是難以周全。

想到這兒，他便將一直收在懷裡的那個腰牌取出來，放在桌上，輕輕地推到程紹禟眼前。「此物你且看看。」

程紹禟一愣，隨即驚訝地道：「這……這不是太子府侍衛所佩戴的腰牌嗎，為何大哥手上也會有？」

宋超緊緊地盯著他，沒有錯過他臉上每一分表情，試探著問：「你當真不知這是怎麼回事？那日齊王府裡有位外出採買的下人，無故吃了悶棍，如今傷重臥床，此物便是他在受害現場撿到的。」

程紹禟心中一突。「竟有此事?!」他把那腰牌拿到手上仔仔細細地翻看一遍，濃眉越皺越緊。「待明日我回府再仔細查問，看到底是何人竟下此毒手？」略頓了頓，他不解地又問：「大哥方才此話，難不成懷疑是太子殿下所指使？」

宋超沒有想到他竟會這般直白地問出來，下意識想要否認，可最終卻是什麼話也沒有說，算是默認了。

程紹禟微不可聞地嘆息一聲，而後正色道：「我可以擔保，此事絕對與太子殿下無關。殿下是何等身分，又怎會為難一個兄弟府裡的下人？此事絕無可能！」

宋超將信將疑，想問他憑什麼擔保？只是見他這般篤定的模樣，便也相信了幾分。「若是私人恩怨，旁人倒是不好插手，我也是怕這腰牌落到有心人手上，這才給你送回來。」

程紹禟如何不知這不過是場面話？心中生出一股無力感來。各為其主……此時此刻，他突然對這四個字深惡痛絕起來。

「好了好了，旁人的事咱們也不必多說了！來，再乾了這杯！」唐晉源舉著酒杯適時地插話，也緩和了已有幾分詭異的氣氛。

等眾人將酒一飲而盡時，唐晉源便涎著臉道：「程大哥，你也知道我和我那口子都是無父無母之人，如今她又懷了身孕，身邊沒個得力的照應著，所以我想著，若是嫂子得空，煩她多上門來提點提點，好歹讓你大姪兒平平安安生下來。」

程紹禟微微一笑。「自家兄弟，這本是應當，何須客氣。」

「如此便多謝了！來，我再敬你一杯！」唐晉源大喜。

凌大春不動聲色地在他們三人臉上來回地看，心中自有一番思量。

待宋超及唐晉源夫婦告辭離開後，凌大春隨手倒了碗醒酒湯給程紹禟，看著他一飲而盡後，才慢悠悠地道：「他們此番前來，雖也有敘舊之意，但恐怕更多的是為了替齊王殿下打探消息來的。」

程紹禟如何不知？只長長地嘆了口氣。

「紹禟，不是我有意離間你們兄弟，你如今既為太子身邊之人，而他們為齊王殿下效命，雖如今太子與齊王相安無事，但難保將來……你也得有這麼一個心理準備才是。」

程紹禟頭疼地揉了揉額角。「這個先不忙，還有一事更重要的，待我好好想想明日該如何和小穆算帳？」

「小穆？與他何干？」凌大春不明白怎麼又扯到小穆身上去？

程紹禟也不便與他明言，在他肩上拍了拍。「時候不早了，大春兄還是早些歇了吧！」

「真是……這當了官之人，總愛說半句、留半句，沒個痛快。」凌大春望著他的背影，不滿地嘀咕。

自那日與淩玉一起幹了壞事歸來後，小穆便發現自己身上的腰牌不見了，他思前想後，覺得有很大可能是掉在了痛毆那人的現場，便特意挑了個沒人注意的時候前去尋找一圈，可最終仍是一無所獲，急得他接連數日食不知味、睡不安穩，也不敢和別人說，畢竟無故遺失腰牌一旦被人發現，那後果可不是他能承擔得起的。

可是，他更清楚此事瞞不了太久，因此決定尋個適合的時機向侍衛統領褚良坦白。

此時，程紹禟前來找他。

「程大哥，你找我有什麼事嗎？」見程紹禟只是定定地望著自己，一言不發，他有些不自在地移開視線，心虛地問。

程紹禟眼神複雜地望著眼前這張猶帶著幾分天真的臉龐，垂眸片刻，淡淡地問：「你的腰牌呢？」

小穆下意識地捂了捂腰間，臉色都變了。他怎會知道的？緊接著，便看到程紹禟從袖中取出一物扔給他，他下意識接過，隨即大喜。

「原來是被你撿著了，害得我這幾日都是提心吊膽的！」

「並非我撿著的，而是齊王府裡的宋大哥送回來的。」程紹禟此話說出時，小穆臉上的笑容一下子便僵住了。「你因何要毆打齊王府那名喚來昆的下人？」程紹禟接著問。

小穆呼吸一窒，還想要裝聾作啞。「什麼來昆？我不認識……」可是，當他看見程紹禟陰沈的臉色時，還想要狡辯的話一下子便嚥了回去。

「你不認識，卻把人家打個半死，連身上的腰牌掉了都不知道，被人給撿了去，留下了這致命的證據，甚至讓齊王懷疑這是太子殿下有意針對！」

一聽牽連了太子，小穆終於不淡定了，緊張地道：「大哥，此事是我一個人做的，與旁人毫無瓜葛，太子殿下也不會讓人做這些事。大哥，你可千萬要想個法子，莫要讓齊王誤會了太子才是！」

見他終於意識到事情的嚴重性，程紹禟冷笑一聲，又道：「如今你方知自己闖下了怎樣的大禍，可為何當初卻不懂得謹慎行事？說吧，你為何要對付那來昆？」

「……我與那來昆有些舊怨，那日出門恰好遇到他，怒上心頭，終覺不忿，故而便出手教訓了他一頓，卻也沒想要取他性命。」

「來昆這幾年一直在長洛城的齊王府，直到半個月前才回京，你又怎會與他有舊怨？」程紹禟並不相信他的說詞。

可小穆卻是一口咬定。「我與他的舊怨乃是陳年往事，此人虧心事做了不少，怕也是記不得了，可我不一樣，君子報仇，十年未晚，如今既然讓我遇到了，自然要一報此仇。」

見他如此，程紹禟也不再追問，臉色卻是越發陰沈。「你與他是否有怨，我暫且不理會。相比你暗中傷人，更讓我憤怒的卻是另一事，那就是你行事著實魯莽，不知謹慎！」

小穆白著臉，愧疚地低下頭。「我知錯了！」

程紹禟搖搖頭。「僅是一句知錯了又有何用？小穆，你要知道，日後咱們所辦的差事，有不少是見不得光的，若是無意間洩漏身分，枉丟了自己的性命倒也罷了，怕是還會壞了殿下的大事。你因何打人，我不與你追究，只是你行事魯莽，卻是不得不再多磨練。自今日起，你便暫停手上的一切差事，待我先與褚大哥商量過後，再另行安排。」

小穆用力一咬唇瓣，還想要說幾句求饒之話，可最終只是低聲應了句。「是，一切聽大哥安排。」

「你且回去好生反省，想想我方才那番話。」程紹禟沈著臉又道。

他最惱的並不是他出手傷人，而是他的不謹慎；而「不謹慎」，卻是他們如今的大忌。自到了太子府，小穆執行的任務都是明面上的，可說不定哪一日便也會被安排去辦些見不得光的差事，一旦到時暴露了身分，引發的嚴重後果，並非他一人以命相抵可以了事。若是到了那一步，便不是他一個人所能承擔得了的。

小穆耷拉著腦袋離開了。

到了晚上，凌玉便知道了此事，臉色都變了，心虛得不敢看程紹禟的臉。偏向來細心的程紹禟正想著心事，也沒有注意到她的異常之處。

凌玉暗暗鬆了口氣，知道小穆必是沒有把自己暴露出來，一時大為感激。可到底還是心裡有鬼，她也不敢多說什麼，殷勤地給他送上乾淨的布巾擦臉。

程紹禟為著小穆憂心，卻不知他自己被人在趙贇跟前進了讒言……

曹澄跟在趙贇身邊多年，府中侍衛除了褚良，便要數他的資歷最深，本以為上回府中大清洗，他縱然比不上褚良，但好歹也能混個副統領當當，不承想半路殺出個程紹禟，不只妥妥地占了本應屬於他的位置，偏還深得太子信任，他暗惱，卻又苦於程紹禟處處謹慎，教他半點法子也沒有。哪想到，今日終於得了個天大的好機會！

「論理屬下本不該多言，只是程統領如今既為殿下辦事，又身為護衛副統領，有些事總得避嫌才是。可是，齊王府那些人剛一回京，便迫不及待地來尋他敘舊，說是敘舊，焉知內裡打的什麼主意？程統領雖說對殿下忠心，可據聞那些人是他多年的結義兄弟，一同出生入死，彼此肝膽相照……」曹澄飛快地望了趙贇一眼，見他一張臉都是陰沈的，隨即躬身退了出去，深諳點到為止的道理。

趙贇沈著臉，右手手指有一下、沒一下地輕敲著書案，片刻之後，又著人喚來了褚良。

「孤彷彿記得，當日趙奕曾為青河縣一家鏢局裡的鏢師向孤求情，後來聽聞那批鏢師中有不少人投到他門下，可有此事？」

褚良沒有想到事隔這般久，他又問起了此事，遂道：「確有其事。」

「程紹禟可也是那批鏢師中的一員？」

褚良訝然，到底也不敢瞞他。「紹禟兄弟確實是當中的一員。」

趙贇冷笑。「如此說來，原來孤當日還想取了他性命，而趙奕卻是他的救命恩人？」

「殿下此言，恕屬下不敢苟同。當日之事，魯王殿下是主謀，而真正把握著他們生死的，卻是殿下您。故而，真要論起來，紹禟兄弟的性命，也只能是殿下從魯王手中救下的。」褚良正色道。

趙贇又是一聲冷笑。

褚良猜不透他的心思，不敢再多言。

「程紹禟此人，你覺得如何？」

「紹禟兄弟性情忠厚，極重情義，行事穩妥，謹慎周到。只是，有些許剛正。」褚良斟酌著回答。

「極重情義……些許剛正……」趙贇若有所思，片刻後，吩咐道：「蔡文湘此事，便讓他前去吧！」

褚良吃了一驚。「紹禟兄弟，怕是不大適合。」

「這一關他總是要過的，孤身邊不留心慈手軟之人。」趙贇冷冷地道。

聽他這般說，褚良還想勸說的話便又嚥了下去。罷了，正如殿下所言，這一關紹禟兄弟他總是要過的，既然如此，早些、晚些又有什麼關係？

只是，他心裡始終有些放心不下。雖然與程紹禟結識的時間不算長，但對程紹禟的性情、為人，他卻多少有些了解。思前想後，他還是喚來了得力的手下萬平，沈聲吩咐了幾句。

萬平有些意外，只是也沒有多問，應聲領命而去。

凌玉沒有想到，唐晉源這輩子居然娶了齊王府裡的侍女為妻；當然，她也記不大清他上輩子娶的是何人，但必定不是如今這位明菊便是。

也是從明菊的口中，她得知上輩子的柳皇后，這輩子依然給齊王當了侍妾，而這個時候她還沒回歸本姓，用的是齊王府主子賜的名字——映柳。

她不得不感嘆，雖然這輩子已經有許多人與事亂了套，但齊王與映柳這一對的緣分卻是怎麼也切不斷。

一來二往之後，她也從明菊口中聽到不少關於齊王府的內宅之事。比如齊王與齊王妃的關係一如上輩子那般差，再比如日前映柳被齊王妃責罰等等，她聽罷滿是唏噓。

凌玉怎麼也想不明白齊王妃是怎樣想的，明明她才是齊王的元配嫡妻，可上輩子不但當不成皇后，甚至連皇宮也進不了，一直以齊王妃的名義被置於宮外的別苑中，直到死去。

她沒有接觸過齊王妃，也不知對方的性情，可單從同為正室的角度想，她確實有些同情齊王妃。

因為與明菊相處得頗為融洽，也喜歡對方善談、爽朗的性子，故而對程紹禟讓她幫忙照看明菊肚子裡的孩子一事，她相當痛快地應下了。

只是沒有想到，過得兩日，程紹禟便又接了差事要外出，縱然她多少有些習慣了，但仍是忍不住一陣抱怨。

「這才回來沒兩日，便又要出去了？府裡那般多人，哪個不能去，怎地偏要你去？這一回又要去多久？若又是一、兩個月，小石頭只怕都要不記得你了。」

程紹禟也沒有料到居然這般快又給他安排差事，不過太子有命，他也只能遵從，只是對妻兒終究有些抱歉，再一聽凌玉這般抱怨，那內疚感便更濃了幾分。

「待此番回來，我便向殿下告幾日假，哪裡也不去，就留在家中陪著你們母子，如此可好？」

「好什麼好？日日待在家中哪兒也不去，怕是要悶死人。」凌玉沒好氣地瞋了他一眼。

程紹禟啞然失笑，好脾氣又道：「那你們想要去哪裡，我都陪著，絕無二話，這樣總可以了吧？」

「這倒是差不多。」凌玉總算滿意了。其實她也知道，命令既下，便沒有反悔不去的餘地，只是心裡到底不痛快，不發一發牢騷總是不爽快。「還有，大春哥過兩日也要啟程回青河縣了，你可有什麼東西要讓他代為轉交給娘和紹安的？」想到此事，她忙又問。

「大春兄要回去了？怎不多住些日子？」程紹禟有些意外。

「他出來的時間也不短了，爹娘二人在家怕也是擔心得很。再說，店鋪開張的貨品總得備齊才是。」凌玉隨口回答，想了想，便停下了替他收拾包袱的動作，轉過身來問他。「我想著，能否把娘接過來？小石頭昨日還問起阿奶呢！」

程紹禟搖搖頭。「娘若是肯來自然更好，只是恐怕她不會同意，畢竟家裡還有紹安，她如何會放心得下？」

凌玉想了想也有道理，婆母雖然想念孫兒，但必然也放心不下「沒了娘子」的次子，在得知他們一家三口平安無事，只怕便也就安心地留在家中了。

「上回我拿回來的那包銀兩，便託大春兄帶回去給娘。還有，方才我在府裡，已經請褚大哥幫忙尋了一些滋養之藥，都是頗有些效用的，也一併託大春兄帶回去，一份給岳父、岳母，一份給娘，東西稍候萬平便會送過來。」程紹禟又吩咐。

「萬平？」這個陌生的名字令凌玉有些意外。

「嗯，他是褚大哥身邊得力之人，這回的差事，他與我一同前去。」

凌玉不認得這個萬平，但聽聞他是褚良身邊得力的人，對程紹禟此行也算是安心不少。

「路上小心些，雖說差事重要，可你也要知道，這世間再沒什麼比性命更重要的了。」

「妳放心。」程紹禟如何不知她擔心自己。

其實他對自己此趟差事也是有幾分遲疑。自到了太子府後，他從來不曾接過此類追殺任務，這一回算是頭一遭。褚良把他身邊最得力之人派來，想來也是放心不下他吧？

其實自追隨太子以來，他的手上早就不知沾染了多少人的鮮血，有很多，他甚至不清楚對方犯了何事？有何罪？是否無辜？這些，沒有人會告訴他，也不會有人允許他去追問。

服從。身為下屬，他除了服從還是服從。

送走了程紹禟的次日，凌大春也要告辭了，凌玉將要讓他帶回去的種種東西放到馬車上，照舊是好一番囑咐。

凌大春無奈地聽著她的絮絮叨叨，趁著她換氣之時忙道：「好了好了，妳要說的我都知道了，必定會把你們夫妻的心意帶到，妳便放一百個心吧！」

凌玉也知道自己的話確實多了些，可她也沒有辦法，誰讓她出來得太匆忙，有許多未盡之事，恨不得藉此機會讓凌大春一一帶回去。

「還有，在縣衙裡的家，雖說郭大人與崔捕頭他們不會說什麼，可咱們也得盡快把東西收拾好，好歹把屋子給人家騰出來，也免得有了新的捕頭時，人家連個住的地方都沒有。」

凌玉想到此樁事宜，連忙又是一陣叮囑。

「玉姊姊，妳再拖延時辰，只怕要天黑了，他還得在路上找著住宿之地呢！」楊素問輕掩著嘴偷笑。

凌玉沒好氣地瞪了她一眼，故作不耐煩地牽著兒子的手就往屋裡走，給他們留下獨處的機會。「罷了，我也不在這兒討人嫌了……」

「妳瞎說什麼呢！」楊素問羞惱地跺了跺腳，正要轉身追上她，便被凌大春給抓住了。

「咱們說兩句話，就兩句。此番我回去，也不知什麼時候才能再來？」

楊素問停下了掙扎，低著頭，聲如蚊蚋地道：「你想說什麼呀？」

「我回去之後，便向爹娘表明心跡，日後，我也會像紹禟待小玉一般，不會干涉妳想做之事。」凌大春低聲輕語。

楊素問紅著臉，扭扭捏捏地「嗯」了聲，算是回應了他的話。

凌大春至此才真正鬆了口氣。雖然這個「嗯」字說得很小聲，但總算表明了她的態度，也讓他吃了一顆定心丸，明白自己並不是一廂情願。

屋裡的凌玉正摟著小石頭給他唸《三字經》，看到楊素問臉蛋紅豔豔地走進來，本想取笑她幾句，再一想便又作罷了。

這丫頭臉紅得這般模樣，若是她再戳一戳，只怕直接要冒煙了。

也罷，便當是日行一善吧！

楊素問在回到自己屋裡後才幡然醒悟。不對啊！怎麼說此番回去便不知何時才能再來呢？明明京城裡的留芳堂開張時，他必是要出現的呀！

「又騙我……」她咕噥著，有些羞、有些惱，更有些說不出的甜滋滋味道。

因程紹禟不在家中，凌大春又已經踏上了歸家的路，凌玉也不便總往外跑，平日多是留在家中，或是給兒子講故事，或是笑著看小傢伙似模似樣地打拳。

至於楊素問，則是埋首於調配新的香膏品種，這也是凌玉的意思。

留芳堂雖然已經有了玉容膏，可店裡其他賣得比較好的，多是出自長洛葉府的胭脂水粉。雖說兩家如今是合作關係，可凌玉卻一直覺得不能過於依賴他人，自己店裡也總得再多些品項，讓客人多些選擇，也算是給自己添了保障。

畢竟，這世間並不乏跟風者，尤其還是聰明的跟風者，雖然未必能將玉容膏的配方摸透，但只要琢磨出幾分，也足夠了。

上輩子在玉容膏大賣後，各地也陸陸續續出現了不少香味、色澤與玉容膏甚為相似的香膏，雖然沒有玉容膏的功效，但也足夠吸引人了。

她不能阻止跟風仿製，卻能盡力讓自己的東西變得更好，好到那讓人仰望而不可及的高度。

第十六章

程紹禟領了差事後，帶著萬平等十餘名手下，沿著探來的路線一路追蹤，終於在遠離京城的一座小鎮上發現了目標人物——蔡文湘的蹤跡。

「這匹夫倒真是賊，虛虛實實把咱們好一頓戲耍，白白讓咱們多跑了不知多少冤枉路！」萬平啐了一口，低聲罵道。

「不過如今好了，總算把這老匹夫給找著了。待取了他的首級，咱們也好儘早回去交差才是，說不定還能趕上府裡的熱鬧。」一名高高瘦瘦的屬下同樣壓低聲音道。

「統領，既然人都尋著了，咱們是如今便下手，還是待入夜後再動手？」萬平低聲問著沈默不言的程紹禟。

「此時多有不便，還是入夜後再動手吧！」程紹禟沈聲回答。

「如此也好。」萬平也覺得入夜後再動手比較好，畢竟月黑風高最是適合殺人了。

程紹禟看似全神貫注地盯著不遠的小宅子，實則心裡卻是有些亂。

他方才便發現了，那屋裡約莫有十來人，瞧著年紀、穿著打扮，除了幾名僕從外，其他的多是那蔡文湘的眷屬，這一回與他之前經歷過的任何一回差事都不相同。

這一回，他要對付的人當中，有弱質女流，也有上了年紀的老婦。

難道他也要對這樣的人出手嗎？他深知自己必然做不到。

但轉念又一想，此番的目標不就是那蔡文湘嗎？待殺了他便是完成任務，其餘的人，倒是可以放過。一想到這兒，他便又淡定了。

待夜幕降臨時，眾人均不由自主地屏住呼吸，緊緊地盯著那屋裡的一舉一動。看著屋裡燈光陸陸續續熄滅，萬平側頭望向程紹禟，似乎是在等著他下令。

程紹禟眸色漸深，裡面隱隱有幾分遲疑，可最終還是沈聲下令。「動手！」

話音剛落，包括他在內的十餘名身著黑衣的蒙面人如同脫弦之箭般，從埋伏的草叢中陸續飛出，朝著那座早就陷入安靜的宅院疾馳而去。

不多久，重物倒地聲、慘叫聲突起，隨即便是兵器交接聲，打破了寂靜的黑夜……

程紹禟眼神複雜地環顧一周，屋裡盡是一片凌亂，鮮血濺得四處都是，地上橫七豎八地倒著一具又一具的屍體。

這便是他的刺殺任務嗎？良久，他的眼中閃過一絲掙扎。

未來，這些是不是就是他的常態了？殺戮，不知緣由的殺戮，不分對錯的殺戮，只因了四個字——各為其主。

突然，一陣微不可聞的碰撞聲在安靜的屋裡響起來，他警覺地循聲望去，手上的劍更快，已經準確無誤地對準了藏在櫃子裡之人。

「別別別……別殺我、別殺我……」

女子驚恐萬分的聲音響起，讓他手上的動作一僵。他微瞇著雙眸，舉劍看著一人高的櫃裡走出一名十八、九歲的年輕姑娘。那姑娘白著一張俏臉，眼睛因為恐懼而睜得老大，正顫著聲音向他求饒。

「求求你饒了我吧！我、我什麼也不知道，我、我只是、只是他們家的一個下人，求求你別殺我……」

程紹禟臉上閃過掙扎，手上的劍怎麼也刺不下去。

那女子一直緊緊盯著他，見狀心中微微一定，說出的話更加無辜可憐。「求求你，放過我吧……」一邊說的同時，一邊偷偷地把手探入懷中的包袱。

程紹禟臉上的猶豫之色更深。這樣的弱質女流，年紀與他的小玉相當，若沒有經歷今夜之事，日後也能嫁人生子，過她想過的生活。這樣一想，他的劍動了動，一點一點地收回。

那女子見狀大喜，手指終於也摸到包袱裡的某物，正想要取出，突然後背一陣劇痛，低下頭一望，胸前顯出了鋒利的劍尖。她不可思議地望著不知何時偷襲自己的萬平，眸中盡是不甘之色。

萬平冷漠地抽回長劍，再度用力往她身上刺了一記，女子終於倒地，再也動彈不得。

「你……」程紹禟眼睜睜地看著女子被殺，眸中終於浮起憤怒。「她不過一個弱質女流，你又何必……」

「你且瞧瞧她手上的暗器。」萬平安靜地回答。

程紹禟低頭望向地上的女子屍體，果然見她的手上不知什麼時候抓著一個盒子狀的暗器。

「若是方才她按下機關，你便會瞬間被射成刺蝟。」萬平那不辨喜怒的聲音又在他耳畔響起來。

程紹禟只覺得全身血液都像是要凝固了，更像是有一股寒氣從他腳底升起，很快便滲透他的四肢百骸。殺戮、仇恨……

「程統領，你可知似咱們這樣的人，最不能有的便是婦人之仁。」萬平又與眾人合力，把屍體搬到一間屋子裡，點起了火，看著被烈火瞬間吞噬的宅院，平靜地道。

程紹禟一聲不吭，率先帶著人，幾個箭步離去，瞬間融入夜色當中。

「他們到底犯了何罪？太子殿下為何要追殺他們？」待眾人到了安全之地後，程紹禟終於忍不住問了出來。

萬平扯下臉上的黑布，聽罷皺起了眉。「程統領，你該知道，這不是我們應該問的問題。」

「我如今只想知道這個！」程紹禟壓抑著怒氣吼道。

「我不知道。但我能告訴你，他們死有餘辜，所以，你也無須有什麼負罪感，雖然我個人認為這些負罪感實在可笑。」萬平的音調毫無起伏。見程紹禟的臉色著實難看，他想了想，還是忍不住勸道：「程統領，這樣的事你應該盡快習慣才是。你要知道，若是日後魯王登基，咱們這些追隨太子殿下的人會有什麼下場，想必你也能猜得到。你以為，到時候他們會放過你的家人嗎？你也別覺得太子殿下殘忍，從來權勢之爭便是如此。前朝聖祖皇帝算得上一代明君，在史書上素有讚譽，可他不一樣是弒兄殺弟方登上皇位的嗎？表面瞧來光風霽月，內裡便真的純淨無瑕嗎？身陷權勢鬥爭中，不是你死便是我亡，一旦倒下，別說自己，妻兒必也是逃不了被殺的命運。」

程紹禟緊緊抿著雙唇。

萬平皺著眉，此時此刻，他總算明白為何褚統領這回會派自己前來了。這位程統領雖有能力，但到底還是有些婦人之仁。

焉知這回他若是留下一個活口，到時候引來的麻煩，別說賠上他的性命，只怕便是賠上家人，也抵不過殿下的怒火。

他想，這一回或許是殿下給程統領的一個考驗。若過了，日後前程似錦；若捱不過去，只怕也就到此為止了。

「屬下踰矩了，只言盡於此，還請統領仔細思量思量。」萬平恭敬地朝他躬了躬身，再不多話。

程紹禟腦子裡一片混亂，總是想著那倒在血泊中的一具具屍體，也不知過了多久，他啞聲問：「當日通州城任忠大人府上失火，一家人葬身火海，此事與你們可有關係？」

他雖問的是「你們」，可萬平如何不知道其實他問的是此事可與太子殿下有關？他搖頭道：「任忠之死，乃是魯王所為，著實與太子殿下無關。當日魯王本以為買通了何總鏢頭便可以萬無一失，故而毫不猶豫地派人殺了任忠一家滅口，哪想到事情最後還是出了變數。」

程紹禟心裡說不出是什麼滋味，彷彿像是鬆了口氣。

所以，當年鏢局遭遇的連番禍事，都是魯王所為，與太子殿下無關。

既然已經完成任務，一行人自是不會久留，立即啟程回京。

太子府書房內，趙贇猛地合上手中密函，冷笑道：「趙甫那廝竟在打兵權的主意？想要將他的人安插入兵部，也要看孤答不答應！」

他手下的幕僚紛紛建言，應該如何堵死魯王欲插手兵部的路，你一言、我一語，各有各的看法，討論得好不熱鬧。

趙贇始終一言不發地任由他們各抒己見，眸色幽深，也不知在想些什麼？直到有下屬前來通稟，說侍衛副統領程紹禟與侍衛萬平求見，他才喚了聲「傳」。

幕僚們見狀，遂紛紛起身告退離開。

程紹禟與萬平進來的時候，屋裡只得趙贇一人。

二人朝著上首的他行禮問安，程紹禟單膝跪在地上，沈聲道：「屬下前來覆命。」

「差事可辦好了？」趙贇輕撫著手上的指環，嗓音淡淡的，讓人聽不出半分起伏。

程紹禟張了張嘴，眼前彷彿又浮現了那些倒在血泊中的屍體，令他老半晌說不出來話。

他身旁的萬平見狀便急了，生怕他觸怒趙贇，連忙大聲回答。「幸不辱命！」

趙贇的視線卻緊緊鎖著程紹禟，眸光銳利，似是不打算放過他臉上的每一分表情。「程統領的說法呢？任務可完成了？可有留下哪怕一個活口？」

程紹禟深深地吸了口氣，啞聲重複道：「幸不辱命！」

趙贇定定地望著他良久，終於，嘴角彎了彎，滿意地道：「很好，孤總算沒有看錯人。」

好了，你們也奔波了這些日子，回去歇息幾日再回來當差吧！」

「多謝殿下！」程、萬二人異口同聲地謝過他的恩典，這才告退離府。

萬平自然將此回出任務的詳情，原原本本地向褚良回稟了。

褚良聽罷，長長地嘆了口氣。「我知道了，也是在預料當中。此番辛苦你了，你辦得很漂亮，回去好生歇息幾日再回來吧！」

萬平應了聲是，想了想，終是不放心地道：「程統領那日雖然沒有再說什麼，只我卻覺得他未必會將我說的那番話聽入心裡。若是如此，他總有一日會自己把自己拖累死。」

褚良揉了揉額角。「一個人的性子豈是會說變就變？他這麼多年來的認知已經根深柢固，又怎會因你的三言兩語改變？此刻他只是受些打擊，心裡怕是亂得很，只能待他慢慢想明白了。」

婦人之仁用在當差上自然不好，但是在兄弟相交上卻是再讓人放心不過的，或許這也是自己為什麼會如此不遺餘力地幫他之故吧！

程紹禟一路沈默地回到家中，推門而入，卻覺屋裡靜悄悄的，不知為何心口一緊，連忙加快腳步四處尋找。院子、堂屋、灶房、東廂等處均被他尋過，可卻始終不見妻兒的身影。

他的臉色開始發白，緊握成拳頭的手也在不停顫抖著。

曾經死在他手上之人的面容，一個又一個地在他腦海中閃現，不知不覺間，他的身體顫抖得更厲害了。

「小、小玉！」他再也忍不住大叫一聲，聲音卻帶著不易察覺的緊張與害怕。

「叫這般大聲做什麼呢？」

女子含著嬌嗔的話響起來時，他呼吸一窒，猛地回過頭，看到那張熟悉的臉，終於忍不住大步上前，用力把她擁入懷中。

「你……」凌玉被他這罕見的熱情嚇了一跳，腰間被那雙有力的臂膀緊緊地摟著，勒得她險些透不出氣來；再一看到楊素問掩嘴偷笑的模樣，又低頭一瞧，便對上了小石頭咬著手指頭，好奇地眨巴著眼睛的神情。「你做什麼呢？快放開我！」看著楊素問體貼地抱起小石頭快步進屋，她紅著臉，在把自己越抱越緊的男人後背拍了一記，有幾分羞惱地道。

感受著懷裡熟悉的軟玉溫香，程紹禟一時緊懸的心總算落到了實處，心跳漸漸平復，察覺她的掙扎，終於緩緩地鬆開她。

「你做什麼呢？讓素問瞧見了多不好，她必定會藉此機會取笑我了。」凌玉俏臉泛紅，不自在地嗔道。

這人就是塊木頭，從來在人前都是再端方正經不過的，似今日這般真真切切是頭一回，讓她意外極了，卻又掩飾不住心裡那點歡喜。

程紹禟定定地盯著她，看著眼前這張泛著桃花的熟悉俏臉，似嗔、似喜、似惱，一時有幾分茫然，卻又隱隱鬆了口氣。

太好了、太好了，她還在，她還在……

「妳去哪裡了？」半晌，他才啞著嗓子輕聲問。

「與素問到隔鄰王大嬸家裡去了，還能去哪兒？」凌玉沒好氣地道，頓了頓，又奇怪地問：「你這是怎麼了？怎地臉色這般難看？可是這回差事辦得不順利？」

「我沒事。日頭大，咱們回屋吧！」程紹禟搖搖頭，牽著她的手便往屋裡走。

凌玉本是打算繼續追問的，可左手被包入那溫厚帶著繭子的大掌時，不知為何，卻是半句話也說不出來了。她象徵性地掙扎了一下，不料對方卻把她抓得更緊。

有古怪……實在是太古怪了！

這晚，她對著銅鏡抹著玉容膏，想到今日程紹禟一連串不同尋常的舉動，心裡納悶得很。

除了剛回來的時候把她摟在懷裡不撒手，到後面又一直抱著兒子寸步不離地跟著她，她去灶房準備晚膳，他也抱著兒子跟著去，眼睛緊緊地盯著她，鬧得楊素問不好意思地放下正洗著的菜，光明正大地偷懶不幹了。

最後，那對父子便接替了楊素問的活，「齊心協力」地把菜給洗乾淨了。

此時的程紹禟舉著木桶，把自己從頭淋到腳，而後死命搓著身體，一下又一下，像是恨不得把自己的一層皮都搓下來，彷彿這樣就可以把他沾上的血腥全部給洗去。

可無論怎樣洗，他的鼻端總像是縈繞著那股血腥味道，那一具具屍體不甘心的眼睛似是在盯著他，控訴著他的殘暴與血腥。

凌玉在屋裡等了老半天不見他回來，卻發現他忘了帶換洗的乾淨衣裳，只得拿起去尋他。哪想到剛推開淨室的門，卻見背對著她的程紹禟死命地搓著身體，那股狠勁，讓她瞧見了都覺得疼。

「你這是做什麼？剝皮呢！」她終於沒好氣地出聲，把手上的乾淨衣裳搭在架上，催促道：「莫要洗太久，皮都要起皺了。」

半晌，她才聽到男人低低地「嗯」了一聲。

她皺了皺眉，心裡那股奇怪的感覺更濃了，只是如今卻不便問他，唯有又叮囑了幾句才離開。

開門又關門的聲音響了起來，女子輕盈的腳步聲也越來越遠，程紹禟僵著身體，良久，苦笑了聲。

事到如今，前頭縱是望不見底的深淵，他也只能硬著頭皮走下去了。萬平那些話雖不好聽，但也是大實話。

他並不是孤家寡人，他的身後有妻兒、有上了年紀的母親，還有許許多多關心著他的親友。若是他倒下了……

他揉了揉額角，猛地起身拿起乾淨的棉巾，擦去身上的水漬。

正想推門進屋，便聽到屋裡傳出妻兒的問答聲，他不禁停下腳步，認真聽著裡頭的溫聲軟語。

「從前有個男娃叫小石頭，後來他長大了，嗯……小石頭長大了想做什麼呢？」

「跟爹爹一樣！駕駕駕，砰砰砰，看我的厲害！」
「……為什麼不像娘親、不像舅舅一樣，賺很多很多的錢？」
「嗯……好吧，也跟娘親和舅舅一樣，賺很多很多的錢，買許多許多好吃的！」
不知什麼時候開始，他的嘴角已微微翹起來，僅是聽著母子二人的一問一答，他便可以想像娘子臉上的無奈與鬱悶。他早就看出來了，凌玉並不希望兒子像他這般，早前他不以為然，可如今，他也希望他的兒子日後走上一條與自己截然不同的路。
一條沒有殺戮、沒有血腥，沒有仇恨與報復的路。

凌玉是被體內突然升起的一股燥熱給弄醒的，她迷迷糊糊地睜開眼，卻發覺自己不知什麼時候被人半褪了衣衫，有一雙大掌正在她身上作亂。
「你、你做什麼？萬一、萬一把兒子吵醒了……」她微微喘息著，想要去推身上的男人，卻是軟綿綿的，半分力也提不起來。
程紹禟停下動作，她正想要鬆口氣，突然整個人被他凌空抱起，嚇得毫無準備的她險些叫出聲來。程紹禟一言不發地把她抱到如今暫無人居住的東廂，凌玉又驚又羞又惱。「你做什麼？快放開，兒子若是醒了不見咱們——」
「他快四歲了，可以自己一個人睡了。」程紹禟打斷她的話，逕自把她抱到收拾得乾乾淨淨的床榻上，回身反手落了鎖，在她掙扎著想要起身逃跑前，欺身把她壓在身下，毫不遲疑地堵上她的嘴。

良久，一陣女子似喜、似惱的輕泣在寂靜的屋裡響起來。

「嚶嚶嚶，你好了沒？我快累死了……」

「混蛋，你還來?!嗚嗚嗚，求求你放了我吧，我真的不行了……」

「你有完沒完！這是吃錯了什麼藥，啊？混蛋！我恨你，恨死你了……」

次日一早。

「爹爹、娘！爹爹、娘……」

聽著小石頭用力捶著房門的聲音，凌玉裝死地扯過薄被，把自己從頭到腳蓋了個嚴嚴實實。

正在著衣的程紹禟有些歉疚地望著她，見狀擔心地道：「莫要這般蓋，小心悶著了。」

「滾！」女子悶悶的、帶著薄惱的聲音隔著薄被傳出。

他無奈地笑了笑，也知道昨晚確實是自己鬧得太過之故，唯有清清嗓子道：「妳再睡片刻，我去準備早膳，也不會讓小石頭前來打擾妳。」

凌玉只想罵娘。再睡片刻，豈不是明明白白地告訴別人，昨晚他們夫妻扔下兒子做了什麼好事嗎？不過此時此刻，又聽著外頭楊素問哄小石頭的聲音，她乾脆破罐破摔了。

罷了，都這樣了，還是繼續睡會兒再說。

「娘呢？」看到爹爹從裡頭出來，小石頭探著腦袋想要往裡鑽，卻被程紹禟一把抓住小胳膊給抱起來。

「娘不舒服呢，小石頭聽話，讓娘再睡會兒，莫要去打擾她。」

楊素問努力忍著笑，連連點頭。「你爹爹說得對，還是莫要去打擾你娘，讓她再睡會兒。」

小傢伙似懂非懂地點點頭。「好，我不打擾。」

程紹禟揉了揉他的腦袋瓜子。

聽著外頭的腳步聲越來越遠，凌玉才「呼啦」一聲扯下身上的薄被，哪還有半分睏覺之意。她想要起身，卻發現身上痠痛得很，不禁將那個罪魁禍首給罵了個半死。

真是，也不知昨晚發的什麼瘋，任憑她又哭、又求、又罵都半點不為所動，可著勁想怎樣來便怎樣來。

只是，隨即她又開始反省，難道是憋得太狠之故？這樣一想，她又有些心虛了。

當初是因為過不去上輩子留下來的陰影那關，故而才藉著兒子躲避，如今那些事早就不是個事了，可讓兒子跟他們夫妻睡卻已經成了習慣。

她蹙起眉頭。或許真的該讓小石頭學著一個人睡了，若是憋壞了石頭爹，豈不是罪過？像昨晚那樣的瘋狂要是再來幾回，只怕她都要把小命給交代了。

不過……還是再讓兒子跟她睡幾晚再說。

她躺在床上翻來覆去了好片刻，才慢吞吞地起來，察覺身上乾乾爽爽的，恍恍惚惚間記得，昨晚那人好像還幫她清洗過身子，頓時臉又紅了幾分，嘟囔了幾句，扯過搭在椅背上的衣裳穿上。

「起了?可要我幫妳?」程紹禟不知什麼時候走了進來,眸光暗沈,正盯著她問。

凌玉啐了他一口,又瞪了他一眼。「誰要你幫!」

程紹禟好脾氣地笑了笑,回身出門將準備好的溫水捧進來,他的身後,跟著小石頭這條小尾巴。

「娘是懶小豬、娘是懶小豬……」小傢伙頭一回見娘親起得比他還要晚,拍著小手歡快地叫著,倒是把一覺醒來發現自己被爹娘拋下的委屈,給拋到了九霄雲外。

凌玉恍若未聞,慢條斯理地漱口、洗臉,又對著銅鏡梳了個簡單的髮髻,在兒子的取笑聲中往臉上抹了香膏,這才起身拍了拍衣裳,猛地朝仍在叫著「娘是懶小豬」的小石頭衝過去。

小石頭尖叫著,卻是被娘親抓了個正著,肉乎乎的臉蛋被人好一頓蹂躪,小屁股也挨了幾巴掌。

「爹爹!爹爹救我……」小傢伙又笑又叫地向抱手站在一旁看熱鬧的爹爹求救。

程紹禟笑看著他們母子倆鬧了好一會兒,這才上前將兒子從他娘手上救過來。

小傢伙的四肢立即纏上他,一個勁兒地往他懷裡鑽。

凌玉捋了捋已是有幾分凌亂的鬢髮,臉上帶著笑鬧過後的紅雲。察覺到男人幽深的眸,不解地低下頭去,便見方才打鬧中,領口被兒子扯下幾分,露出了裡面曖昧的痕跡。

她紅著臉瞪了他一眼,背過身去飛快地把衣裳整理好,便聽到程紹禟道——

「早膳我都準備好了,快出去吧,若是涼了就不好了。吃完了咱們可以到外頭走走,妳可有想去之處？」

凌玉有些意外。「真是告了假？」

「殿下准我回家歇息幾日再回去當差。」

凌玉有些高興，略想了想。「都說相國寺的菩薩最靈驗，咱們來了京城這般久都不曾去過，趁著今日得空，不如去上上香，求個平安符？」

這人每回出門歸來，身上總是有些隱隱的血腥味，她雖不便問他在外頭之事，但心裡卻始終七上八下的。每回他外出辦差，她便輾轉難眠，無法安寢，就怕又如上輩子那般，沒能等回來他的人，卻等回了他的骨灰。

「妳若喜歡自然便好。」程紹禟不過是想陪著他們母子，至於去哪裡、要做什麼，他倒不在意。

待用過了早膳，一家三口便租了馬車，帶著準備好的香燭等物，往相國寺而去。

凌玉本想叫上楊素問，可楊素問一來正全心全意地調製著她的新香膏，二來也不願當那不長眼的，故而又是搖頭、又是擺手，只讓他們早去早回，不必理會她。

凌玉也知道她的性子，倒也不勉強，再三叮囑她好生在家中，不管什麼人來敲門都不必理會，只當家裡沒人便是。

楊素問如同小雞啄米般連連點頭。「放心放心，就算門被敲爛了我也當不知道。」

凌玉無奈地在她額上戳了戳。

「我怎覺得妳就是個愛瞎操心的性子，素問姑娘也不是小孩子了，怎還需要妳事事囑咐？」上了馬車，程紹禟抱著兒子在懷中，笑嘆一聲道。

「天生的操心命，我也沒法子。」凌玉攤攤手，滿臉無奈。頓了頓，輕哼一聲道：「就算十個素問加起來，也不如你一個這般讓人操心。」又瞥了一眼賦在爹爹懷裡、無比乖巧的小石頭。「當然，還有那個見了爹爹不要娘的小沒良心。」

小石頭圓溜溜的眼睛撲閃撲閃的，似是知道自己便是娘親口中的小沒良心，立即衝她揚了個甜滋滋的討好笑容。「娘……」

「嗯，這小沒良心的還極有眼色。」凌玉在他臉蛋上輕輕捏了捏。「比他爹要強！」

程紹禟輕笑，單手摟著兒子，另一隻手趁著兒子不注意，突然在她腰間撓了撓。

凌玉自來怕癢，立即便打了個哆嗦，飛快地坐遠離他們父子，恨恨地瞪他。這混帳！

小傢伙看到爹爹在笑，也跟著傻乎乎地笑起來，一大一小兩張極其相似的笑臉，直看得她牙根癢癢的。

相國寺香火鼎盛，每日往來的香客絡繹不絕，凌玉一家來得比較晚，大雄寶殿已經湧了不少上香求籤拜佛之人。

凌玉跪在蒲團上，仰望著寶相莊嚴的佛像，在心裡默默地祈求著此生的平安。在平安二字跟前，什麼前程似錦、腰纏萬貫都是假的，只有人活著，一切才有變好的可能。

殿外的程紹禟抱著兒子，靜靜地看著滿臉虔誠的她，彷彿知道她在向佛祖祈求著什麼樣的心願似的。

待凌玉拿著求來的兩個平安符出來後，二話不說便往程紹禟懷裡塞了一個，又把餘下的那個用錦囊裝著，掛到兒子的脖子上，塞入小傢伙的胸口處收好。

「妳的呢？」程紹禟見她只求了兩個，自己卻沒有，不禁皺起了眉。

「我每日只在家裡，哪兒也不去，用不著。」凌玉不在意地擺擺手，隨即又道：「咱們到那邊瞧瞧去，聽說那兒有味道相當不錯的齋飯，這會兒過去，說不定還能有此口福嚐嚐這聞名的相國寺齋飯。」

程紹禟聽罷，默默地把那平安符收入懷中，掂了掂兒子，頷首應道：「好。」

既是她的一番心意，他自好生珍藏著便是。

凌玉本以為程紹禟說留在家中陪自己幾日不過是隨便說說，不承想一連數日，他確實寸步不離地「陪」著他們母子，哪裡也沒有去，就連唐晉源派人前來請他吃酒敘舊也給推了。

她既感到奇怪，卻又有點兒高興，畢竟自從到了京城後，他再不曾有這樣日夜陪在身邊的時候，便連好不容易休沐在家，也會不時被人給請去。

當然，最高興的還要數小石頭了。

這幾日，小傢伙成了爹爹的小尾巴，屁顛顛地跟在程紹禟身後，一會兒讓爹爹教他打拳，一會兒又讓爹爹帶他騎馬。除了自己騎馬程紹禟無論怎樣也不答應外，小傢伙其他的願望都儘量滿足了。

不過，對相公日日留在家中閉門不出，凌玉卻有一點吃不消，就是每到了夜裡，一待兒子睡過去，那人便不由分說地抱著她到東廂去，變幻著花樣折騰她，不管她是軟語懇求，還是嬌聲哭罵，均不理會，必是要盡興了才肯放過她。

這晚，他一如既往地幫她擦拭身子，看著那些被他弄出來的痕跡，不禁有些歉疚，再一瞧見她臉上的淚痕，那歉疚感便更加濃厚了。

他知道這幾日自己折騰得確實狠了些，可是唯有這樣，他才能壓下自己心底深處那股恐懼——那股因為自己而連累了她的恐懼。

待程紹禟終於回府當差了，凌玉才鬆了口氣。

楊素問見狀便笑了。「玉姊姊，這算不算久住遭人嫌？」

凌玉如何沒有聽出她話中的取笑之意？沒好氣地戳了戳她的額頭。

「今日該到了收鋪的時間，一會兒咱們便到東街去，看那掌櫃可把東西都收拾好了？」

按照當初的約定，今日便到了銀鋪兩清的時候了，日前凌大春也來信提醒她，順便還告訴她，已經在加緊準備運上京城的玉容膏等貨物了。

而前日，太子妃身邊的侍女彩雲也前來告訴她，娘娘的玉容膏用完了，問程娘子此處可還有？

凌大春當日上京的時候曾給她帶了數盒，故而凌玉手上還真的有，加上太子妃此舉更是表明了對玉容膏的支持，她如何會不給？自然歡歡喜喜地給了彩雲。

彩雲謝過了她，次日便又送來了太子妃的賞賜，看得楊素問直咂舌，只道留芳堂也不用開了，便是只供應給太子妃，賺的錢也夠她們花一輩子。

凌玉也沒有想到太子妃出手竟是這般大方，又想到太子每回給程紹禟的賞賜也是不少，不禁感嘆這對世間最尊貴的夫妻真真是散財童子，難怪能湊到一處去。

「不好意思、不好意思，這鋪子我不賣了！這是早前你們給的訂金，如今原樣奉還，小娘子還是另選地方吧！」

凌玉沒有想到，一大早前去收鋪，聽到的居然是這樣的話。

她當即沈下臉，冷笑道：「你這是什麼意思？錢收了，合同也簽了，難不成如今還想反悔？我告訴你，既然簽了合同，不管你肯不肯，這鋪子也已經不再是你的！」

「妳這小娘子是怎麼回事？我又沒有昧下妳的錢，不是一文不少地還給妳們了嗎？」掌櫃雖然理虧，可見她一個婦道人家，自然也不怕。「去去去！我告訴妳，這鋪子我說不賣就是不賣！」

「不賣也行，按照合同規定，十倍奉還訂金！若是不從，我直接告到官府去，我便不信了，這天底下還沒有說理的地方！」凌玉絲毫不懼他，硬氣地道。

「對！欺人太甚了！明明合同都簽了，錢也收了，臨了卻來反悔！告他，讓官老爺把他抓去大牢裡，好生吃幾頓牢飯！」楊素問也是氣得不行。

沒想到那店老闆一聽，反而淡定了，輕蔑地道：「那妳們便去告啊！十倍奉還訂金？妳這是存心想要訛詐，老子還要反告妳們呢！」

凌玉見他這有恃無恐的模樣，心思一動，正暗自納悶間，忽見一名身著錦袍的中年男子邁進來。

「李三，都收拾好了嗎？」

那名喚李三的店老闆立即涎著笑臉迎上前去。「都收拾好了、都收拾好了，您想什麼時候開張營業都可以！」

「嗯，那這銀子……」

「您說笑了，小人這鋪子能入得您的眼，那是小人的福氣，哪敢要什麼錢呢！」

「喔，原來早早找了下家，難怪要反悔呢！」楊素問恍然大悟，叫了起來，隨即又啐道：「呸，不過就是個勢利眼，為了拍馬溜鬚，把鋪子雙手奉上，連正經生意都不做了。見官，必須要見官！」

「見官？真是不知所謂！」李三不屑地橫了她們一眼。

「她們是什麼人？」錦袍男子皺眉問。

「不過是兩個窮怕了想訛詐小人的女子，算不得什麼。」

錦袍男子斜睨她們一眼，冷笑道：「真是好大的膽子！可知道在妳們面前的是什麼人？竟敢在此放肆！」

凌玉同樣冷笑道：「我只知道有理不怕說破天去，天子腳下，我便不信連個說理的地方都沒有！」

「大膽！好個不知所謂的女子！妳可知道爺是什麼人？爺的親妹夫正是太子府中的侍衛統領，掌一府之安危，深得當今太子看重。」

楊素問下意識地望向凌玉。

便是凌玉也怔住了。太子府的侍衛統領？誰？

那人見把她們嚇住了，故作大度地揮揮手。「看在妳們不過是無知婦人的分上，我大人有大量，便不與妳們計較了，快快散去吧！」

「就是！還不快快多謝老爺？還想告官呢，也不怕把妳們滿門抄斬了。」李三得意地接著道。

「騙誰呢！什麼太——」楊素問氣不過，正想要反駁，卻被凌玉給拉住了。

凌玉淡淡地掃了那兩人一眼。「既如此，這鋪子我也不要了，只盼著你們不要後悔才是。」

不管這人口中的侍衛統領是何人，以趙贇的性子，若是讓他知道有人打著他的旗號在外頭作威作福，必然不會輕易放過，她只需看著便是。

回家的路上，楊素問仍是氣呼呼的，一想到那兩人的嘴臉便是恨極。

「玉姊姊，妳為什麼不讓我拆穿他們？什麼太子府上的侍衛統領，騙騙旁人倒也罷了，難不成還能騙咱們嗎？太子府上的統領分明是褚良褚大哥，他早就什麼親人都沒有了，哪來這麼一號親戚？」

「或許人家口中的統領並不是指褚統領呢？放心，我也不是那等會白吃虧的，回頭等妳程姊夫回來了，我再問問他是怎麼回事？」凌玉安慰道。

「可是，咱們的東西都準備得差不多了，這會兒鋪子沒了，那留芳堂是不是就開不成了？」一說到這兒，楊素問滿是憂慮。

凌玉比她也好不到哪裡去。這個時候，說不定大春哥已經準備將東西運往京城了，可是訂好的鋪子卻沒了……在這節骨眼上，叫她去哪裡找適合的鋪子？

「讓我想想、讓我想想……」她喃喃地道。

兩人憂心忡忡地回了家，凌玉先到隔壁王大嬸處接小石頭，看見小石頭正神氣活現地打拳給王大嬸的兩個孫兒看，引來小傢伙們一陣陣拍掌歡呼聲，看得一旁的王大嬸哈哈大笑。

她無奈地笑了笑。

小石頭眼尖地看到了她，拳也不打了，撒歡地朝她跑過來，一把抱著她的腿便喚道：「娘……」

凌玉替他擦了擦額上的汗漬，捏捏他的臉蛋，把帶來的白糖糕分給王大嬸那兩個孫兒，又把最後一塊給了小石頭。看著他們高興得眉眼彎彎，這才牽著小石頭的手到王大嬸跟前。「真是麻煩嬸子了。」

「不麻煩、不麻煩！這孩子最是乖巧聽話，比我家那兩隻潑猴容易帶多了。日後不要再破費了，每回來都給他們帶吃的，慣得他們嘴可刁著呢！」王大嬸笑道。

凌玉又與她閒話了一陣子，才帶著小石頭離開。

母子二人剛進了家門，便聽到裡面傳出楊素問告狀的聲音。凌玉有些意外，順手關上了門，就看到楊素問正不滿地向程紹禟說著今日的遭遇。

「……什麼太子府的統領，我瞧他就是騙人！褚統領明明是孤家寡人一個，又沒娶親，哪就成了別人的親妹夫了？他分明是招搖撞騙，敗壞褚統領，也敗壞太子殿下的名聲！」楊素問相當機靈地把對方的罪狀拔了幾個高度。

程紹禟越是聽，眉頭便越是擰得緊，順手摟住了朝他撲過來的小石頭，詢問的目光投向凌玉。

凌玉朝他點點頭。「素問說得沒錯，那人確實說太子府的侍衛統領是他的親妹夫，可到底是正統領還是副統領，這倒是沒有明說。」副統領也稱統領，故而還真不一定是指褚良。

太子府的侍衛統領一正二副，褚良為正，程紹禟和另一人則為副。

「此事我知道了，明兒便回府仔細問問，若那人真的假借太子府的名義在外頭招搖撞騙，我必不會輕饒過他！」程紹禟沈著臉道。頓了頓，又問：「那鋪子之事……」

「如今唯有再重新找找看了。」一提到此事，凌玉頭都大了。

適合的鋪子哪是這般容易找的？當初凌大春也是花費不少心思才尋到的。

「不用擔心，回頭我也託人四處瞧瞧，若有適合的，不拘是買還是租，都先定下來再說。」程紹禟安慰道。

「也只能這樣了。」

到底事關太子府的聲譽，程紹禟思前想後，還是等不及明日回府再查，只跟凌玉說了聲，便急急忙忙欲往太子府去。哪想到他剛走出幾步，雙腿便被人緊緊抱住，低頭一看，對上了小石頭黑白分明的清澈眼眸。

「爹爹，我也去！」小傢伙撒嬌地抱著他的腿直蹭。
程紹禟想把他拎開，奈何小傢伙抱得著實太緊，偏凌玉和楊素問正在灶房裡準備晚膳，也沒人出來瞧瞧，無奈之下，只得把他抱起。
小石頭頓時便高興了，又怕爹爹到最後還是拋下自己，立即便如八爪魚一般纏著他。
今日正是褚良當值，見程紹禟去而復返，身後還跟著一個蹦蹦跳跳的小石頭，本是冷硬的臉上也不禁添了幾分柔和之色。
小石頭認得他，衝他笑咪咪地脆聲喚道：「褚伯伯！」
褚良甚喜這個大膽的小傢伙，又被他這般奶聲奶氣地喚著，心中頓時一片柔軟，忍不住在他腦袋上揉了揉。「嗯。」
「你這去而復返，可是發生了什麼事嗎？」落坐後，褚良便問。
程紹禟將事情大略告訴了他，末了又道：「此事說大不大，說小可也不小，如今朝堂上不只魯王，還有韓王都緊緊盯著太子殿下的一舉一動，若是被有心人利用了去，怕是對府上聲譽有些影響。」
「你說得極是，只是還得查查對方口中這位統領指的是何人？是確有其事，還是他隨口胡謅？首先，褚某人孤家寡人多年，至今未娶，自然不會是那人口中的妹夫；你便更不可能了，弟妹就在跟前，那人若敢稱你是他的妹夫，我倒要給他寫個服字；至於汪兄弟，大概也可以排除，因為汪弟妹乃是個孤女。不過為了謹慎起見，我自是還要問他一問。」褚良思忖片刻，才緩緩地道。他口中的汪兄弟，指的自然便是府內另一位副統領汪崇嘯。

「大哥說得極是，若……小石頭，你做什麼？」程紹禟話音未完，便發現了兒子的小動作。

褚良側過頭一看，見小傢伙不知什麼時候走到了自己身後，正伸著小肉手，想要去摸他腰間長劍。

小石頭立即把手縮到身後，無辜地眨巴眨巴眼睛，一副「我很乖，我什麼也沒做」的模樣。

褚良不知怎地想到了當日在船上，小石頭曾問過他能否摸摸他的劍？再一看小傢伙如今的動作，不由得啞然失笑。

看來那日沒讓他摸到，這小子一直記在心上呢！

只是，他的劍沾了太多血腥，出鞘見血，著實不適宜讓小孩子觸碰。

他想了想，從懷中掏出一個精緻的劍狀玉珮，小心翼翼地掛到小石頭的脖子上，儘量讓自己的聲音聽起來柔和些。「伯伯的劍小孩子不能碰，不過伯伯可以把這個送給你。等你長大後，伯伯再送一把真正的劍給你，可好？」

「大哥不可……」程紹禟欲阻止。

可褚良卻不在意地擺擺手。「這是我給小石頭的東西，與你無關。」

小石頭低頭把玩著那小玉劍，半晌，睜著亮晶晶的眼睛，聲音響亮地回答。「好！」

程紹禟無奈地搖頭，頭一回覺得，兒子膽子太大或許不是什麼好事，除了這個膽大包天的小子，他可從來不曾見哪個孩子敢這般親近褚良的。

褚良將汪統領請過來，將此事原原本本地告知他。

汪統領只一聽便明白了，連連搖頭道：「不是我。拙荊娘家早就沒人了，哪會出來這般一個兄長。」

褚良對此毫不意外，眸光當即變得銳利起來。「如此看來，那人必是信口胡謅！真是好大的狗膽，太子府也是他能胡亂攀扯的？」

汪統領遲疑了一下，道：「說起來，前些日我到城郊辦事時，也曾遇到類似之事，同樣有人打著與太子府上某人的關係，盡幹些欺壓百姓之事。」

「果有其事?!」程紹禟與褚良異口同聲地問。

汪統領點點頭。

「大哥，若是如此，怕是要將此事稟報殿下，我懷疑有人意圖在民間詆毀太子殿下的名聲。」程紹禟一臉凝重。

褚良也想到了這一層，便立即起身。「咱們這便過去向殿下稟報。」

此時的趙贇正皺眉看著嚇得小身子一縮一縮的兒子，不論謝側妃如何哄，小傢伙硬是不敢靠過來，若是強硬些，便直接哭出聲來。

「不要、不要……我要嬷嬷、我要嬷嬷……」

謝側妃又是惱怒、又是尷尬，再一看趙贇陰沈的臉，心中一突，連忙解釋道：「殿下威儀，縱是成年男子在前也不敢放肆，洵兒年紀畢竟尚小，會對父王心存畏懼著實難免。」

殊不知，她此番話卻讓趙贇的眉頭擰得更厲害了。

「常言道，初生牛犢不怕虎，稚齡孩童正該是無知無畏的時候，如何會對生身父親如此畏懼？可見他的性情便是如此軟弱膽小。」

謝側妃差點沒跪下來請罪，只心裡卻又有些替兒子叫屈。殿下不苟言笑，性子更是冷漠非常，甚至有時候她還感覺他身上有一股肅殺之氣，莫說闔府之人，便是滿朝文武，也沒幾個不怕他的，更不必說年僅三歲的兒子。

「罷了，妳帶他回去吧！」趙贇揮揮手讓她退下。

他縱是再冷漠，也無法在看著兒子畏他如虎時還能無動於衷。畢竟，這是他目前唯一的孩子。

再一想另一個比趙洵僅大了數月的孩子，自相識那日起，便對他沒有半分怯意，不但沒有，甚至有時候還敢膽大包天地瞪他。

謝側妃還想說些什麼挽回一下，可對著他那張冷漠的臉，什麼話再說不出來了，唯有福身行禮，拉著兒子便離開。

待結伴而來的褚良、程紹禟、汪崇嘯三人道明來意後，趙贇不以為然地合上卷案。「不過是些不入流的小打小鬧，孤難道還會害怕平頭百姓的議論不成？」

只要他大權在握，又有什麼好害怕的？這些想來不過是趙甫他們的垂死掙扎罷了，以為在民間搞些小動作，讓他被議論幾句，便能動搖他的地位了？簡直可笑！

見他並不放在心上，程紹禟蹙眉。

褚良已經率先開口勸道：「殿下乃是一國儲君，如何能白白受此委屈？依屬下之見，不如徹查一番，看府裡是否當真有人打著太子府的旗號在外作威作福？若是，嚴格處置；若無，也必要將招搖撞騙之人繩之於法，絕不姑息！」

趙贇輕輕磨著宣紙上被他圈上的那幾個名字，聽罷，並無不可地道：「既如此，你便安排人去辦便是。」

趙甫想安排這幾人進兵部？也得瞧他答不答應！想來必是他最近手段太過溫和，以致讓那廝好了傷疤忘了疼。

程紹禟如何看不出他的不以為然，但到底也不多話，打算好生徹查一番。

三人見他已經表態，便打算退下各行各事，忽聽趙贇提高聲音道——

「喏，門外那個探頭探腦的小鬼，給孤進來！」

眾人回身一看，便見小石頭雙手扒拉著門邊，正探出半邊腦袋好奇地往屋裡望。察覺伯伯們和爹爹都望著自己，立即衝他們甜甜地笑。

程紹禟無奈。進來前本已經吩咐過小傢伙，讓他好生在外頭等著，莫要到處亂跑，爹爹很快便出去。門外的侍衛想來是因為認得這小傢伙，故而也沒有太過注意他。

「笑什麼笑？說你呢！」趙贇皺著眉頭又道。

「過來向太子殿下行禮。」程紹禟生怕他觸怒趙贇，連忙道。

「好……」小石頭拖著長長的尾音，一蹦一跳地跑進來，學著方才爹爹的模樣，朝上首的趙贇拱手躬身行禮。「屬下參見殿下！」

趙贇被口中的茶水嗆著，連忙背過身去拭了拭嘴角，便是褚良與汪崇嘯也是忍俊不禁，連忙低下頭去掩飾臉上的笑。

程紹禟啼笑皆非，正想說兒子幾句，便聽到趙贇沈著臉喝道——

「你是誰的下屬？孤何時竟收了你這樣的屬下！」

小石頭無辜地眨了一下眼睛，再眨一下，而後仰起小腦袋，望向身邊的爹爹。

程紹禟揉揉他的腦袋瓜子，朝趙贇恭敬地道：「小兒言行無狀，還請殿下念在他年幼無知的分上，饒恕於他。」

趙贇卻是緊盯著小石頭，臉上一片若有所思之色，片刻後，忽地道：「既如此，孤便予你一個當下屬的機會。自明日起，這小子便到洵兒身邊去。」

程紹禟大吃一驚，連忙道：「小兒性子跳脫，不知輕重，恐衝撞了大公子，還請殿下收回成命。」

趙贇卻是有他的主意。庶長子趙洵膽小軟弱，著實令他不喜，若是讓趙洵與這個同齡卻膽大包天的程磊多些相處，說不定可以改一改他那個性子。

「孤意已決，你不必多言。明日你過來當差便帶上他，回去時再把他接走吧！」趙贇繼續垂眸翻看手上的案卷，不再理會他。

褚良輕扯了扯程紹禟的袖口，示意他莫要再多話。

待三人帶著小石頭告退後，褚良方勸道：「你也莫要擔心，這是殿下賜予小石頭的恩典呢！大公子乃殿下長子，將來……小石頭跟在他身邊，有這打小的情分，這日後的前程必是有的。」

「正是這個道理，我只嘆我家那小子入不得殿下的眼，不似你家這小子這般聰明伶俐，討人喜歡。」汪崇嘯的語氣有幾分羨慕。太子殿下的長子呢！將來說不定也是太子，這前程哪會只是一星半點？

程紹禟卻是嘆了口氣，捏了捏懵懂無知的小石頭的胳膊，心裡憂慮至極。

若是讓小玉知道了，只怕又有好一番鬧。以她的性子，必定不會同意讓小石頭進府。

「放心吧，小石頭年紀尚幼，殿下讓他進來也不過是陪著大公子玩耍，沒有人敢指使他做什麼的。再不濟，府裡還有你我，難不成還能讓人把他給欺負了？」褚良安慰道。

「嗯。如今最重要的，還是查明那些事是偶爾行之，還是有組織、有規律的行事……」

程紹禟定定神，說起了正事。

事已至此，程紹禟也知再無轉圜的餘地，畢竟，這在許多人眼裡，是太子的一個天大恩典，他若推，倒成了不識抬舉。至於歸家後會面臨怎樣的惱怒……還是見步走步吧！

第十七章

凌玉當晚得知兒子要進太子府陪伴趙贇那位庶長子，險些一口氣提不上來，大怒道：「我相公成了他們家的屬下，如今連我兒子也要進去侍候他們家的兒子，難不成我們程家出了一個侍候人的，便子子孫孫也要幹這些侍候人的活?!」

「小聲些、小聲些，小心隔牆有耳！」程紹禟吃了一驚，沒想到她會說出這樣大逆不道的話來。

凌玉卻一把推開他，怒目而視。「我有哪句話說錯了？我們是清清白白的良民，不是賣身為奴的賤民！誰想世代給人當家僕，自去當去，與咱們有什麼相干！」

楊素問摟著小石頭坐在一旁，聽著他夫妻二人的話，有些不解地道：「可是我聽說，主子能把一個人指去小主子身邊，那是給予那個人的恩典。有許多高門大戶的陪嫁丫頭嫁了人，生下了兒子，也千方百計地想把兒子送到小主子身邊侍候，據說這是打小培養主僕間的情誼，於前程極為有利呢！我想，這大概與皇子自小挑伴讀是一個理吧？」

「呸！什麼狗屁恩典——」凌玉還想大罵，卻被眼明手快的程紹禟直接捂住嘴。

「越說越不著調了！妳若真的不同意，先讓小石頭進去幾日，看看是什麼情況，回頭我再想個法子推了便是。」

凌玉恨恨地扯開他的手，也知此事既然趙贇說出口，那已是定局，不管她同不同意，兒子必是要送進去的了，一時心中恨極。

當爹的為他們家出生入死倒也罷了，這會兒連當兒子的也要走這樣的路？真他娘的狗屁主子，狗屁權勢！

小石頭不知爹娘正因為自己而吵，咬著離府前褚良塞給他的糕點，吃得歡歡喜喜。

次日，得知自己可以和爹爹一起出去、一起回來時，小石頭高興得直打轉。

「這小沒良心的！我這頭為他的事操心得一夜睡不好，他倒好，還高興得如同脫韁的馬，說他小沒良心倒真是沒說錯。」凌玉看得心裡酸溜溜的，終於還是沒忍住，把那小沒良心的拉過來，在他的屁股上拍了幾記。

小石頭撲閃撲閃著眼睫，不解地望著娘親，過了一會兒，覺得自己應該對娘親這幾巴掌有所表示，立即扯開喉嚨嚎了幾聲。

「得了得了，乾嚎什麼呢！去去去，找你爹去！」凌玉眼不見、心不煩地朝他直揮手。

小傢伙歪著腦袋想了想，然後邁著小短腿，屁顛顛地往程紹禟撲去。「爹爹……」

一直看著那對父子出了門，凌玉才打起精神，準備開始在京城裡重新尋找適合的店鋪。好歹也要在把貨物運上京前把鋪子定下來。

她憑著前段日子與凌大春出門尋店鋪的記憶，把京裡的商業街道劃分了幾個等次。若能在客流最多的東街尋到自然最好，若不能，也可降一等次。她相信憑著玉容膏的口碑，縱是客流不旺之地，必也能闖出一片天地來。

想當初在青河縣，他們盤下的那間鋪子也是地段不怎麼好，如今呢？卻成了整個青河縣人氣最旺之處了。

所以，地段好自然是錦上添花，若是稍次些也不要緊，商品品質極佳才是硬道理。

程紹禟帶著兒子進了太子府，自有早就等候的侍女迎上來，接了小石頭往謝側妃處去。

程紹禟不放心地留在原地，一直看到那個蹦蹦跳跳的小身影漸行漸遠，最終化作一個墨點，再也看不見，這才轉身離開。

褚良與汪崇嘯已著手徹查，過沒多久便查實，當日那人口中的「太子府侍衛統領」不是指他們三人中的哪一個，居然指的是曹澄！

「所以，不管那人因了何故把曹澄的身分往高了說，但他確確實實是藉著太子府的勢招搖過市？」雖是查清了真相，可褚良的臉色卻是更難看了。

緊接著，汪崇嘯那邊也有了消息，那些打著太子府旗號欺行霸市、欺壓百姓之人，並不是完全撒謊，他們或多或少真的與府裡某些人有著拐著彎的關係。

「這種事發生了多久，咱們不得而知，但是，如今在民間，已經有不少對太子聲譽極為不利的傳言。」程紹禟滿是憂慮。

不管太子是如何想的，程紹禟卻覺得，民間百姓的支持也是不可忽視。

畢竟，君為舟，民為水；水能載舟，亦能覆舟。古往今來多少朝代覆滅，均是國君無視百姓死活之故。

三人思前想後，又與太子的幾名謀士仔細商議過，再請示了太子後，決定對那些打著太子府旗號作威作福之人，當眾嚴厲處置，也是向百姓們表明太子的仁義。

趙贇聽罷他們的意思後冷笑。「這幾個賤民膽敢在外頭胡亂攀扯孤，孤又豈會輕易放過他們？既有十足證據，便殺雞儆猴，也好教那幕後之人知道，孤可不是任他們拿捏的軟柿子。」

說到「殺雞儆猴」四字時，他臉上布滿了肅殺之氣，按程紹禟對他有限的了解，他這是已經動了殺機。

程紹禟想了想，還是忍不住勸道：「殿下息怒，這些人雖說犯下了大錯，理應嚴懲，只罪不致死。況且，既當眾處置，若量刑過重，恐適得其反。」

當眾處置本就是向天下百姓表示，太子府是絕對不會與民爭利，更加不會容許任何人欺壓百姓。可若是處置得過重，縱然也可以洗清這段時間，民間出現的種種於太子府不利之嫌，但卻又容易讓人覺得太子過於暴戾。

所以，這個處置的度必須要把握好，過輕、過重都達不到最好的效果。

「不必多言，他們既然敢做，便要想到會有什麼後果，孤此番若輕饒他們，倒顯得孤心慈手軟了。」趙贇冷漠地道。

「殿下三思，這些人多是尋常百姓人家，只因一時貪念才會導致這般行事。況且，若無有心人誤導他們，他們縱是有再大的膽子，也不敢打著太子府的名義在外頭行事。」

這多是那「一人得道，雞犬升天」的想法作祟，只覺得自家親戚在太子府裡有頭有臉，連帶著自己也是高人一等，這人一旦飄飄然起來，仗勢欺人也不是什麼好奇怪的事了。

褚良與那幾位謀士彼此對望一眼，隨即也加入了勸說行列。

趙贇的雙眉不知不覺地擰得老緊。從什麼時候開始，他身邊這些人也學得嘰嘰歪歪個沒完沒了了？

看著下首你一言、我一語的幾人，尤其是那幾位謀士，引經據典，將古往今來關於為君者的種種聖言都拎出來唸了一通，他不禁覺得頭有點兒大，臉色也越發難看。

「夠了，你們想怎樣便怎樣吧！」最後，他煩躁地一揮手，喝道。

眾人異口同聲。「殿下聖明！」

「出去吧，孤瞧著你們便頭疼！」趙贇不勝煩擾地下了逐客令。

眾人哪還敢多言，二話不說便告退離開。

「追隨殿下多年，我還是頭一回這般大膽地與殿下據理力爭啊！」一直走出好一段距離後，謀士龐信滿是唏噓地道。

太子雖然也任由他們這些謀士各抒己見，但他一旦作了決定，基本上是不容許旁人再有異議的，哪怕半分，似今日這般情形著實是自進府後的頭一回。

程紹禟不解，身為下屬，覺得主子決定有失而據理直言，難道不是應當之事嗎？太子殿下雖然性情冷傲，但並非那等一意孤行之人啊！

褚良似是看出他的疑惑，搖搖頭，輕拍了拍他的肩膀，一言不發地離開了。

汪崇嘯緊隨其後，同樣在他肩上拍了拍，這才背著手走了。

程紹禟摸了摸先後被這兩人拍過的肩膀，臉上更顯疑惑。

謝側妃早就得到消息，太子殿下指了名孩子來陪伴她的兒子，那孩子不是哪個，正是府裡侍衛統領程紹禟那小名小石頭的兒子，據聞年紀只比她的兒子趙洵大上幾個月。

她想了想，覺得太子殿下終是將他們母子放在心上的，否則也不會把他得力下屬的兒子指來，一時心中頗為得意。

那太子妃為了拉攏此人，連指派教養嬤嬤教導臣下之妻這樣的事都做出來了，為的是什麼？還不是想要拉攏那程紹禟，以便多知道些太子殿下身邊之事嗎？

待僕婦帶著小石頭進來後，她仔仔細細地盯著小傢伙打量了老半天，見他長得虎頭虎腦，瞧著比她的兒子趙洵要壯實得多，身上乾乾淨淨的，十個指甲也被剪得整整齊齊，總算滿意了。「是個整齊的孩子。只是這規矩還是要再學學，免得日後把大公子都帶壞了。」隨即，她又吩咐奶嬤嬤把趙洵抱過來。

趙洵進屋來便發現屋裡多了一位與他一般大的孩子，好奇得直往小石頭身上望。

小石頭也是頭一回見到打扮得這般好看的孩子，尤其是對方身上的衣裳，在陽光的映照下，還會發出一陣好看的光。他看得有些呆了，隨即「咻」地跑過去，拉起趙洵的手脆聲道：「我叫小石頭，你叫什麼名字？」

「大膽！」

「放肆！」

話音剛落，便被周遭的人喝止住，有侍女更是連忙上前把他拉離趙洵身邊。

小石頭被拉得幾個踉蹌，看著被眾侍女圍在一起的趙洵，有些委屈地癟了癟嘴。

謝側妃的臉色也有些不怎麼好看。這孩子真的太沒有規矩了，他的爹娘怎地也不好生教導教導再送進來？

趙洵被一堆下人圍著，可卻不停地扭著身子去尋找小石頭的身影，看到他遠遠地站在一旁，手指一指，大聲地道：「我要他陪我玩！」

謝側妃正想要吩咐嬤嬤教教小石頭規矩，聽到兒子這話，再轉念一想，今日怎麼說也是小石頭第一回進來，倒不好太過嚴厲，故而便示意侍女放下趙洵，看著他跑到小石頭跟前。

「我叫大公子。」

「……」謝側妃愣了愣。

周圍的侍女、僕婦們忍俊不禁，連忙低下頭去掩飾。

小石頭瞪大眼睛，突然覺得自己虧大了。他叫「小」石頭，人家叫「大」公子，單是名字便已經勝過自己。他囁嚅一下，忽地挺了挺小胸膛，得意地道：「我比你高！」

趙洵不服氣地和他一比，發覺自己確實不如對方高，頓時有些洩氣。

謝側妃皺眉，覺得還是得盡快讓人教教這小石頭規矩。如此沒上沒下、不分尊卑，讓人瞧見了成什麼樣子！她正要說話，忽有侍女進來通稟，道寧側妃與寧姑娘來了。

她立即挺直了腰，輕撫了撫鬢髮，便看到寧側妃帶著金巧蓉款款而來。

兩人「姊姊、妹妹」地見了禮，金巧蓉便在寧側妃的示意下向謝側妃行禮請安。

謝側妃臉上雖揚著笑，只笑不及眼底，拉著她的手親切地道：「好生標緻的模樣，我瞧著心裡也是喜歡得很，難怪寧府把妳藏得這般好。」

金巧蓉害羞地垂下頭。

此時的小石頭也在侍女的教導下上前行禮，小傢伙懵懵懂懂地向寧側妃請安，走到金巧蓉跟前時，忽地眼睛一亮。「嬸嬸！」

他這聲「嬸嬸」喊得清脆響亮，險些沒把金巧蓉嚇得魂飛魄散。

她方才的注意力一直放在謝側妃身上，根本沒有留意小石頭的存在，自然沒有半點心理準備。

「你、你這孩子胡、胡叫什麼呢？誰、誰是你嬸嬸！」她俏臉微微泛白，努力壓抑著內心的恐懼，強打起精神勉強笑道。

謝側妃也沒有料到小石頭會稱呼對方為嬸嬸，不過也沒有多想，只掩唇輕笑道：「這孩子生長於民間，想來是覺得寧姑娘身上有種熟悉的鄉間氣息，一時覺著親近，故而才這般稱呼。到底是小門小戶家的孩子，不懂那般多規矩，姑娘不會怪罪吧？」

她只差沒有直接說「妳是個在鄉野長大的土姑娘」，可話裡話外的嘲諷之意是那樣明顯，寧側妃與金巧蓉又如何聽不出來？一時間臉色都不怎麼好看。

寧側妃正想教訓小石頭幾句，謝側妃又慢條斯理地道：「這孩子是太子殿下指來陪伴洵兒的……」所以，打狗也得看主人。太子殿下親自指來的孩子，可不是什麼人都能教訓的。

寧側妃心中惱極，只到底也是有所顧忌，遂皮笑肉不笑地道：「殿下對姊姊與大公子可真是好。」

謝側妃心中得意，瞥了仍舊白著一張臉的金巧蓉一眼，暗地冷哼一聲。

小石頭無辜地眨眨眼睛。那是嬸嬸啊，他又沒有叫錯，可是為什麼嬸嬸一點兒都不高興？

一旁的侍女連忙拉著他下去了。

小傢伙無意中幫謝側妃刺了寧氏姊妹一下，謝側妃心情正是愉悅，因而相當親切地吩咐侍女們準備些精緻的糕點，端下去給兩個孩子們。

小石頭本是有幾分委屈的表情，乍一看到桌上那散發著誘人香味的糕點時，立即便煙消雲散了，一手抓著一塊桂花糕，一手抓著一塊紅豆酥，這塊咬一口，那塊再咬一口，吃得滿嘴都是點心渣子。

坐在他對面的趙洵卻是講究許多，小口小口地咬著，偶爾還抬頭望他一眼，然後垂眸看看自己手上的，想了想，指著他道：「我也要他手上的那種。」他吃得這般高興，肯定比自己手上的這塊好吃！

自然有侍候的侍女取了桂花糕給他。

他抓過咬了一口，小小的眉便皺起來。奇怪，和平常的味道一樣啊！

「不要了！」他把咬了一口的桂花糕扔回碟子裡，用力將碟子往前一推，只聽一陣瓷器落地的清脆響聲，好幾碟糕點便被他推到地上。

小石頭被他這意外的動作嚇得呆了呆，再一看地上早就碎得不成樣子的糕點，圓圓的臉蛋上滿是心疼，生氣地瞪他。「你做什麼？都髒了！」

他還沒吃幾塊呢……

趙洵也沒有想到自己力氣這般大，竟把東西都推到地上，可又聽他這般對自己說話，頓時也不高興了。「又不是你的！」

早在小石頭生氣地質問趙洵時，侍候的侍女便嚇得雙腿發軟了。這孩子真真是好大的膽子，竟敢這樣對大公子說話！

「好了好了，髒了便不要了，不要了……」生怕小石頭還會說出什麼大逆不道的話，侍女連忙哄他。

小石頭仍舊氣鼓鼓的，被侍女抱到了一邊。

另兩名侍女則圍著趙洵，好生陪著小心。這可是府裡的小祖宗，謝側妃疼得跟眼珠子似的，又是太子唯一的孩子，誰不捧著？

小石頭噘著嘴，被抱到了長榻上，那侍女柔聲哄了他幾句，又取了其他糕點給他。小石頭一見，頓時又高興起來。

金巧蓉被小石頭那般一嚇，整個人都有些心神不寧了。

凌玉既答應了不會揭發自己，那還是可信的。她這段日子都安然無恙，想來程紹禟也真是視她如陌生人一般。可是這個小石頭卻不一樣，他還是個什麼都不懂的孩子，今日被他這一嗅已經把她嚇了個半死，所幸的是暫時沒有引起旁人的懷疑，可這孩子若是再喊幾回，會引起什麼樣的後果，她便不敢保證了。所以，當務之急，還是要把這孩子送出去。

可是，他是太子殿下親自指了進府的，便是謝側妃也不敢輕易趕他走，她又憑什麼呢？

她急得如同熱鍋上的螞蟻，偏卻半分辦法也想不出來，直到寧側妃走進來，看到她這般模樣，蹙眉不悅地道：「回頭我讓人給妳送幾套衣裳、頭面過來，妳好生把自己收拾收拾，莫要再如今日這般丟臉。」

金巧蓉臉色一僵，難堪地低下頭，聲如蚊蚋般道：「知道了。」

寧側妃有幾分煩躁，左瞧她不順眼，右瞧她也不順眼，終於還是不耐地道：「妳不把自己收拾得好看些，如何能引起殿下的注意？下個月初六便是萬壽節，到時若是陛下心裡一高興，指了人進來，那可就有妳哭的時候！」那謝氏，當年不也是萬壽節時被陛下指給了太子的嗎？

金巧蓉更覺難堪，袖中雙手死死地攥著，語氣卻是更加尊敬。「是，姊姊的話我都記住了。」頓了頓，她似是不經意地道：「謝側妃膝下有殿下的長子，如今殿下又親自指了最得力的程統領的兒子到大公子身邊……」沒有錯過寧側妃臉上一閃而過的不豫之色，她定定神，繼續緩緩地道：「殿下此舉，相當於把程統領推向了謝側妃，自今日起，謝側妃置在殿下身邊的棋子又增添了一位。」

寧側妃冷笑。

「她想給自己增添幫手？作夢！」那孩子，一定不能再留在府裡了，至少不能留在謝氏那兒子的身邊。

卻說凌玉在那父子二人離開後，便帶著楊素問去物色適合的新店鋪，可心裡一直掛念著小石頭，一會兒擔心他衝撞了謝側妃母子，一會兒又怕他吵著、鬧著要尋爹娘。

心裡存著事，她便有些心神不寧。

楊素問自然猜得到她的心事，想了想便乾脆拉著她的手回家。「今日暫且不找了，回去準備好吃的，小石頭若是回來，必定會高興。」

凌玉也知道憑自己今日的狀態，確實不適宜在外頭了，故而也很乾脆地歸家去，便如楊素問所說的那般，開始準備一頓豐盛的晚膳，慰勞慰勞頭一回離家的兒子。

她左盼右盼，終於在點燈時分迎回來那對父子。

「怎樣、怎樣，在府裡有沒有受欺負？可餓著、可累著了？快讓娘瞧瞧……」她立即便衝過去，接過了程紹禟懷中的兒子，仔仔細細地在小傢伙身上打量著，末了又在他身上這裡捏捏、那裡拍拍。

小石頭乖巧地站著，任憑娘親一連串動作。

程紹禟知道她今日必是牽腸掛肚，見狀只是含笑站在一旁。

「在那裡好不好玩？側妃娘娘和大公子待你如何？」見兒子身上沒有任何傷口，衣裳也仍舊乾乾淨淨的，凌玉總算鬆了口氣，隨即又不放心地追問。

「不好玩……有很多很多好吃的……」小石頭有些鬱悶，但一會兒又有點高興地回答。

凌玉沈默了一下，突然生出一股憂慮來——

這小子如此貪吃，不會哪天就這樣被人用幾塊點心給哄走了吧？

程紹禟終於忍不住輕笑出聲。「我說過讓妳放心，謝側妃不是那等愚蠢的，殿下派去之人，怎麼說也會好生對待著。況且，小石頭還是一個四歲不到的孩子，對她又不會造成什麼威脅。」

凌玉輕哼一聲，不服氣地反駁道：「我便不信你今日沒有牽腸掛肚。」

程紹禟略帶幾分尷尬地摸了摸鼻端，只很快便掩飾住，佯咳一聲轉移話題。「好了，該用晚膳了。」

待用過晚膳，凌玉還是不放心地拉著小石頭，耐心地教導他禮儀規矩，又叮囑著見了人要行禮，看著小石頭似懂非懂的模樣，她又不禁心疼了。

就算那謝側妃會做表面工夫，可那府裡等級森嚴，小石頭縱是有「太子指去的」這層護身甲，但若是旁人有心慢待，她卻是一點兒辦法也沒有。

「再忍耐幾日，待遲些娘便接你回來。」她輕輕摟著小石頭，喃喃地道。

小石頭不懂娘親的心事，好一會兒便掙扎著要去找爹爹，凌玉滿腔愁悶的慈母柔腸頓時便煙消雲散了，沒好氣地在他屁股上一拍。「去吧去吧，找你爹去！」

至此，不管凌玉心裡是怎樣想的，小石頭進太子府便算是暫且定了下來。

當然，每日兒子從府裡歸來後，凌玉都會一一過問他在府裡發生之事。

從小傢伙的描述中，她知道了謝側妃命嬤嬤教了他不少規矩，也知道了趙洵這根獨苗被嬌慣得厲害，小石頭別說陪他玩耍，就連靠得他近些，都會被侍女、嬤嬤們抱開。

至於孩童間的打鬧，那是根本不可能會有的事！

「唉，大公子就是太嬌氣啦！」小傢伙小大人似地嘆了口氣。

楊素問噴笑。「你這小鬼頭，知道什麼是嬌氣嗎？」

「知道呀！我這樣的就是不嬌氣！」小石頭驕傲地挺了挺胸膛。

凌玉也忍不住笑了。他這樣的就是不嬌氣，趙洵與他不一樣，那就是嬌氣，這說法好像也沒啥毛病。

接下來的大半月，程紹禟差事漸忙，無暇分身接兒子歸家，但也安排了府內的侍衛代為接送。

凌玉照舊在一大早送走他們父子後，便與楊素問去物色適合的店鋪。經過這段時間的奔波，倒真讓她物色了一家，雖然地段不如早前那間好，但勝在價格公道，而且可以馬上搬入，對急需安置正在往京城路上來的商品的她來說，最好不過了。

兩人合計了半天，覺得可以盤下來，便打算正式與店主簽合同，一手交錢，一手交店，免得再出現變數。

「哎喲，程娘子，可總算把妳給找著了！」

二人正準備出門，忽聽身後有人在喚，凌玉一回身，居然見到早前臨時反悔的那店主李三。

「是你？你來做什麼？店我也沒要你的，錢我也收回來了，從此便算是兩清。」她冷笑道。

李三忽地用力搧了自己一記耳光。「是我老糊塗，是我眼瞎，有眼不識泰山！這鋪子我不給別人了，還是賣給小娘子吧，價錢也好說。」

「呸！誰還要你的爛鋪子！」楊素問忍不住啐了他一口。

凌玉心思一動，表面卻不顯，冷然又道：「你這是欺我一個婦道人家是不？店鋪都送給了別人，如今還敢與我說買賣之事，你一個鋪子還想賣幾家啊，真把人都當傻子了不成？」

「這可是天大的冤枉啊！全是那廝招搖撞騙，把我給騙了！如今官府把他給抓去，我、我這不是……」那李三一聽便急了，大喊冤枉。

他如何知道竟然有人如此膽大包天，敢打著太子府的旗號招搖撞騙，還讓他白白折了一間鋪子。

凌玉怔了怔，忽地想到了前段時間在外頭偶爾聽到的一些對太子的怨氣，再聯想程紹禟最近的忙碌，隱隱有了幾分猜測。

「我不管你有什麼不得已，反正你那鋪子我要不起，走開走開，別擋著路！」

「要不……這價格降一成？」李三不死心。

「我說你是怎麼回事啊？都說了不要！」楊素問仍在記恨他當日的出爾反爾，恨恨地剜了他一眼。

「兩成兩成，再少兩成！」

凌玉不理他。

「三成，不能再少了！」李三一咬牙。

凌玉停下腳步，李三一喜，以為有望，涎著笑臉正想要再說幾句，卻聽對方慢吞吞地道──

「你便是白送，我也不要！以為我傻呢，送上門來的會是好東西嗎？」

說完，凌玉輕哼一聲，帶著同樣朝他哼了一聲的楊素問揚長而去。

「玉姊姊，妳瞧見沒有，他整張臉都黑了。哈哈，實在是太解氣了！誰讓他當初出爾反爾，活該！」楊素問幸災樂禍地道。

凌玉也覺得很解氣，但好歹還記得裝裝矜持。

楊素問又問：「若是他真的白送，咱們真不要嗎？」

「這是自然，這天底下哪有無緣無故的好處？若是要了他的店鋪，誰知後頭還有什麼事在等著咱們呢！」凌玉正色道。

楊素問想了想，也覺得正是這個道理。「姊姊說得對，天底下哪有這樣好的事！」

侍夜裡程紹禟得知此事後，略微沈思半晌。「其實妳若是真的喜歡，盤下來也沒有什麼問題。」

「這話怎麼說？」凌玉有些意外。

「那李三的鋪子是給了曹澄的舅兄羅達，而曹澄確確實實是太子府裡的侍衛，若是沒有我，他的確也會是侍衛副統領。如今羅達入獄，李三想要回鋪子，但又懼怕羅家，故而才將主意打到妳的頭上。羅達到底是靠欺騙才得到了鋪子，若是李三堅持要拿回，官府也必定會支持。」

「我明白了，他是想著把鋪子賣給我，讓我去與羅家交涉，自己拿著錢就溜之大吉。真是打的一手好算盤！」凌玉冷笑。「雖然按你的說法，這鋪子想要拿回來不是什麼難事，可是我為什麼要遂他的願？他若是老老實實地跟我說，鋪子如今在羅家手上，想拿回來要花點心思，我說不定還真的就答應了，偏他還瞞著、騙著。這樣不實誠之人，我才不願與他打交道呢！」

程紹禟見她如此，也不勉強。「妳抓主意便是。」

「小石頭呢？」凌玉整理好床鋪，不見兒子，遂問。

程紹禟面不改色地道：「兒子說他長大了，從今晚起要自己睡。」

「真的嗎？」凌玉有幾分懷疑。

「千真萬確！」

凌玉見他一臉認真嚴肅，很快便相信了。

「爹爹、娘！」房門被人推開，小石頭抱著他的枕頭走進來，熟練地爬上屋裡的大床，笑呵呵地拍了拍床板。「睡覺、睡覺！」

程紹禟嘴角抽了抽，凌玉卻是「噗哧」一聲笑出來。

「千真萬確？」她戲謔地瞥了他一眼。

程紹禟無奈地扶額，知道自己今晚與兒子那番關於男子漢的談話算是失敗了。

「罷了吧，他到底還小，難不成你便真的放心他一個人睡？」看出他的鬱悶，趁著小石頭不注意，她輕聲問。

「不過是一牆之隔，有什麼事我也會知道。而且我還新打了一張四邊圍起的床，絕對不會讓他掉下來。」程紹禟早就做好了充足準備，只要小傢伙同意就可以了。

「原來你早有謀算，只可惜一切都是白算計了。」凌玉低聲笑起來。

程紹禟被她笑得更鬱悶了。

「說什麼、說什麼？」小石頭撲過來，撒嬌地往娘親懷裡鑽，一會兒順勢一滾，便滾到了爹娘中間，一手拉著一個，笑得一雙眼睛都彎成了兩輪新月。

「笑你這小鬼頭！」凌玉笑著捏捏他圓圓的臉蛋。肉肉的，手感頗好，看來這段日子胖了不少。小傢伙笑呵呵的，臉蛋在她掌心蹭了又蹭，就跟鄰居王大嬸養的那隻愛嬌的小貓咪一般。

事已至此，程紹禟也只能認命了，起身熄掉油燈，一躺下，掌中便塞進了小石頭那小小的、軟軟的手。他捏了捏兒子的小手，感受那細嫩的觸感，片刻之後，身側便響起了小石頭均勻的呼吸聲。不知怎的，他想到了最近在忙碌的事，臉上有些憂慮。

若不是此番徹查，他都不知道從什麼時候開始，太子殿下在民間的聲譽竟是差了這般多。這一回他們雖然盡力挽救，但太子府留給百姓的壞印象，並不是這麼輕易便可以抹得去的。

店鋪的事解決了，而凌大春的信也到了，信中提及他大約會在月底左右抵達京城，一同與他前來的，竟然還有凌秀才與周氏夫婦。

凌玉頓時又驚又喜。爹娘肯上京來著實是意外之喜。只當她繼續看下去，才終於明白爹娘為何而來，為的不是她這個女兒，而是未來的兒媳婦。

她有些嫉妒地望向正與小石頭玩著「猜猜看」的楊素問。八字還沒有一撇呢，這丫頭在爹娘心目中的地位便要壓過自己了。

楊素問察覺她的視線，不解地問：「玉姊姊，妳這般看著我做什麼？」

「大春哥快要到京城了。」凌玉將自己的那封信摺好，將信封裡的另一封信遞給她，看著她難得地紅著臉接過，頓時便覺得心裡有些好受了。「我爹娘也要來了，為了大春哥的親事。」她壞笑著又加了一句。

楊素問的臉「騰」地一下便紅了個透，偏還死撐著道：「那、那又與、與我有什麼、什麼相干？」

「真的不相干嗎？」凌玉笑咪咪地反問。

「我、我不理妳了！」楊素問一跺腳，拿著凌大春給她的信，飛也似地回了屋，再不肯出來。

凌大春雖然比預料中要晚半個月才能到來，可凌玉仍舊讓人抓緊店鋪的裝潢，也免得到時手忙腳亂。
楊素問這段日子又調製了新的香膏品種，凌玉自然是新品種的第一個試用者。
「我想過了，玉容膏的功效屬於綜合型的，我想嘗試著調製一些專用型的，比如妳如今試用的這款，就主要是祛疤。雖然京城裡大戶人家小姐都是衣來張手、飯來張口，可也難免會出些意外，譬如被竹枝劃破手啊、不小心摔到臉啊，縱是傷給治好了，可身上卻總會留下些難看的疤痕，這時候就是這款還我冰肌玉骨回春膏出場的時候了。」楊素問搖頭晃腦地解釋著，臉上難掩得意。
凌玉沈默了一下。「……還我冰肌玉骨回春膏？」
「對啊，這名字我想了好幾日！」楊素問喜孜孜地回答。
凌玉清咳了咳。「名字倒不忙著取，要先試試這功效如何？」
見她沒有順勢應下自己取的名字，楊素問有幾分失望，但很快又打起精神。「放心放心，必不會讓妳失望便是，我自己試用過了。」
本著負責任的態度，但凡是她親手調配的東西，她必定都會親自試用一番，這也是她爹生前再三囑咐過的。
凌玉一聽便有些放心了，想了想，還是決定沿用當年玉容膏的法子，先讓人試用一陣子，把口碑打出去再說。
得知凌玉求見時，太子妃正吩咐侍女把桌上原封未動的藥拿出去。「拿走吧！補了這些年卻是半點用處都沒有，我也煩了。吩咐下去，日後不必再送來了。」

彩雲有心想勸幾句，但見她臉上的鬱結之色，唯有嘆了口氣，示意小丫頭端著藥出去了。

便是位尊如太子妃，可膝下無子，總也是意難平。尤其是西院那位還生下了太子的庶長子，更是往她心口處插了一刀。

得了丫頭的通報後，太子妃還沒有出聲，她身邊的侍女明月便不滿地道：「她來做什麼？難道不是應該到西院謝側妃那兒去才對？」

「明月！」太子妃淡淡地掃了她一眼。

明月猶有不甘地咬了咬唇瓣，到底不敢再多話。

太子妃理了理鬢髮。「請她進來吧！」

自從小石頭到了謝側妃處後，凌玉便預想到自己會在正院得到的待遇，故而對明月等侍女臉上的忿忿之色並不意外。

倒是太子妃待她的態度一如往昔，凌玉不知道她是真的大度，還是城府極深、喜怒不形於色，總歸她無意牽扯進太子後宅之爭，故而問心無愧，甚是坦然。

「前些日聽說彩雲姑娘手上受傷，恰好素問這些日子一直在研製新的香膏，對祛疤頗有效用，彩雲姑娘若是不嫌棄的話，不妨拿去一試？」凌玉與太子妃寒暄了幾句，彩雲奉上了香茶，她不失時機地道。

「剛研製的？那豈不是讓彩雲姊姊幫妳們試用嘛！」明月輕哼一聲，搶著道。

「多謝程娘子，煩請娘子也代我向素問姑娘道聲謝。」彩雲不著痕跡地瞪了明月一眼，含笑接過了凌玉手上的香膏。

太子妃笑道：「這可是厚此薄彼了，為何彩雲有，我卻沒有？」

凌玉也笑道：「娘娘玉體無瑕，著實用不著。」

「有備無患，留著總也有它的益處。況且，素問姑娘親自調製的新品，我倒真想試用試用。」

對她的回答，凌玉也毫不意外，當下笑著又遞給彩雲一盒。

太子妃從彩雲手上接過，打開盒子，一陣淡淡的清香撲鼻而來。

「這味道倒也宜人，並不遜於玉容膏，可見素問姑娘又是花費了不少心思。」

凌玉又客氣了幾句，這才略帶遲疑地道：「其實此番妾身進府，實是有一事想求娘娘。」

「有事但說無妨。」

「犬子日前蒙殿下恩典，得以進府陪伴大公子左右，只他性子跳脫，往日在家中素又有長輩護著，越發養成了好動、易闖禍的性子。自他進府以來，妾身可謂日日擔心，就怕他哪日又犯了老毛病，到時若是衝撞了大公子，妾身一家子便是萬死也不能夠了。」凌玉語氣誠懇，臉上亦是一片真摯。

太子妃怔了怔，臉上的笑意不知不覺地斂下來，已是猜到她的來意。

「妾身想懇求娘娘代為向太子殿下再求個恩典，好歹讓妾身與拙夫免去這日日提心吊膽之慮。」

「洵兒乃是殿下之長子，日後不定會是這府邸的主人，令郎跟在他身邊，可謂前程似錦。」太子妃不緊不慢地道。

「想來妾身一家子都是福薄之人。」凌玉坦然道。因為是福薄之人，故而無福消受這天大的恩典。

太子妃若有所思地凝望著她，也不知過了多久，臉上又浮現了笑容，這一回的笑容，比之方才要真誠許多。「程娘子說笑了。只此事乃是殿下親自吩咐的，我倒是不好多言。但是妳也不必擔心，洵兒是個性情溫順的孩子，身邊又有那般多人侍候著，必不會有什麼問題才是。」

對她的答案，凌玉也早就想到了，只是臉上仍是有些許失望。

一直到她離開後，太子妃輕撫著茶盞，半晌，輕笑出聲。「這位程凌氏，倒是個聰明人。」

「娘娘此話怎解？」明月不解地問。

「妳以為她真的是想讓我替她向太子求個恩典嗎？並非如此。若是我能讓太子收回成命自是更好，縱是不能，她也算是藉此向我表明，她無意牽扯府裡之事，亦不樂意把兒子往西院那邊送。」

「原來如此。」明月如夢初醒。

「聰明些也好，與聰明人打交道，我也算是省不少心。」太子妃輕輕拂了拂裙面，緩緩地道。

趙贇這日好不容易得了空，忽地想起進府已經有一段日子的小石頭，也不知他和長子相處得如何？乾脆便帶著貼身太監夏德海往西院而去。

哪想到行至園子裡時，便看到了涼亭處那兩個小小身影。

被數名侍女簇擁著的自然便是他的庶長子趙洵，而獨自一人坐在趙洵對面，正往嘴裡送著糕點的不是哪個，正是他親自指了進府的小石頭。

他止了腳步，靜靜地看著涼亭裡的動靜，看到趙洵似乎是想要過去和小石頭坐到一處，可身邊的侍女似是說了些什麼話，他便又坐了回去。

倒是小石頭眉開眼笑地把石桌上的糕點一掃而光，而後從石凳上跳下來，胡亂地拍了拍屁股後，撒歡似地追著花叢中一隻翩翩起舞的蝴蝶，一個人玩得不亦樂乎。

他的一雙濃眉不知不覺地擰起來。

「這段日子，他們便是如此相處的？」

夏德海一個激靈，暗自慶幸自己昨日心血來潮曾過問過此事，此時主子突然問話，他也不至於啞口無言。他恭敬地垂下頭，回答道：「回主子的話，這段日子大公子與小石頭多是這般相處。大公子身邊離不得人，小石頭性子跳脫，側妃娘娘還讓嬤嬤好生教了他一段時間的規矩，這會兒瞧著已是好了許多。」

不料趙贇聽後，雙眉擰得更緊。

那邊的小石頭繼續撒開腳丫子追著那隻漂亮的大彩蝶，一邊追，嘴裡還一邊叫道：「別跑、別跑！待我抓你回去給我娘……別跑啊……」

趙洵羨慕地看著他，想要加入，可身子才動了動，身邊的奶嬤嬤和侍女們便一口一個小祖宗地求著，什麼「日頭大，跑得久了會暈」、「側妃娘娘知道了會惱」之類的勸說不絕於耳。

趙贇自然也沒有錯過這一幕，整張臉都陰沈下來。

「別跑、別跑……」

突然，小石頭也不知從哪裡鑽出來，直直便撞上了趙贇，眼看就要一屁股坐到地上，趙贇眼明手快地抓住他的胳膊。

小傢伙眨巴一下眼睛，再眨巴一下，總算認出他來，小臉當即便漾起了笑容，下一刻，忽地想到了什麼，連忙掙脫他的手，拍了拍身上的小衣裳，似模似樣地向他行禮，奶聲奶氣地道：「殿下萬安！」

趙贇有些意外，微眯起雙眸望著他跑得紅撲撲的臉蛋。也不知是不是他的錯覺，總覺得一段日子不見，這張臉好像圓了不少。這樣想著，他順勢捏了捏小石頭的胳膊，軟綿綿的，比之早前更甚。「不錯，倒是養了不少肉。」說完，他又看看眼前這張圓呼呼的臉蛋，忍不住伸出手去戳了戳，肉肉的、軟軟的，手感竟是相當好，他又忍不住捏了捏。嗯，確實養了不少肉。「看來自此以後，你不應該叫小石頭，而是應該改叫小胖子才是。」

小石頭初時還乖乖地站著任由他在自己臉蛋上戳戳捏捏，一聽他這話，當即生氣地揚起手拍開他，氣呼呼地大聲道：「我才不是小胖子！」小胖子明明是王奶奶家的。

「看來不只肉長了，連膽子也跟著長了不少啊！」趙鑽挑挑眉，似是故意一般，又微微用力在他臉蛋上捏了一把，這才停下動作，望向被侍女抱著過來的趙洵。

趙洵飛快地望了他一眼，習慣性地往侍女身邊縮了縮，但好歹還是給他行了禮。見他仍舊是這副膽怯的模樣，趙鑽的臉色著實稱不上好看，一張俊臉已經沈下來，越發讓趙洵害怕得直顫抖，癟著小嘴，險些快要哭出來了。

小石頭歪著腦袋，一會兒看看黑著臉的趙鑽，一會兒又瞧瞧越發瑟瑟發抖的趙洵，不解地撲閃了幾下眼睫。大公子在害怕這位殿下呢！小傢伙很快便看明白了，突然跑過去，拉著趙洵的手脆聲道：「大公子，不用怕，他不是壞人。」

話音剛落，嚇得侍女、嬤嬤們「撲刺刺」地跪了滿地。有一名綠衣侍女想要去搗他的嘴，可對上趙鑽陰沈的目光，又嚇得立即縮回去，低著頭一動也不動地跪著。

遠遠看到趙鑽身影的謝、寧二位側妃正想要急急上來見禮，一聽他這話，腳步便停下來，下意識地望向趙鑽。

「你這孩子胡說什麼呢？洵兒何時以為殿下是壞人了?!」謝側妃再也忍不住，急急走了過來，恨恨地瞪了他一眼。

小石頭被她瞪得好生委屈，一旁的侍女乘機把他從趙洵身邊拉開。

「姊姊何必生氣？不過是童言無忌。」寧側妃自然沒有錯過趙鑽越發陰沈得厲害的臉，有幾分幸災樂禍地道。童言無忌的另一層意思，就是他說的是真話。

謝側妃如何聽不出她的言下之意？當即又氣又恨，可趙贇在跟前，縱有滿腹怒氣也無法發洩，唯有連連請罪。

「罷了罷了，起吧！」趙贇並非蠢人，如何會看不出二人間的明爭暗鬥，只是他素來覺得後宅乃是太子妃掌理，身為男子不應干涉，故而也只是睜隻眼、閉隻眼。反正女子麼，哪個不是愛爭風吃醋的？只是再看看已經躲到謝側妃身後的兒子，終究搖了搖頭。

庶出畢竟是庶出，只怕難成大器……

謝側妃一直留意著他，見狀大急，用力把身後的兒子拉出來，直把他往趙贇身邊推。

「快去呀，去向你父親請安！」

趙洵如何被人如此粗魯地對待過？被她推得一個踉蹌，終於「哇」的一聲哭出來。

「夠了！」趙贇額上青筋隱隱跳動，厲聲喝止。

謝、寧二妃嚇得「撲通」一聲跪到地上，趙洵則是一下子止了哭聲，抽抽噎噎的，卻是再不敢哭出聲來。

「小胖子，走吧！」趙贇只覺得心裡似是被堵得厲害，掃了一眼還懵懵懂懂地站在原地的小石頭，轉身背著手便離開了。

小石頭想了想，隨即屁顛屁顛地跟上，灑落了滿地清脆的稚嫩聲音。

「去哪裡？帶我找爹爹嗎？」

回答他的，是男子冷冷的聲音。「把你帶去賣了。」

「能賣給我爹爹嗎？」

「……程紹禟怎生了你這麼個笨蛋兒子！」

「我不是笨蛋！真的，王奶奶總誇我聰明。」

「不過是客套話，你倒還當真？放手，弄髒孤的袍角了！」

「沒弄髒，我手可乾淨了，你瞧！」

「起開！」

充滿稚氣的回答與冷漠卻又帶著絲絲笑意的低沈嗓音遠遠地傳入謝、寧二妃的耳中。

寧側妃斜睨了一眼身邊臉黑得彷彿能滴出墨汁來的謝側妃，再望望被奶嬤嬤摟在懷裡正嗚咽著的趙洵，不緊不慢地道：「這人啊，都是要比出來的。那孩子如此活潑伶俐，怪道殿下要指了來呢，連我瞧著都忍不住心生歡喜。」

謝側妃如何會怕她？只冷冷道：「妹妹與其喜歡別人家的孩子，倒不如自己生一個，以妹妹的聰明才智，想必生的孩子會更討殿下喜歡才是。」

被她戳到了痛處，寧側妃暗惱，又道：「我是一番好意，妳不接受倒也罷了。別說我沒提醒妳，殿下對洵兒縱有八分喜歡，在那小石頭的對比下，怕也成了五分。我只是心疼洵兒，好好的太子長子，出身尊貴，倒像是被這平民百姓家裡的孩子給比下去了。焉知兩個孩子一處，殿下對其中一位越是喜歡，對另一位是否會越是不滿？」說完，她拭了拭嘴角，娉娉婷婷地離開了。

謝側妃眸色幽深，袖中雙手死死地攥成拳頭。

「娘娘何必在意她那番話，寧側妃必是沒安好心。」一旁的心腹侍女小聲勸道。

「不，她說的話雖不好聽，卻也是事實。方才妳也瞧見了，殿下待那孩子與待洵兒的態度，完全是天差地別。那孩子，不能再留在洵兒身邊！」她暗暗有了決定。

「但是娘娘，他畢竟是殿下指來的。」

「那又如何？我自有主意，必不會觸怒殿下便是。」

第十八章

凌玉是在三日後迎來了父母與凌大春，程紹禟縱是為了即將到來的萬壽節忙得團團轉，但還是告了幾個時辰的假，親自去迎接那一家三口到來。

母女相見，自然又是好一番熱鬧，周氏抹著眼淚訴說了一番別後的憂慮，在看到好奇地從屋裡探出半邊身子的小石頭時，當即喜不自勝，快步上前，把小傢伙摟在懷裡好一陣心肝肉地叫著。

「看著你們一家三口這日子過得好，我總算放心了，當日那種種擔憂、掛慮，如今想起來，倒真像是作了一場夢。」良久，周氏才嘆息著道。當日得知離開後的女兒一家不見了蹤跡，她嚇得幾乎暈死過去。

凌玉笑了笑。福兮禍兮，將來的事誰也說不準，只把當下的日子過好便是。

「姊姊如今怎樣？這日子算一算，小外甥也該出生了吧？」想到離開青河縣時凌碧懷有身孕，她又忍不住問。

「生了生了，生了個大胖小子，這可真真是菩薩保佑！」一想到長女總算徹徹底底站穩腳根，周氏便高興得眉開眼笑。她大半生都深受無子之苦，好在她的兩個女兒都比她有福氣，也讓她安心不少。

凌玉又驚又喜。「這可真真是件天大的喜事！怎地也不早些告訴我？」

身影，遂問道。

「還在家時，大春這頭剛剛把信寄出去，那頭妳姊便發動了，時間剛好錯開來，後來怕是給忘了。」周氏笑道。「素問呢？怎不見她？」少頃後，她左右望望，沒有發現楊素問的身影，遂問道。

話音剛落，楊素問正好推門而入，直直便撞入二人的視線裡。

周氏一看見她，連最疼愛的外孫都不要了，放下懷裡的小石頭，上前拉著她的手左看右看，越看越是歡喜。「這些日子必定很辛苦吧？我瞧妳整個人都瘦了不少，姑娘家年紀輕輕的，可不能不愛惜身子。」

楊素問飛快地瞅了一眼凌玉戲謔的眼神，有些害羞地點點頭，乖巧地回答。「知道了，都聽伯母的。」

周氏拉著她在身邊坐下，慈愛地問起她在京城的這段日子。楊素問自是有問必答，對凌玉滿臉的取笑只當沒有瞧見。

瘋丫頭在自家娘親跟前這般乖巧，凌玉簡直嘆為觀止，就是不知日後娘親發現她的真面目時會不會被嚇一跳？

而程紹禟自然是陪著老丈人凌秀才，認真地聽著老丈人的訓示，完全是一副虛心受教的好女婿模樣。

凌秀才呷了口茶潤了潤嗓子，又道：「食君之祿，忠君之事。如今你既蒙太子殿下垂青，今後便要侍君以忠，如此才算是不辜負殿下的看重。」

「小婿都記下了。」程紹禟自是應下。

凌大春安安靜靜地坐在一旁，偶爾給二人添添茶水，心思早就飄到另一屋裡的楊素問身上。

如此，凌秀才一家三口便暫且住下了，所幸家中還有空餘的房間，恰好能將他們都安置妥當。

次日一早，凌玉送走了程紹禟父子，周氏才知道，外孫竟是每日要到太子府裡陪伴太子的庶長子，一時有些心疼，又有些不滿。

「我家小石頭還是個孩子，也需要人家陪呢！那權勢之家的孩子，金貴得像是易碎的瓷器，稍有不甚碰著了，還不定會被怎樣牽連。」

「娘放心，府裡有紹禟看顧著，不會有事的。」凌玉知道她放心不下，正如自己當初那般，怎麼也不樂意把孩子送進去。

「紹禟有他的差事在身，又哪能時時處處看顧著？」周氏還是不放心。

「婦道人家，頭髮長，見識短！太子殿下要做之事，難不成還要徵求妳們的意見？再說，能伴在太子的長子身邊，也是太子殿下看重紹禟之故。」凌秀才沒好氣地道。

周氏聞言也不好再多說，只仍是嘆了口氣。這樣的恩典，還不如不要呢！

程紹禟帶著小石頭進府，照舊把他交給等候在二門的侍女，叮囑他不可淘氣。看著小傢伙跟著那侍女往西院謝側妃的方向而去，一直到再也看不到小傢伙的身影，他才邁步離開。

萬壽節將至，太子身為今上嫡長子，自然是豁出心思準備，連帶著整座府邸也開始忙碌起來。

「魯王安排進兵部的棋子被拔去，怕是不會那般容易死心，需提防他們借陛下之手往兵部再度安插人手。」

「龐先生所言甚是有理，只是兵權雖重要，但最重要的還是要加緊發展在軍中的勢力，否則，就算兵權在手，若手下無得力兵將，那也不過是一紙空文。」

追隨太子的軍中將領，最出色的當數鎮國將軍，在軍中亦頗有威望，只是他年已老邁，膝下三個兒子雖有忠心，卻資質平平，較之其父要遜色許多；趙贇也清楚這一層，故而一早就在物色人選，只是左挑右選，總是沒有盡如人意的，真真是應了那句良將難求。

若論本朝最出色的將領，當數鎮寧侯。只是鎮寧侯卻是個堅定的保皇黨，對皇帝忠心不二，這大概也是當今皇帝昏庸無能、不理朝政，但仍能坐得穩皇位最重要的原因所在。

趙贇也不是沒有想過拉攏鎮寧侯，只是這念頭剛一起便又打消了。鎮寧侯此人，性情剛直，軟硬不吃，自年輕時便追隨當今皇帝，至今已二十餘載，這份忠心不是可以輕易撼動的。他轉念再一想，鎮寧侯是父皇的人，也相當於是他這邊的人，只要他一日是太子，鎮寧侯都會是他隱藏的日後勢力。

當然，他知道魯王、韓王等人也沒少打鎮寧侯的主意，只是結果都讓他們失望罷了。

但無論如何，他都得抓緊物色適合的人選，以接下鎮國將軍在軍中的勢力，只有切切實實是他這邊的人，他用起來才能夠放心。

卻說當日寧側妃真真假假地「勸」了一番謝側妃後，便一直派人悄悄注意著西院的動靜。而金巧蓉自從得知小石頭每日都會進府後，為免再遇到他，被他叫破自己的身分，這段日子都刻意地避開西院。

這日，她做好了寧側妃吩咐她繡的錦帕，拿著它往寧側妃處來，打算讓寧側妃過過目，若是不滿意了再改。

「……奴婢都打聽過了，謝側妃確實讓人買了藥，偷偷吩咐人斟酌著用量，放入大公子與那小石頭的飲食中。」

「真是個蠢貨！不過也正因為她的蠢，我才有了看熱鬧的機會。只盼著她能再多折騰一陣子，待把殿下的耐性都折騰掉了，那才是如我所願呢！」

「奴婢想著，既然謝側妃自己犯蠢，娘娘何不再助她一臂之力，乘機……如此一來，去了一個礙眼的大公子不說，還能在太子殿下身邊給謝側妃添個敵人。」

「妳的意思是……」

「奴婢的意思，娘娘何不暗中推一把，把藥量再加重一些……」

金巧蓉臉色一變，整個人的呼吸都快要停止了。

加重藥量？到底是什麼藥？會不會威脅到性命？想來……應該不會吧？藥是謝側妃找來的，還被她親自用到她的親兒子身上，可見這藥大概不會對人體造成什麼傷害。

她雖這樣想著，可一顆心卻總是七上八下，連帕子也不送了，失魂落魄地回到自己屋裡，不停地想著意外聽來的那番對話。

可若是對人的性命不造成威脅，嫡姊為何又要多此一舉？她的目的又是什麼？

對啊，人行事必然會有目的，嫡姊對付謝側妃的話，想來便是離不開爭寵二字。她雖來的日子尚淺，但也知道，育有太子唯一子嗣的謝側妃在府裡的地位僅次於太子妃，明明與她同是側妃，嫡姊的地位卻要遜於對方。

這對素來心高氣傲的嫡姊來說，那該是多難堪之事啊！

若是、若是謝側妃的孩子也沒有了……

她被這個念頭嚇了一跳，卻突然想到方才偷聽來的那番話，隱隱約約有了幾分猜想。

如果、如果嫡姊是想借謝側妃之手除去礙眼的大公子，那、那小石頭豈不是要被殃及了嗎？萬一、萬一他熬不過去……她突然不敢想像。

她嫁入程家的日子不長，而她嫁進去後不久，凌玉一家子便搬到縣衙裡，較真起來，她與小石頭相處的時候不算多，甚至她還記得自己曾經因為這孩子而受過委屈。

但是，那畢竟是曾經叫過她「嬸嬸」的孩子，她難不成真的要見死不救嗎？可若是救，她又憑什麼救？

自己在這府裡的所有一切都是嫡姊給的，若是她得知自己誤了她的大事，只怕接下來自己的日子必然會不好過；被送出太子府尚且不算，怕是連寧府也回不去了。

她越想越混亂，越想越抓不定主意。

小石頭自來便是貪吃的孩子，因為謝側妃不願意他與趙洵過於接近，也為免他不懂事吵鬧，故而每日都是命人準備了精緻的點心給他。反正小傢伙有了好吃的，自然會老老實實、不吵不鬧，旁人也說不出她半點錯處。

這也是小石頭進府的日子不長，但身上的肉卻飛漲不少之故。

這日，小傢伙照舊吃著謝側妃命人準備的糕點，偶爾抬頭望望坐在對面、正斯斯文文地咬著千層酥的趙洵。

趙洵察覺他的視線，小嘴微微噘起來，輕哼一聲，轉過臉去不再看他。

小石頭也不在意，反倒衝他揚了個大大的笑容，連臉頰黏著不少點心渣子也不理會。

也不知是經過上回在園子裡發生之事，謝側妃想明白了，還是別的什麼原因，從前些日開始，便不再阻止他們玩到一處。

只是趙洵向來敏感，又或是上回真的被趙贇嚇到，連帶著對得了趙贇好臉色的小石頭也添了幾分彆扭之意。

好在小石頭素來心寬，反正在此之前他也是一個人自得其樂，故而對趙洵的彆彆扭扭也無多大感覺，如此一來，倒讓趙洵更加生氣了。

「小胖子！」趙洵忽地衝著吃得滿臉幸福的小石頭喚。

小石頭呆了呆，隨即擰著小眉頭，不高興地道：「我不是小胖子！」

「明明就是！小胖子小胖子小胖子！」趙洵卻更大聲地道。

「我不是我不是我不是！」小石頭同樣無比大聲地反駁。

「你就是小胖子，你就是……」

「我不是小胖子，我不是……」

兩人就這般吵著鬧著，一旁侍候的侍女面面相覷，打不定主意是否要上前阻止？

最後，還是決定任由他們，畢竟側妃娘娘也說了，任由他們一處。

兩個小傢伙吵了一會兒後，均重重地衝對方哼了一聲，彼此別過臉去，一副「不想看到你」的模樣。

見他二人停了吵鬧，侍女們才暗暗鬆了口氣。雖說側妃娘娘有話，但萬一這兩孩子真的鬧出個什麼來，受罰的還不是她們這些侍候人的？

當晚回到家中，小石頭便迫不及待地向娘親告狀。「大公子說我是小胖子，太過分了！」

凌玉有些意外。這兩人居然還有吵起來的時候？趙洵身邊侍候的那些人呢？就這樣由著他們？

可再一見小石頭委屈的模樣，她又有幾分好笑，捏捏兒子越發圓潤多肉的臉蛋，忍笑道：「娘的小石頭一點兒也不胖，還能更胖一點。」

「就是就是！小孩子就是要胖乎乎的才更可愛。」楊素問也笑道。

小石頭眨了眨眼睛，似懂非懂地又問：「那我不是小胖子，對嗎？」

「不是不是，當然不是！小石頭哪裡胖了？我瞧著比以前還瘦了些呢！」周氏心疼地摟過他。
凌玉「噗哧」一聲笑出來。這樣的大瞎話，娘還能面不改色地說出來，不得不說，自己很佩服她。
只她卻不知道，周氏確確實實便是這樣認為的，並非故意哄小孩子。
周氏一家子上京，本就是為了兒子凌大春的親事，對楊素問，周氏是一萬個滿意。這姑娘長得乾乾淨淨，性子又乖巧，真是怎麼看怎麼滿意。
只是楊素問身邊已無親人，雖有個追隨他們父女多年的老僕誠伯，卻不能替她作主，但是姑娘家訂親出嫁，沒個娘家人終是不怎麼好看。
褚良聽聞此事後便笑道：「若是楊姑娘不嫌棄，我倒是極樂意有這麼一位妹妹。」
待程紹禟將他的意思轉達給楊素問時，楊素問驚喜地瞪大眼睛說「這樣的大哥，誰不要誰是傻子！」這可是一座靠山哪！還是自動送上門來讓她依靠的，她若是推出去，才是真正的大傻子呢！
凌玉聽罷倒是有幾分遲疑。她對褚良的印象，最多還是當初逃避追殺時的凶殘，對對方的品性其實並不大清楚。不過程紹禟卻對褚良頗為讚賞，又見楊素問同意，她也說不出二話。反正不過是借個名頭，兄妹相稱便兄妹相稱吧！
待夜裡夫妻二人獨處時，程紹禟才嘆息道：「褚大哥也是想著多個名正言順的親人，將來若是有個萬一，也不至於連個為他操持後事之人都沒有。」

「褚統領正值壯年，又身居高位，想要娶房妻室又有什麼難？」凌玉不解。

「此事弟兄們也曾勸過他，只他不肯，誰也沒有辦法。」

又過得數日，凌大春便尋了座小宅子，和凌秀才、周氏搬過去。

凌玉明白他的意思，畢竟他若是與楊素問訂親，兩人再同時住在她這裡，到底不合規矩。而他又不放心楊素問一個人到外頭住，故而便乾脆自己搬出去。

凌大春搬出去的次日，由周氏出面請了媒人，正式向楊素問提親。

褚良百忙中還是抽空，正正式式地以楊素問兄長的身分，替她應下了這門親事，臨回府前，還塞給楊素問一套價值不菲的翡翠頭面留作日後當嫁妝。

楊素問推託不得，唯有收了下來，只是到底覺得自己好像占了人家大便宜，有些過意不去，自此之後，便也真心實意地以妹妹的身分關懷這位大哥。

楊素問當日出來得急，身上除了幾套換洗的衣裳和銀兩外，再沒有其他。

她本是打算回青河縣的家中收拾一下，可不管是凌玉還是凌大春，都不放心她一個人回去，而且京城的留芳堂開張在即，他們也抽不出時間陪她回去，商量過後，決定還是待留芳堂的生意穩定下來後，再一起回一趟青河縣，除了收拾帶上京城的東西外，還順便替他們完婚。

楊素問羞紅著臉，扭扭捏捏地同意了。

太子妃也不知怎地，得知了楊素問與凌玉的兄長訂親，也賜下了不少好東西，看得凌玉眼珠子都快要瞪出來了，不得不再次感嘆這位太子妃娘娘出手之大方。

「我要把這些東西都好好收起來，將來當作傳家寶，子子孫孫地傳下去。」楊素問喜孜孜地道。這可是太子妃，也就是未來皇后娘娘賞賜的呢，簡直是無價之寶！青河縣有哪位姑娘出嫁能得到當朝太子妃的賞賜？

凌玉聽罷，促狹地笑了。「這人還未曾過門呢，倒是想著子子孫孫的事了？」

楊素問又被她鬧了個大紅臉，不依地追著她要打，二人頓時鬧作一團。

待看到小石頭被小穆抱回來時，凌玉有些無奈地上前，接過了伏在小穆肩上沈沈睡去的兒子。

「也不知是怎麼回事，這孩子這幾日回來時都是一副愛睏的模樣，難不成在府裡與大公子玩得太過了？」她抱了小石頭回屋，再出來時，忍不住道。

「何止是小石頭，便連大公子亦是如此。這兩人最近總在一起四處玩鬧，謝側妃也不干涉他們，還不可著勁淘氣嗎？」小穆道。

他早前因為犯了錯，被褚良與程紹禟罰，沒了差事，褚良直接把他扔到暗衛處，也不派給他差事，只讓他跟著出入。

暗衛要辦的陰私事比明面上的侍衛要多得多，也艱難得多，小穆目睹了數月，終於意識到當日自己的一時不慎，可能會導致的嚴重後果。

打那以後，他整個人的性子便有了幾分收斂，行事也沈穩不少，日前才被程紹禟給調回來。

凌玉對他一直有些歉疚，見他難得來一回，本是打算親自下廚給他做一頓豐盛的晚膳，可小穆卻笑著婉拒。

「還是改日再來吧，這會兒我還要回府。最近府裡都在忙著萬壽節之事，人人皆忙得腳不沾地，我也是趁著送小石頭回來能偷閒幾分。」

聽他這般說，凌玉倒也不好勉強他。

「玉姊姊，小石頭睡了這般久，怎地還不醒啊？」楊素問從屋裡出來，有些擔心地道。

凌玉擦了擦手上的水珠，也很意外。「竟是這時候還不曾醒？」往日雖然也是睡著被人給抱回來，可是到家後不出兩刻鐘便會醒來，似如今這般快到晚膳的時候還在睡，倒真是頭一回。「我去瞧瞧。」凌玉不放心地解開腰間的圍裙，急急忙忙地回了屋，果然便見床上的兒子仍舊呼呼大睡著，半點醒過來的跡象都沒有。

「我方才替他把了脈，脈象並無異常之處。」楊素問皺眉又道。

「小石頭、小石頭！快醒醒，到晚膳的時辰了！」凌玉輕輕推了推沈睡中的小傢伙，柔聲喚著。回應她的，還是小傢伙均勻的呼吸聲。凌玉又連喚了他好幾遍，甚至還摟了他在懷裡，可小傢伙照樣沈睡不醒。她頓時急了，聲音也不知不覺地添了幾分顫抖。「小石頭，再不醒來，娘親就要把你愛吃的白糖糕都吃光了……」

「唔？」

下一刻，她便瞧見小石頭的眼皮輕顫了顫。「你可總算肯醒了……」凌玉鬆了口氣，見他還是迷迷糊糊的，可已經開始糯糯地抗議。

「不要吃光白糖糕……」

「是是是，不吃光、不吃光，還要留給小石頭呢！」凌玉哄他。

楊素問走過來，握著小傢伙的手又為他探脈。

「怎樣了？是不是有什麼不妥當之處？」凌玉追問。

「這倒沒有。」楊素問搖搖頭，只是心裡卻又有幾分說不出的奇怪。

凌玉也有些擔心，但見兒子轉頭活蹦亂跳地到處去找白糖糕，彷彿方才他真的不過是睏極了才睡得那般沈，又略略有幾分放心了。

再一想到小穆曾說過府裡的大公子亦是如此，猜測著這兩個小傢伙必定是白日淘氣得厲害，才會導致如今出現這般情況。

當然，她照舊還是問起了小石頭關於他白日在府裡之事，知道了小傢伙這日照舊是與趙洵到園子裡玩鬧。

「那側妃娘娘倒真像是想開了一般，早前小石頭說他與那大公子吵架卻沒有人制止，我還當她不過是做做樣子呢！」楊素問笑道。

「想來也是心疼孩子吧！」凌玉沒有興趣理會他人之事。

只是，次日小石頭卻是被程紹禟急急地抱回來的。

「小玉，快去請大夫！」

「不必了、不必了，太子殿下遣了太醫來！」他身後的小穆忙道。

「小石頭！小石頭他出什麼事了？」凌玉大驚失色，急急忙忙上前。

程紹禟無暇多說，抱著小石頭快步進屋，又連忙迎了太醫進去。「太醫，煩您替犬子診治診治！」

「讓我先瞧瞧。」頭髮斑白的太醫自不敢怠慢。

得到消息的楊素問也急匆匆地趕過來。「玉姊姊，小石頭怎樣了？」

「我也不知道……他到底出了什麼事？今日一早出門時還好好的。」趁著太醫診治之際，凌玉一把抓住程紹禟的手追問事情原委，急得眼淚都要掉下來了。

程紹禟深深地吸了口氣，勉強讓自己鎮定下來，這才沈聲道：「具體發生了何事，我如今尚未清楚，只是方才西院謝側妃的侍女前來尋我，道小石頭不知何故，從晌午過後便一直睡至如今，不論旁人如何喚他都醒不過來。與他一般情況的，還有府裡的大公子。」

「醒不過來？什麼叫醒不過來？」凌玉白著臉，卻又想到了昨日。

「他的模樣，就與往常睡著的時候一般無二，便連呼吸也是均勻的，也因為如此，侍女們才一直沒有發現，直到意識到他們睡的時辰過久了，想要叫起時才發現不對，如今府裡也是亂成一團。」程紹禟用力一咬唇瓣，緊緊地盯著床上那依舊「好眠」的小小身影，看著太醫收起診脈的手，連忙迎上去。「太醫，犬子情況如何？」

「怪哉怪哉，令郎脈搏一切正常，確實是睡著了……」太醫皺著眉，亦是相當不解。他行醫多年，從來不曾遇到過這般奇怪的病，明明正常得與睡著一樣，為何就是偏偏叫不醒？

「對、對對，他就是睡著了、睡著了！想必白日裡又與大公子玩得太瘋，累極了才會如此！昨日也是這樣，素問妳也在的不是？昨日他也是睡得太沈，怎麼也不肯醒來，我要去叫醒他……」凌玉喃喃地道，不等楊素問回答，猛地衝了進去，將床上的小石頭抱在懷中，感受著那溫熱的小身子，勉強揚了個笑容，也讓自己的聲音聽起來溫柔些。「小石頭，該起了，再不起，娘就要把白糖糕全部吃光，一塊也不留給你喔！」

回答她的，依然是小傢伙均勻的呼吸聲。

凌玉雙手抖了抖，下意識地把他抱得更緊，顫著嗓子又道：「不起來的話，日後每頓要吃很多很多蔬菜喔，點心也沒有了……」

「玉姊姊……」楊素問看得心酸，上前來輕輕環著她的肩膀。「妳放心，小石頭一定會沒事的。」

「太醫，您再仔細診診？犬子身子一向極好，此番突然長睡不醒，必定有個緣故。」程紹禟不死心地拉著太醫。

「程大人，並非我不盡心，只是令郎……著實有些奇怪。太子府上的大公子聽聞也是同一癥狀，待我回去與替大公子診治的太醫細細研討，看看可有個頭緒？」

「那可需開帖藥讓犬子服下？」程紹禟又追問。

「令郎年紀尚幼，如今又是病因未明，逢藥三分毒，這藥暫且還是莫要亂用為好。」

程紹禟略思忖片刻，也覺得有理，又再三懇請他多費些心。

太醫知道他如今是太子身邊的紅人，否則太子也不會把自己指來，故而也不敢托大，只道必會盡力云云。

程紹禟親自送他出門，又讓小穆把他送回太子府，這才大步流星地回了屋。

一進屋便看到凌玉還是緊緊抱著兒子坐在床沿，一遍又一遍地喚著小傢伙的小名，或是哄著、或是威脅、或是懇求，最終都化為一句「快醒來」。

他聽著她話裡的哭音，心中又酸、又恨、又悔，快走幾步上前，在楊素問讓開的位置上坐下來，長臂一伸，把母子倆同時擁入懷中，啞著嗓子道：「妳放心，咱們的孩子必定會沒事的……」

「都怪你！」凌玉驟然抬頭，紅著眼，恨恨地瞪著他。「若你當初在太子跟前據理力爭，不讓他進那府裡，他又何至於會有今日這般……都怪你！」

程紹禟卻把她抱得更緊。「是，都怪我，是我沒有保護好咱們的孩子，都怪我……」

「兒子若有個萬一，我也不活了……」凌玉終於忍不住，嗚嗚地哭出聲來。

「不會的、不會的，他只是睡著了，待睡夠了自然會醒來，不要說這樣的喪氣話。」程紹禟心如刀絞，抱著她的雙臂都在顫抖著。

若是兒子有個萬一，別說小玉，便連他自己，只怕也活不下去了……

太子府裡，趙贇直罵得眾太醫狗血淋頭。「……什麼叫不見異常之處？都這樣了還不叫異常?!不求你們立即妙手回春，但至少也要有個章程，如今只用一句『不見異常』便想來打發孤?!簡直混帳！孤現在便放下話來，治好了，你們的狗命便留著；治不好，你們也不必再浪費朝廷的米糧，黃泉路上結伴而行吧！」

「殿下恕罪、殿下恕罪！」眾太醫嚇得「撲通」地跪了滿地。

屋內傳出謝側妃呼天搶地的哭聲，還夾雜著太子妃和寧側妃的勸慰，趙贇聽著越發憤怒，忽又聽前去替小石頭診治的太醫回來了，立即喚對方進來問小石頭的情況，竟然又是得到一模一樣的答案，登時大怒。

「枉你們自以為醫術高明，竟連兩個孩子的病因都找不出來，留著你們又有何用?!」

聽出他話中的殺意，又看著門外手持兵器、彷彿下一刻便會衝進來的侍衛們，太醫們嚇得面如土色，那一聲聲的「殿下恕罪」頓時喊得更響亮了。

屋裡的太子妃聽到動靜，連忙出來，見狀勸道：「殿下若是把他們都處置了，誰來替孩子們診治？倒不如讓他們將功折罪，盡心盡力把人給救過來，如此方是正理。」

趙贇到底還是給太子妃顏面的，聞言冷笑道：「既然太子妃替你們求情，你們的腦袋，孤便暫且寄放在你們脖子上，還不快去商量個切實有效的診治章程來！」

「是是是，臣這便去、這便去！」

趙贇深呼吸幾下，抬腿便往裡間走去，打算瞧瞧昏睡不醒的兒子。哪想到還不曾走到床邊，謝側妃便撲過來，跪在他的跟前大哭。

「殿下要替妾身與洵兒作主啊！洵兒這回必是教人害了！」

「胡說些什麼！」趙贇眉頭緊皺，還是勉強耐著性子把她扶起來。

謝側妃乘機倚入他的懷裡悲泣不止。

「姊姊，好歹也讓殿下看看洵兒的情況吧？」寧側妃靜候了片刻，終於沒忍住，略帶嘲諷地道。

正走進來的太子妃秀眉輕蹙，眸中盡是不贊同地望了望她。

寧側妃臉色一僵，微微垂頭侍立一旁，再不敢多話。

趙贇的耐性也只有那麼一會兒工夫，又素來最煩女子哭哭啼啼，加上憂心兒子，故而猛地抬手推開了謝側妃，大步朝著床上的趙洵走去。見小小的孩童呼吸平穩，完全是一副好夢正酣的模樣，他忍不住伸手探了探小傢伙的額頭，又替他診了診脈搏，濃眉越發擰得厲害。

莫怪那幫太醫都說「瞧不見異樣之處」……

金巧蓉心神不寧地留在屋裡，有好幾回想要起身去探探西院的動靜，可最後還是坐了回去，心不在焉地拿著繡屏，手中的針卻是許久不曾落下。

屋外忽地傳來侍女們的問安聲，她心口一緊，知道必是嫡姊回來了。

那趙洵與小石頭呢？他們怎樣了？應該不會有事才對吧？她已經偷偷把嫡姊讓人加進去的藥換掉了，那兩個孩子估計不會有性命之憂才是吧？

當初謝側妃是打算把這藥給趙洵用的，可見此藥應是無害，畢竟天底下哪有做母親的會想要毒害年幼的親生兒子？一想到這兒，她頓時又覺得心安了。

這一回，便當是她還了當初程家人對她與養母的看顧吧！

今後，彼此互不相欠，再不要有任何交集才是。

此時的寧側妃正滿腹疑惑，思前想後仍是想不明白，為何趙洵與那小石頭僅是昏睡不醒？她已經證實過了，以她讓人加進去的藥量，足以讓那兩人致命才是，可如今的一切與她所預料的完全不同。

「妳確定藥都加足量了？」她不死心地問心腹侍女。

「自然確定，奴婢還是親眼看著西院那小丫頭把藥拿走的。」

「那倒是奇怪了，難不成那藥還能是假的？抑或是那人騙了我，就那點藥量根本不足以致命？」寧側妃百思不解。

她原以為今日會聽到趙洵與那小石頭一命嗚呼的消息，沒有想到那兩小子居然只是昏睡不醒，瞧那臉色紅潤的模樣，說不定明日便會醒過來了。

若是如此，她當日豈不是白白謀算了？

「或許再等幾日才能見效？」心腹侍女想了想，樂觀地勸道。

寧側妃也不知有沒有聽到她這話，心思卻是飄到了十萬八千里外。

此番必然要將自己私底下的動作徹底抹去才是，若是讓人發現了，到時候才是大麻煩！

「倒是白白浪費了這麼一個天大的好機會。」一想到那趙洵大概能逃過此劫，寧側妃便不禁一陣惋惜。

「娘娘說笑了，這機會有沒有浪費，如今仍是未知，太醫們一日查不出原因，就無法對症下藥，最終他們的結果會是怎樣，倒也真的難說。」

「謝氏難不成還會一直遮著、掩著？只要她坦白交代，把藥交出去，太醫們自然有法子救治。」寧側妃可不相信謝氏會眼睜睜地看著她的命根子丟了性命。

「娘娘不如靜觀其變……」

寧側妃思忖片刻，忽地笑了。「這倒也是，說不定那謝氏自私狠毒的性情比我以為的還要更厲害呢！」

把藥交出去，趙洵固然有救，可太子殿下又豈會輕饒過她？可若是不交出去，那兩個孩子必定性命難保！

只不管是哪個結果，都是她所樂見的。

兒子昏睡了數個時辰不醒，謝側妃又急又怕，不停在屋裡走來走去，死死絞著手中的帕子，蒼白的臉上滿是驚恐不安。

怎會這樣……怎會這樣？事情怎地完全偏離她所預料的方向？

她不過是打算每日在那兩個孩子相處過後做點手腳，慢慢地對外造成一種「這兩人只要湊到一處去必然生病」的感覺，到時候再讓人指出此二人八字不合，她便可藉此進言，讓那小石頭離開西院。因是為了兩個孩子好，太子必然不會不同意，自然更不會怪責自己的。

她想得好好的，早前一切也進展得相當順利，但如今卻出現變故，這變故來得突然，瞬間便打了她一個措手不及。

「妳確定、確定只放了些許，不曾有誤？」她一把抓住侍女梅香的手，從牙關裡擠出這麼一句。

「千真萬確！之前也是這個用量，大公子不過是小睡一會兒便醒了，那小石頭也是如此。」看著她吃人的眼神，梅香頓時急了，指天發誓自己確確實實是按照要求下的量。

謝側妃緩緩收回手，無力地跌坐在榻上。「那如今可怎麼辦？太醫至今仍查不出病因，若是洵兒有個什麼三長兩短……」

「娘娘，咱們要不要想個法子讓太醫知道病因？」梅香遲疑了一下，輕聲建議。

「對對對，得想個法子讓太醫知道，得想個法子！」謝側妃如夢初醒，可緊接著又連連搖頭。「不行，不行、不行……」

「為何不行？娘娘，事關大公子性命，可不能再瞞著啊！」梅香勸道。

「妳懂什麼？若是讓殿下知道此事與我脫不了干係，我、我這輩子就全完了！反正這會兒有這麼多太醫，他們都是醫術高明、見多識廣的，想來很快便有法子治癒他們的。對對，就是這樣！太醫們必然有法子的、必然有法子的……」謝側妃不停說著，也不知是想要說服梅香，還是想要說服自己？

梅香輕咬了咬唇瓣，忽地又道：「可以找個替死鬼……」

謝側妃呼吸一頓，眸光微微閃動著，片刻之後臉上卻又有些遲疑。「以殿下的手段，可不是那等輕易便被瞞過去的，若是找的這個人可著勁地喊冤，殿下未必不會下令重新徹查……」

「那咱們便使個法子，讓她自己認下來。」梅香再度建言。

謝側妃就等著她此話，略微鬆了口氣。
主僕二人一陣耳語。

小石頭一直昏睡不醒，太醫來了走，走了又來，均沒有任何有效的法子，急得周氏一個勁兒地抹眼淚，可再看看白著臉耐心地餵小石頭吃粥的凌玉，又是一陣心疼。

「慢慢來，妳瞧，他都吃下去了。」將兒子抱在懷裡的程紹禟見凌玉拿著羹匙的手都在微微發抖，心也跟著顫起來，只還是努力讓自己冷靜。

「是啊，玉姊姊，莫要擔心，能吃東西便是沒有大礙。」楊素問輕輕為小石頭拭了拭嘴角，柔聲道。

凌玉定定神，深深地望著眼前那張依然紅撲撲的小臉蛋，好一會兒才喃喃道：「對，能吃能睡，這孩子自來便是如此。」睡得好、吃得香，性子跳脫，活潑好動，她的小石頭就是這樣的孩子。

「還未曾查出原因嗎？好好的孩子怎地突然變成這般模樣，難道太子府便不曾給你們一個交代？」看到程紹禟從屋裡出來後，凌大春皺眉問。

程紹禟已經幾日不曾歇息過了，眼睛發紅，臉上也帶著鬍碴，聞言當即沈下臉，冷冷道：「此事絕不會是意外，必然是人為所致！若是教我得知是何人如此狠毒，竟連四歲的孩童都不放過……」

「大哥，查到了、查到了！」話音未落，但見小穆疾步而來，臉上一片喜悅。

「可是查到了病因？」程紹禟快步迎上去，迫不及待地問。

「確實如此！如今太醫們會診，府裡的大公子雖還未醒來，可是偶爾已經會哼哼唧唧幾句了。你瞧，殿下也讓我把太醫帶來了！」小穆喜不自勝。

程紹禟也注意到他身後揹著醫箱的太醫，慌忙地把他迎進屋。

看著太醫本是凝重的臉色漸漸緩和下來，他緊懸著的心也開始一點一點往下落實。

「怎樣？」待太醫收回診脈的手，凌玉急著問。

「與府裡大公子的情況一般無二，夫人不必擔心，且照方子把藥煎了餵令郎服下，不出兩個時辰便會見效了。」

凌玉又驚又喜，屋內眾人也是如釋重負，周氏更是雙手合十，連連唸著「菩薩保佑」。

程紹禟這才覺得整個人都放鬆下來，少頃，臉色一沈，喚了小穆出去細問。「這到底是怎麼回事？今日一早太醫還束手無策，連個病因都找不著，怎地幾個時辰的工夫便有應對的法子了？」

「大哥不知，這是因為罪魁禍首被抓住了。此番小石頭真真是遭了無妄之災，原是西院有位早前犯錯被側妃娘娘處罰的侍女，心中不忿，暗中找來害人的藥放入大公子的點心裡，小石頭平日都是與大公子吃玩一處的，自然遭了連累。此番若不是她作賊心虛，怕事情敗露，想要偷偷把藥扔掉，也不會被侍衛抓了個正著，這才現形。」

程紹禟聽罷卻是一陣冷笑。「僅是一名普通侍女所為？殿下呢？也相信這樣的說詞？」

連宮裡的太醫都查不出來的藥，可見那藥絕非等閒之物，一個普通侍女又如何能得到？

如此漏洞百出的說詞，難不成太子殿下也相信了？

小穆不是傻子，待那股高興勁頭過去了，細細一想也覺得此事並不簡單，臉色也漸漸變得凝重。「大哥懷疑得對，此事絕不可能是一名普通侍女所能為的，這當中必然還牽扯了什麼。太子殿下這會兒心裡怕只是擔心著大公子的情況，一時無暇細想，待他回過頭來，必然也會發現不妥。」

程紹禟眼眸幽深，少頃，不疾不徐地又道：「不管事情真相如何，我的小石頭都必是無辜受累！此番是我這個做父親的保護不力，才使他年紀小小便遭此大罪……」說到後面，他臉色一片黯然，眸中閃過一絲痛楚。

「大哥……」小穆安慰地拍拍他的肩膀。「如今太醫都有了診治的法子，小石頭必會安然無恙的，若真是有心人算計，防不勝防……你也無須過於自責。」

程紹禟沒有再說話，只是心裡卻有了決定。

「娘，我餓了……」

正低聲與楊素問說話的凌玉，忽地聽到身後傳來軟糯的撒嬌聲，整個人先是呆了呆，隨即驚喜地轉過身去，便對上了小石頭忽閃忽閃的眼睛。

她猛地衝過去，把懵懵懂懂的小傢伙緊緊抱在懷中，眸中不知不覺地含上了淚花。

「娘，我餓了……」她抱得太緊，小石頭有些不舒服地輕輕掙扎，委屈地又喚。

楊素問臉上滿是驚喜之色，胡亂抹了一把眼睛，笑著上前提醒道：「玉姊姊，小石頭說他餓了呢！」

「對對對，餓了餓了，娘這就給你做好吃的！」凌玉如夢初醒，心疼地輕撫了撫小傢伙明顯瘦了一圈的臉蛋。

「姊姊妳在這兒陪著他，我去煮點粥過來。」楊素問忙道。

凌玉此刻也不捨得離開兒子，聞言便點頭應下。

「娘哭鼻子了，眼睛紅得像小兔子。」小石頭盯著她的臉望了片刻，忽地嘻嘻地笑起來。

見他活潑如昔，凌玉感到自己總算真真正正地活過來，這才長長地吁了口氣，又聽他這話，無奈地輕笑，捏了捏他的鼻子嗔道：「小壞蛋！你可知你險些把娘給嚇壞了？」

小石頭無辜地眨著眼睛。

凌玉輕撫著他的臉蛋，感受著那熟悉的軟嫩溫熱，再不願提起這幾日的擔驚受怕。

太子府大牢內，趙贇坐在太師椅上品著茶，程紹禟站在他身側，面無表情地望著眼前血腥的一幕。

一名渾身鮮血的女子被吊起來，侍衛打扮的男子，毫不留情地揮舞著長鞭往她身上抽去，察覺她暈了過去，自然有人上前用水潑醒她，然後繼續行刑。

「孤再問一句，招還是不招？」終於，趙贇緩緩地開口。

「招、招！我招，全招了！」她以為死便是世上最可怕之事，而她連死都不怕，那便再沒有什麼能讓她害怕的。可如今她方親身體會到，生不如死遠比死亡可怕！「招，我全招，全招了……」皮開肉綻的劇痛淩遲著她，她哪還敢嘴硬？

「早該如此，也不必白白受這折磨。」趙贇冷笑，將空空如也的茶盞遞給程紹禟。

程紹禟順手接過，又把它交給一旁的太監夏德海。

「妳叫什麼名字？是在何處當差？」趙贇不緊不慢地問。

「奴婢秀兒，在西院謝側妃處侍候，是負責清掃的三等丫頭。」

「那藥是妳尋來的？又確實是妳放進大公子與小石頭的吃食裡頭的？」

「不，不是奴婢！奴婢不曾找人買過什麼藥，更不曾把藥放到大公子與小石頭的吃食裡！」事到如今，秀兒哪還敢隱瞞？自然是知無不言。

程紹禟的眼皮跳了跳，對她這番話絲毫不感意外。

「既然不是妳做的，為何妳又要承認？」趙贇對這個答案同樣不覺得意外。

「側妃娘娘向奴婢許諾，若是奴婢應下此事，便會給奴婢的家人一筆錢，讓他們回鄉過些好日子。奴婢沒有辦法，唯有答應下來。」

趙贇一下子便坐直了腰，緊緊盯著她追問：「側妃娘娘？哪個側妃娘娘？」

「謝側妃。」

程紹禟不可思議地瞪大眼睛，厲聲喝斥道：「太子殿下跟前，妳竟敢胡亂攀扯他人！謝側妃乃是大公子的生身之母，如何會做出這樣的事！」

「奴婢所言句句屬實，絕不敢欺瞞殿下！」秀兒見他們不信，害怕又要再忍受一番酷刑，急忙道。

「這些話，是謝側妃親口跟妳說的？」趙賫又靠著椅背，不放過她臉上的每一分表情。

秀兒臉色一僵，搖頭道：「不、不是，是娘娘身邊的梅香姑娘對我說的。」

梅香是謝側妃身邊的一等丫頭，她說的話自然便是謝側妃的意思。

秀兒知道這點，而在場之人同樣清楚。

謝側妃正慶幸兒子被救回來，而自己也找了個替死鬼擋下此事，哪裡想到趙賫竟是從頭到尾都不相信她的安排，如今又秘密地提審秀兒，將她所做之事挖了個徹底。

此刻她望著神情懨懨的兒子，不禁又擔心起來。這孩子不會變成傻子吧？若是如此，那才是真真正正的得不償失了！

「你可是覺得還有哪裡不舒服？」她不放心地問。

趙洵飛快地抬眸望了她一眼，先是點點頭，隨即又搖搖頭。

「你這又是點頭、又是搖頭的，到底是什麼意思？」謝側妃皺眉。

「娘，小石頭呢？他怎地還沒來？」趙洵有幾分怕她，可還是鼓起勇氣問起了小石頭。

謝側妃一聽便沈下臉。「你問他做什麼？難不成都這般時候了，你竟還想繼續與他到處亂跑亂瘋！」若不是因為那個孩子，她何至於辦了這麼一件白費心思之事！

趙洵被她這嚴厲的模樣嚇得縮了縮脖子，眼中也不知不覺地泛起淚光，再不敢多話。

一旁的奶嬤嬤瞧著有些心疼，有心想要上前勸慰幾句，但又懼於謝側妃神色不豫，到底不敢多事。

「娘娘，殿下往這邊來了！」正在此時，梅香急急忙忙地進來稟報。

謝側妃臉上一喜，連忙命那奶嬤嬤替趙洵更衣，自己則快步進了裡屋，對鏡理了理鬢髮，又補了口脂。

梅香則貼心地替她整了整衣裙，這才笑道：「殿下日理萬機，這會兒還能抽空來瞧娘娘，可見心裡真真實實是有娘娘您的位置的。」

謝側妃笑得有幾分欣喜，又有幾分驕傲。畢竟她是這後宅裡唯一一個育有太子子嗣的女子，便是太子妃也要給她幾分面子。至於寧氏與別的什麼侍妾，那根本不值一提！

「殿下……」走出去便看到趙贇大步流星地邁過門檻，她忙迎上前，欲要行禮問安。

趙贇卻看也不看她，直接吩咐奶嬤嬤。「把大公子抱出去！」

那奶嬤嬤哪敢有二話？連忙抱起趙洵，也不管他樂不樂意，逕自把他抱了出去。

「殿下，您這是……」謝側妃猜不透他的來意，見他冷著一張俊臉，心裡「咯噔」一下，隱隱有幾分不安，只還是勉強揚起笑容向他行禮請安。

「孤自問算是心狠手辣，直接或間接死在孤手上之人，怕是數也數不過來。」趙贇深深地凝望她良久，終於啟唇緩聲道。

「殿下寬和仁厚，世人皆知，又何必如此說？」謝側妃有些慌亂地接了話。

「寬和仁厚？」趙贇嘲諷地勾了勾嘴角。「身處權勢漩渦當中，稍有不慎便是粉身碎骨，寬和仁厚？說出去也就騙騙無知的世人罷了。」與皇室子弟說什麼寬和仁厚？這簡直是天底下最好笑的笑話了！

謝側妃吶吶的，再不敢多言。

趙贇睥睨著她，半晌，又是一聲冷笑。「只是孤怎麼也想不到，妳一個婦道人家卻有著比尋常男子更狠的心腸。很好，果然不愧是孤的側妃娘娘！」

謝側妃臉色大變，「撲通」一聲便跪在地上大聲喊冤。「殿下此言，妾身縱是萬死也不能夠！」

趙贇往前踏出一步，捏著她的下頷，強迫她對上自己的眼睛，陰狠地道：「妳可知道，孤平生最恨兩種人，一是背叛孤的，二便是把孤當作無知婦孺般戲耍的。而妳，便是第二種人！妳把孤當什麼了？三歲不知事的孩童，還是愚不可及的蠢貨？妳以為推出一個替死鬼，孤便會相信了嗎？論起狠心，孤不如妳！誠然，在皇室中說什麼『虎毒不食兒』著實諷刺，只是身為母親，竟然給稚齡親兒下毒，妳確實令孤刮目相看，自愧不如！」

皇室中血脈親情最為淡薄，父子、兄弟刀刃相見不是什麼稀罕事，故而「虎毒不食兒」這樣的話用在皇族身上，著實是說不出的諷刺。

但再怎麼狠、再怎樣血腥，他也從來沒有見過如此心狠的婦人，謝氏，確實是頭一個！

第十九章

謝側妃臉上的血色「唰」地一下便褪得乾淨，瞳孔縮了縮，身體更是因為極度恐懼而不停顫抖著，只還是想著負隅頑抗，抵死不認。「殿、殿下此話是何意？妾、妾身不明白……」

「死到臨頭仍在嘴硬？可見是不見棺材不掉淚。」趙贇一揮手，隨即便有兩名護衛拖著一個血人走進來，逕自把那人扔到謝側妃跟前。

謝側妃險些嚇得尖叫出聲，當她認清眼前這張布滿血污的臉正是秀兒時，終於知道大勢已去，當下便跪爬到趙贇跟前，用力地磕頭求饒。「殿下開恩、殿下開恩……」

程紹禟揚了揚手，那兩名侍衛又將早已昏迷不醒的秀兒帶下去。

聽得謝側妃此話，程紹禟眼中頓現殺氣。開恩？當日怎不見她對小石頭開恩？小石頭一個懵懂不知事的孩童又能礙得了她什麼，為何要招致如此禍事？一想到兒子吃的苦頭，他便恨不得將眼前這毒婦斬殺當場！

趙贇素來敏感，察覺他的殺意，不著痕跡地瞥了他一眼。看來經此一事，這位仍舊有幾分婦人之仁的下屬，怕是從此要添了硬心腸。

「妳該慶幸他二人安然無恙，更該慶幸趙洵是從妳肚子裡爬出來的。」趙贇一腳踢開她，厭惡地道。

謝側妃被他踢得直接倒在地上，腰間被踢中的地方更是一陣劇痛，可當她聽清楚他這話時，眼中頓時生出幾分希望來。是啊，不管怎麼說，兩個孩子都安然無恙，而她還是殿下唯一孩子的生身之母，看在兒子的分上，殿下只怕還是會寬恕自己的。

程紹禟也以為趙贇打算網開一面，一時惱極，拳頭都不知不覺地握起來。

「所以，孤便賜妳一具全屍，好歹也全了妳與洵兒這番母子情分。」趙贇恍若未覺，以極輕、極緩的語氣說出了對謝側妃的判決。

「殿下饒命、殿下饒命！饒命啊——」謝側妃曾想過一旦事發，自己會有的下場，但卻從來沒有想過竟是連性命都會保不住，駭得哭叫著求饒。

程紹禟同樣沒想到趙贇會直接賜死謝側妃，平心而論，他確實有想要殺了這毒婦的心思，但到底理智尚存，知道此婦人暫且動不得。

「殿下！」早就得訊的太子妃匆匆趕來，剛好便聽到趙贇此話，一時臉色都變了，素來最端莊知禮的女子，此刻連禮也忘了行。「殿下萬萬不可！謝側妃殺不得！」

「孤乃當朝太子，想殺一個心腸歹毒的婦人還殺不得？」趙贇冷冷地道，又轉身喝斥程紹禟。「愣在這兒做什麼？還不把人拖下去！是選三尺白綾還是匕首一把都隨她，孤不希望她還能活著看到明日的太陽！」

「殿下！殿下且聽妾身一言再作決定不遲！」太子妃大急，一把抓住他的袖口。「殿下且想想，謝氏到底是上了玉牒的太子側妃，又是洵兒的生身之母，她若是無緣無故便沒了，殿下如何向宮裡交代？如何向謝府交代？若有心人從中作梗，讓人覺得殿下刻薄寡恩，對為自己生下唯一血脈的側妃尚且如此絕情，將來又如何待黎民百姓？」

趙贇皺眉，冷漠地道：「孤行事，何須向旁人交代？況且，日後孤為一國之君，小小百姓的幾句議論又算得了什麼？」

「殿下！」見他仍舊不聽，太子妃急得險些都要掉淚了。「謝氏確實罪該萬死，只殿下好歹看在洵兒的面上——」

「妳不必多言，孤意已決！程紹禟！」趙贇打斷她的話，怒目瞪了仍舊站著、一動也不動的程紹禟一眼。

程紹禟幾番掙扎，最終還是一咬唇，朝他躬身拱手道：「屬下以為，太子妃娘娘所言甚是，還請殿下三思。」

「你！難不成你忘了自己的兒子險些命喪她手？」趙贇不敢相信他居然會為謝氏求情。

程紹禟死死地握了握拳頭，垂眸又道：「請殿下三思！」

「好！好！好一個寬和仁厚的程大統領！」趙贇氣極反笑。

程紹禟抿了抿薄唇。「請殿下三思！」

太子妃也沒有想到，事到如今，程紹禟竟也會放過謝側妃一命，不禁多望了他幾眼。

趙贇臉色鐵青，額上青筋頻頻跳動著，凶狠地瞪著他良久，終於陰沈著臉道：「側妃謝氏病重，西院自此封禁，無孤命令，不准任何人進出。謝氏，非死不得出！孤之長子趙洵，即日起交由太子妃撫養！侍女梅香，杖斃！侍女秀兒，驅逐出府！」

謝側妃徹底癱軟在地，毫無血色的臉似笑非笑，似哭非哭。命確實保住了，可是，活下來卻比死還要難受。兒子交由太子妃撫養，而她困於西院，非死不得出……

太子妃愣住了。趙洵日後交由她來撫養？

對這樣的處置，程紹禟也說不出什麼。誠如太子妃所言，謝氏不能死，一個生下子嗣還上了玉牒的太子側妃，哪是可以輕易打殺的？

但是要讓他放過她，他也絕對做不到。如今太子這般處置，於她而言，怕是更生不如死。

「大哥，此女是不是隨便找個地方扔掉算了？」侍衛們架著仍舊昏迷的秀兒，問程紹禟。

「把她送回給她的家人吧！」程紹禟回答。

兩名侍衛彼此望了一眼，這才應下，架著秀兒出門，準備把她送回家去。

凌玉很快便得知事情的真相，也聽聞了太子對謝側妃等人的處置，久久說不出話來。

「大公子是她的親生兒子，她如何下得了這樣的手？她這樣做，於她又有什麼好處？」

程紹禟抹了一把臉，淡淡道：「無非是貪婪與愚蠢作祟。不提她了，小石頭呢？」

「在素問那裡，怕又是瘋鬧一處了，我去瞧瞧。」凌玉放下手中的繡屏，剛要起身出去，迎面便撞來一個小小的身影。

她連忙伸手穩住那小身影，看著跑得一身汗、臉蛋也紅通通的小石頭，有點無奈地捏了捏他的臉。

「小壞蛋，你給我站住！」楊素問的聲音遠遠地傳過來。

小石頭一聽，當即咯咯笑著朝程紹禟撲去，像隻小猴子一般攀著他健壯的身體直往上爬。

程紹禟笑著將他抱起，此時楊素問已經衝進屋，一看到屋裡的程紹禟，頓時不好意思地笑了笑，飛快地又跑掉了。

「你這小壞蛋又做了什麼壞事？」凌玉在兒子的小屁股上拍了拍，故意虎著臉問。

「沒有呀！沒做壞事。」小石頭一臉無辜。

凌玉搖搖頭，看著又再度活蹦亂跳的兒子，心中甚是欣慰。只是一想到府裡發生之事，又皺起了眉，衝程紹禟道：「不管是否會惹惱太子，我都不會再同意小石頭進那府裡了。」

程紹禟頷首。「妳放心，明日回府我自會向太子殿下說此事。」一朝被蛇咬，十年怕井繩。經此一事，他也算是對後宅女子的心狠有了新的認識，自然不會再讓兒子牽扯進去。

小石頭似懂非懂地聽著他們的話，好一會兒忽地脆聲問：「大公子呢？日後我不能和大公子一起玩了嗎？」

凌玉沒有想到他會問起趙洵，略有幾分遲疑。「小石頭很想與大公子一起玩嗎？」

小傢伙噘著嘴巴，彆彆扭扭地道：「也不是很想啦……」

不是很想，那便是有點兒想嗎？凌玉望了望程紹禟。「大公子如今在太子妃那裡？」

「是，日後他便由太子妃親自撫養。」程紹禟回答。對太子這個決定，他其實是相當贊成的，一個那樣狠心的母親，又如何能把孩子照顧好？大公子若是再跟著這樣的母親，耳濡目染之下，將來還不知會長成什麼樣的性子。

「娘，那我日後還能和大公子一起玩嗎？」小石頭又插話。

凌玉遲疑片刻，輕撫著他的臉蛋道：「日後得了空，娘便帶你去找大公子。」

小石頭才又高興起來。

程紹禟次日回府，瞅了個空，委婉地代兒子向趙贇請辭。

趙贇聽罷，似笑非笑地道：「你這是把孤這府邸視作龍潭虎穴，怕會吞了你兒子不成？」

「屬下不敢。」程紹禟將姿勢擺得更低，卻沒有再說什麼解釋的話。

「嘴裡說著不敢，心裡想的卻是另一回事。程紹禟，孤發現自己有些看不透你了。說你婦人之仁，可有時候你卻又狠得下心來；說你心狠手辣，有時你卻又心慈手軟。」

「殿下言重了。」

趙贇深深地望著他，良久，才淡淡道：「既如此，便如你所願，小石頭無須每日過府了。」

「多謝殿下！殿下若無其他吩咐，屬下便先行告退了。」

「出去吧。」趙贇低著頭，開始翻看密函。

程紹禟從趙贇的書房離開後，迎面便看到寧側妃朝這邊走過來，她的身後還跟著一名提著食盒的侍女。
「側妃娘娘。」他腳步一頓，眸色有幾分陰沈，微微垂頭掩飾住了。
「原來是程統領。令郎身子可大好了？」寧側妃含笑問。
「多謝娘娘關心，犬子已然大好。」
「這就好，到底是吉人天相。」
程紹禟沒有再多說什麼，只望著她背影的眼眸卻是凝起了風暴。最終，垂下眼簾，將一切平復下去。
折了一個謝側妃，還能把自己摘得乾乾淨淨的，寧側妃心裡可謂是極度愉悅，趁著一切塵埃落地，這日便精心打扮過，打算好好地當一回解語花。
只是，待夏德海從書房內出來，委婉地請她回去時，她臉上的笑容一下子便僵住了，可到底也清楚此處並非她可以發作之地，唯有勉強地笑了笑。「殿下既然不得空，那我改日再來。」
「娘娘慢走。」夏德海恭敬地道。
程紹禟當值完畢，正打算歸家，路經園子竹林時，忽聽身後有人喚自己。
「程大哥！」
他下意識地回頭，意外地看到金巧蓉從裡頭走出來。
「是妳？」

「小石頭怎樣了？身子可好些了？」金巧蓉自來便有幾分怕他，也不敢看他的臉，只問起了小石頭。

「已經好多了。」程紹禟頓了頓，還是不贊同地道：「妳不應該來找我，若是讓人發現了，這太子府妳只怕也留不得了。」

「程大哥救我！」金巧蓉忽地撲跪在地上。

「妳這是做什麼？快起來！」程紹禟沒有想到她竟會如此，一時皺眉不悅地道。

「程大哥，求你救救我！就算不看在咱們以往的親戚情分上，也看在我沒有對小石頭見死不救的分上，好歹救我一命。」金巧蓉卻開始給他叩起頭來。

程紹禟神情一變。「妳果然插手了此事！那也就是說，寧側妃亦不是清白無辜的？」

「是，當日若不是我換了嫡姊的藥，只怕小石頭和大公子就不會只是昏睡不醒。程大哥，我並非挾恩而報，也不敢說自己對你們有恩，只求你大發慈悲，救我一命。」

「何人會威脅到妳的性命？」程紹禟心中已有了猜測，只還是緩緩地問。

金巧蓉呼吸一窒，神情添了幾分茫然。何人會威脅到她的性命？

嫡姊、生父、親舅……每一個都應該是她最親的人，可每一個卻都威脅著她的性命！去母留子。原來她於嫡姊、於寧家而言，不過就是個代孕的工具，她產下兒子之時，便是命喪魂歸之日！

見她神色有異，程紹禟繼續問：「妳說，何人會威脅到妳的性命？」

他一直苦於無證據指證寧側妃，若是眼前此人可以站出來，那一切便不再是問題。

金巧蓉的臉色幾度變化，最終緩緩地站起來。「沒有，沒什麼，我先走了……」說完，猛地轉過身去，急急忙忙地走開了。

程紹禟眼中難掩失望，但也沒有叫住她，只看著她的身影漸漸消失在眼前。

待夜裡夫妻二人閒聊時，程紹禟不禁說起白日金巧蓉來尋自己，可卻什麼也沒說便又走了，末了搖頭道：「她若是如實相告，看在金家表姑的分上，我自然會想法子讓她從這渾水中全身而退，只可惜她到最後還是放不下眼前的一切。」

「由儉入奢易，由奢入儉難。她既然已經見識過榮華富貴，又如何能狠得下心來捨棄？只依我看，她必定是從寧側妃處感受到了威脅，否則不會這般驚慌失措地前去尋你救她。」凌玉沈思須臾才道。「我琢磨著那寧側妃也不是什麼大度之人，如何會讓一個根本不曾相處過的異母妹妹前來分享她的相公？這當中必定藏著些見不得人的心思，可惜那金巧蓉被富貴迷了眼，竟不曾深想。如今她既與咱們家再無瓜葛，咱們也無須去阻礙她的前程。只是她在太子府此事，卻是萬萬不能讓紹安知道，否則不定會引出什麼是非來。」她思前想後，又不放心地叮囑道。

程紹禟啞然道：「這妳倒不必擔心。她如今是高門之女，日後若有造化，也會是太子的侍妾，大門不出、二門不邁，便是偶爾出門一趟，也是前呼後擁，紹安又哪有機會遇得到她？況且，那金氏……寧氏變化如此之大，又打扮得如此貴氣逼人，便是站在紹安的跟前，只怕他也未必認得出來。」

凌玉一想也覺得有道理，此番若不是他們一家三口機緣巧合地進了太子府，也未必能再遇上她。

翌日，太醫照舊過來替小石頭把脈。

凌玉緊緊地盯著他，不錯過他臉上的每一分表情。

也不知過了多久，太醫才收回診脈的手，笑道：「程大人、程夫人不必擔心，令郎體內的餘毒已經悉數清去，只好生調養便可康復如初。」

凌玉聽罷大喜，便是程紹禟亦是喜不自勝，一旁的周氏則連忙上前摟過小石頭在懷裡，心疼又歡喜地直喚著「菩薩保佑、菩薩保佑」。

送走了太醫後，程紹禟才囑咐道：「此番若不是殿下指了太醫過來專為小石頭診治，只怕小石頭也未必會好得這般快。還有太子妃，一次又一次地賜下珍貴的藥，亦是多有助益。依規矩，明日妳便帶小石頭進府向太子妃謝恩。」

凌玉歡喜著兒子的痊癒，也沒有心思與他辯一辯那因果關係，只點頭應下來。

進府一趟也好，京城裡的留芳堂也籌備得差不多了，如今只待挑個黃道吉日開張便好，上回她拿給太子妃及她身邊侍女彩雲的「還我冰肌玉骨回春膏」，想必也用得差不多了，正是應該去看看效果的時候。

同時……她望了望正奶聲奶氣地和周氏說話的小石頭。這小傢伙這些日幾乎天天都在問大公子，也是時候帶他去見見了。到底那也是個可憐的孩子，有個那樣的親娘，太子妃待他縱然再好，到底還是隔著一層。

聽到爹娘要帶自己進府找大公子，小石頭高興極了，撒嬌地抱著凌玉蹭了又蹭。

凌玉好笑地拍拍他的小屁股，暗暗感嘆著孩子們相處久了，總是容易培養出感情來。當日這小傢伙還似模似樣地說人家大公子嬌氣，後來玩得久了，每日從府裡回來都氣呼呼地告狀，說大公子這裡不好、那裡又不好，最最討厭了呢！

次日一早，一家三口便到了太子府。程紹禟看著凌玉他們被侍女引著往正院方向而去，一直到再看不到母子二人的身影，這才去了太子的書房。

太子書房內，太子正與謀士龐信、兩名心腹官員議事。龐信透過窗櫺看到程紹禟的身影，忽地心思一動，指著他道：「殿下、兩位大人，你們瞧他如何？」

趙贇與那兩人順著他所指的方向望去，恰好便看到正交代著侍衛差事的程紹禟。

「程統領是殿下一手提拔上來的，身家清白簡單，武藝高強，性情忠直，如今位居太子府副統領，也深得下屬們敬重擁護，足以見得此人並非直腸肚的莽夫，御下亦頗有手段。」龐信緩緩又道。

那兩名官員對程紹禟並不甚了解，只是如今聽龐信這般一言，也想起了太子府上有這麼一名副統領。

其中一位年紀稍長的略有幾分遲疑地道：「龐先生說的可是那名曾為青河縣捕頭的？聽先生介紹的這般，確實是相當不錯的人選，只是我彷彿記得，青河縣縣令郭騏，乃魯王側妃兄長……」他的意思已經很明顯了。

便是另一名官員聽到此話，也添了幾分猶豫。

「兩位大人著實多慮了，程統領當初不過是郭騏手下一名再普通不過的捕頭，一心一意當差辦案，哪會有旁的什麼心思？再說他為何會到了京城，又為何會進了府中，這一切太子殿下最清楚明白不過。」龐信不以為然地道。

那兩人仍舊有些不放心，你一言、我一語地又說了許多明裡、暗裡都不同意之話。

龐信不是蠢人，如何猜不到他們的心思？不過是希望這個人是從他們的族中子弟中挑選罷了，又哪會同意這肥水流到外人田去？

趙贇始終一言不發地聽著他們的議論，良久，慢條斯理地道：「孤何時說過只挑一人？」

眾人一聽便愣住了。殿下早前的意思不是盡快培養新的將領，將來也好接下鎮國將軍在軍中的勢力嗎？雖然他們也覺得鎮國將軍必然不會希望由外人接替自己，但誰讓他們家的子孫不爭氣？加之這是殿下的意思，因此縱是心裡再不願意，也只能服從。

趙贇冷笑。「軍中勢力豈是說轉交便能轉交的？將士們的心悅誠服更不是因為權勢壓人所致。鎮國將軍如今擁有的一切，可不是他老子傳給他的，而是他自己打下來的。」

他是打算挑幾個可造之材扔進軍隊裡，任由他們闖蕩，出眾者，他自然會提拔重用；若是泛泛之輩，便由其在裡面自生自滅。

那兩名官員彼此對望一眼。

倒是寵信輕捋了捋鬍鬚，微微笑了笑。合該如此，要的就是這人自己闖出來！難不成他們還期盼著殿下會拉著他們一步一步高升？

凌玉與小石頭在太子妃處見到趙洵，兩個小傢伙的眼睛頓時便亮了，「咻」地朝對方跑去。

「大公子！」

「小石頭！」

看著兩個小傢伙拉著手彼此笑得眉眼彎彎，眾人見了都忍不住好笑。

「可總算高興了。這些日子一直悶悶不樂的，小小年紀竟像個大人般愛皺眉頭。」太子妃笑道。

太子把趙洵交給她撫養，這自然是對她的信任與看重，只是這孩子的生母猶在，也已經開始記事，她一時也拿不準主意該如何對待他？思前想後良久，她還是決定盡著嫡母之責，憑良心行事便是。

「妾身這位這幾日在家中也是如此，常不時問起大公子。」凌玉也笑道。

「小孩子心思單純，相處久了自然便也結下情誼，這也是他們的緣分。」

「娘娘所言甚是。」

兩人說了會兒話，太子妃終於問道：「聽說你們在京裡的留芳堂快要開張了？只不知定的是哪一日？」

「煩娘娘還記著，確實快要開張了，只是還不曾定好日子。」

「若開張可真是太好了！上回妳拿的那個香膏，祛疤效果確實相當不錯，可有個名字？」太子妃又問。

凌玉笑道：「不瞞娘娘，這名字仍不曾正式定下，只是素問卻給它取了個渾名。」

「渾名？叫什麼？」太子妃頓時來了興致。

凌玉清清嗓子，忍笑回答。「還我冰肌玉骨回春膏。」

「還我冰肌玉骨回春膏？」太子妃明顯愣了愣，隨即掩嘴笑起來。「還我冰肌玉骨，當真是個好名字！疤痕什麼的全沒了，可不就是還我冰肌玉骨了嗎？」她越想越覺得好笑。

「我看哪，這名字甚好！貼切！」

凌玉一臉無奈。「娘娘此話若是讓那瘋丫頭聽到了，她還不把尾巴翹上天去？下回再取個什麼稀奇古怪的名字……」

太子妃只是笑，好一會兒才拭了拭眼角問：「怎不見楊姑娘？」

「這幾日老老實實地在家中繡嫁妝呢！」

「可定下了婚期？」

「暫未定下，打算待留芳堂的一切上了軌道，便回青河縣一趟，順便把他們的婚事也一起辦了。」

「如此也好。待你們回來了，我再給你們補上一份賀禮。」太子妃含笑道。

「如此我便先代家兄與素問多謝娘娘了。」太子妃的一番心意，凌玉自然不會推辭，大大方方地謝過了。

突然，外頭一陣喧譁之聲傳進來，太子妃不悅地皺起了眉。彩雲見狀，連忙欲出去看個究竟，已經有小丫頭跑進來稟報。

「娘娘，謝側妃不知怎的從西院跑出來了，這會兒扯著寧側妃又罵又打，已經往這邊來了！」

「豈有此理！這成什麼體統？怎不讓人把她們拉開？」太子妃一時也無暇追究謝側妃是怎樣跑出來的，惱道。

「嬤嬤們都拉了，可是根本拉不開啊，謝側妃像是瘋了一般……」

正說著，謝側妃尖銳的叫罵夾雜著寧側妃的慘叫聲，已經傳進來。

「我打死妳這黑心肝的破落戶！打死妳……」

「救命！太子妃救我！救我……」寧側妃衣衫凌亂，鬢髮被扯得東歪西倒，臉上也被撓出了好幾道血痕，遠遠看到太子妃的身影，便大聲求救起來。

「放肆！還不把她們拉開！」太子妃勃然大怒，厲聲喝道。

一時間，圍觀的侍女、僕婦們七手八腳地便去拉那二人。

凌玉看見有好幾名侍女被瘋了般的謝側妃撓中，白淨的臉蛋瞬間便添了幾道血痕，瞧著便覺得疼。

慌亂中，有跌倒的侍女被踩中，發出一陣陣痛呼聲；也有侍女被撞往一旁的花盆，壓倒了好幾株價格不菲的奇花異草。

凌玉看得目瞪口呆，著實沒有想到謝側妃看起來纖柔瘦弱，竟有這般大的力氣，這麼多人都拉不住她一個。

只可憐那寧側妃，本就被謝側妃扯著猛打，如今這麼多人趕來，不但沒有成功把她救下，反倒有不少人在混亂中撞到她身上，有好幾回臉上也不知被哪個人給撓中，結結實實地又添了幾道口子。

太子妃氣得渾身顫抖，若非有一絲理智尚存，只怕當場便要傳令侍衛過來了。「抓住她，把她拉開！」她猛地指著謝側妃喝道。

眾人一見，當即齊心協力去拉謝側妃。

謝側妃雖然在憤怒之下爆發了不少力量，可到底不過一柔弱婦人，又追著鬧了這般久，多少有些力盡，不過片刻工夫，雙手便被僕婦們抓住了。

她瘋了似地大吼大叫。「放開我、放開我！我要打死這爛心肝的毒婦！打死她！」

「娘！放開我娘！」

突然，一陣孩童的大哭聲陡然在屋裡響起來。不待凌玉等人反應，一個小小的身影便已經朝謝側妃衝過去，對著當中一名抓著謝側妃的僕婦又踢又咬。

「放開我娘、放開我娘！」

正是謝側妃的親生兒子，趙洵。

此時此刻，太子妃才算是從盛怒中回復過來，不悅地掃了一時不察，被趙洵跑出去的奶嬤嬤一眼。

那奶嬤嬤嚇得一個激靈，連忙走過去對趙洵又哄又勸，硬是把他給抱開來。

「洵兒！我的孩兒，把我的孩兒還給我！把我的孩兒還給我！」謝側妃猛地大哭，掙扎著想要去把兒子拉回來，可又如何掙脫得開眾人？

「娘……」趙洵的哭聲越發響亮，在奶嬤嬤懷裡又踢又打。

凌玉有些不忍地別開臉，正好看到懵懵懂懂地站在屋裡的小石頭，生怕他也衝出去，連忙上前牽住他的手。

「娘，大公子怎麼了？那些是壞人嗎？」小石頭看到趙洵哭著叫著要娘，可那些人卻怎麼也不肯讓他找娘，遂歪著腦袋不解地問。

凌玉呼吸一窒，下意識地摀住他的嘴，又有幾分心虛地往太子妃處望了望，見她並沒有留意這邊，這才暗暗鬆了口氣，壓低聲音對兒子道：「不是，她們……嗯……就是大公子的娘親生病了，她們怕她傳染給大公子，所以……嗯……要是大公子也病了，那就要喝苦苦的藥湯，小石頭想讓大公子喝苦苦的藥湯嗎？」

一想到前些日子天天被爹娘逼著喝的苦苦藥湯，小傢伙連忙搖頭。「不要不要，不要喝苦苦的藥湯……」一面說，還一面用小手搧了搧舌頭，彷彿感受到那股苦味道一般。

凌玉看得忍不住彎了嘴角，再望望已經被奶嬤嬤抱進去的趙洵，又不禁低低地嘆了口氣。

也不知過了多久，屋外謝側妃的哭聲越來越小，凌玉知道自己不便再留下，連忙帶著小石頭起身告辭。

太子妃如今也沒有心情招呼他們了，便吩咐明月帶著他們出去。

從正院離開後，才走出一段距離，迎面便遇到了程紹禟。

「殿下想見見小石頭，我來帶他去。妳這是要回去了嗎？」程紹禟朝明月點點頭致意，這才問。

凌玉含含糊糊地「嗯」了一聲。

「那我是先讓人送妳回去，還是妳在府裡再等等？」

「不必讓人送了，我自己先回去吧。到時候你若得了空便把小石頭送回來，若是不得空，請個靠得住的送也是一樣。」凌玉想到稍後還要和凌大春忙留芳堂開張之事，也不打算留下來等他們。

「如此也好。」程紹禟並不勉強。

「爹爹要帶我見殿下嗎？」小石頭向娘親道過別後，抓著爹爹的袍角，蹦蹦跳跳地問。

「嗯，小石頭見了殿下要向他道謝，因為殿下讓太醫伯伯治好了小石頭呢！」程紹禟耐心地叮囑。

「好……」小傢伙拖著尾音應道。

程紹禟摸摸他的腦袋。

趙贇從卷宗裡抬眸時，便看到程氏父子邁進來的身影，目光落到那張明顯瘦了一圈的小臉蛋上，點點頭道：「看來確實痊癒了，又可以像隻猴子般活蹦亂跳、四處搗蛋。」

小石頭聽不出他話裡的取笑之意，只豪氣萬丈地朝他拱手，聲音清脆響亮地道：「殿下別來無恙啊！」

正端起茶盞啜飲茶水的趙贇，當即被嗆了一口，背過身去，咳得驚天動地。

程紹禟忍俊不禁地在兒子的臉蛋上捏了捏，輕斥道：「這說的什麼話！」

小石頭無辜地眨著眼睛。上回小穆叔叔和舅舅見面就是這樣說的啊！

趙贇總算回過氣來了，拭了拭嘴角，沒好氣地瞪了小傢伙一眼。「不過才幾日不見，你早前學的規矩呢？都餵狗去了？這都什麼亂七八糟的！」

「喔……」小石頭歪著腦袋瓜子，皺著小眉頭想了好一會兒，才終於再度行禮。「殿下萬安！」

「過來讓孤瞧瞧。」趙贇這才滿意，朝他招招手。

小傢伙望了望爹爹，得了他的同意後，撒歡似地朝趙贇跑過去。「給我帶了好吃的嗎？」

趙贇冷笑。「小子無禮！孤為何要給你帶好吃的？」

「因為我想吃啊！」小傢伙的雙手搭在他的膝上，黑白分明的眼睛望著他，笑得歡歡喜喜。

趙贇被他噎了噎，垂眸望了望膝蓋上那兩隻肉爪子，皺眉道：「放開，又要弄髒孤的衣袍了。」

程紹禟一聽，便想上前叫住兒子，卻見趙贇雖然滿臉嫌棄，卻沒什麼動作，想了想，便又作罷，只是心裡到底有些奇怪。他的兒子何時竟與殿下這般熟絡了？聽他方才的話，彷彿以前殿下常給他帶好吃的？

只是很快地他便又打消了這個想法。以殿下的性子，哪會做這樣的事？他更有可能會做的，是吩咐人把這煩人的小鬼頭扔出去……喔，不對，應該是「以下犯上的刁民」才是。

正這般想著，夏德海便帶著幾名提著食盒的侍女走進來，很快地，屋內那張原本空空如也的圓桌上便擺滿了各式精緻的點心。

「孤看了會兒卷宗，覺得有些餓了，你們父子在一邊坐會兒，待孤吃飽了再說。」趙贇拂了拂衣袍，正要起身，小石頭動作卻比他還快，「咚咚咚」地跑過去，望著那些散發誘人香味的點心嚥了嚥口水，眼睛閃閃發亮。

趙贇視若無睹，取過銀筷挾了塊桂花糕，慢條斯理地往嘴裡送，看得小石頭又忍不住嚥了嚥口水。

程紹禟本是想要告退的，可聽了那句「待孤吃飽了再說」，唯有無奈地牽著兒子到一旁，看著那個越吃越慢，彷彿在品嚐什麼美味佳餚的主子，再低頭看看不停嚥著口水的兒子，若有所思地抿了抿薄唇，忽地覺得這高傲冷漠卻又不失陰狠的主子，原來還有如此幼稚的一面。

「嗯，飽了，有些吃不下了，要不還是扔掉吧！」趙贇放下銀筷，自言自語地道。

「不用扔掉呀，我幫你吃！」小石頭當即掙脫爹爹的手，朝他跑過去，笑呵呵地道。

趙贇眸中閃過一絲笑意，掩嘴佯咳一聲。「也好，那這些便賞你了。」

滿桌的點心，他就只用了一塊，可見方才所說餓了的話根本就是胡扯。程紹禟無奈，總算知道主子這是在戲弄自己的兒子，偏他的傻兒子卻渾然不覺，正吃得開開心心的。

夏德海不知什麼時候又走進來，在趙贇耳邊低聲說了幾句，程紹禟只隱隱約約聽到「謝側妃」、「太子妃」、「打鬧」幾個字，隨即便見趙贇一張臉沈了下來。

「看來孤倒是小瞧了她們。」趙贇冷冷地道，隨即起身便往外走。「孤倒要看看她們還能掀起什麼風浪！」

程紹禟連忙替兒子擦了擦嘴角的點心渣子，在小傢伙依依不捨的眼神下，牽著他緊跟著出去，隨即吩咐人喚來小穆，請他將小石頭送回家去。

小穆自是滿口答應，在小傢伙的尖叫聲中一把將他高高舉起，置在自己肩上坐好。

「走，小穆叔叔送你回去！」

小石頭抱著他的腦袋，咯咯直笑。

程紹禟見趙贇氣沖沖地往後宅而去，想了想便沒有跟過去。雖然他是府裡的侍衛，但對趙贇妻妾之事，卻不適宜插手，這也是當初為何他察覺了寧側妃的異樣，卻不能做什麼之故。

天底下沒有任何一名男子，可以容許他的下屬私自插手自己後宅之事。寧側妃便是千錯萬錯至罪該萬死的地步，也不是他可以私底下去查探的。

而無憑無據，他也不能在趙贇面前說什麼。

在太子妃院裡遇上之事，凌玉很快便抛到腦後。雖然有些憐惜趙洵，不過人家一個皇孫，出身尊貴，縱是生母不得力，還有生父在，儘管他的那個生父瞧著也不怎麼可靠，可再不濟還有一個嫡母嘛！

依自己對太子妃極度有限的了解，她應該不屑於對付一個孩子。

況且，若是太子妃一直生不出兒子，養在她身邊的趙洵便是她這輩子最大的依靠。縱是日後她生了兒子，只要對趙洵盡了心，好生教導著，將來或許還能給她的親生兒子添一分助力。

此刻她把新店裡裡外外查看了一遍，終於滿意地點點頭。

凌大春笑著問：「如何？還不錯吧？」

「相當不錯！」凌玉拿起貨架上正式擺出來的「還我冰肌玉骨回春膏」，有些意外地望了望盒子上的名字。「回春膏？」

「這個啊，上回工匠問我該刻什麼名字，我隨口便回了這個，他們轉頭便刻上去，回春膏便回春膏吧，素問不是還有一家回春堂嗎？反正都回春，我瞧著不錯。」凌大春面不改色地道。

凌玉輕哼一聲，戳破他的小心思。「只怕這個『春』不是回春堂的春，而是你凌大春的春吧？」

凌大春嘻嘻地笑。「彼此心照不宣不就得了，何苦要說出來？妳未來嫂子臉皮子薄，若是讓她聽到了，還不定會怎樣惱我呢！」

凌玉沒忍住笑出聲來。「你們兩個，一個臉皮厚，一個臉皮薄，若是能中和一下倒是更好了。」

「嫂子、凌兄，果真是你們！我險些以為自己看錯了呢！」

忽有驚喜的聲音在兄妹二人身後響起來，凌玉回頭一看，便看到唐晉源笑著邁進來。

「唐兄弟，可真是巧了！」凌大春也沒有想到會遇到他，笑著招呼。

「這是你們新的留芳堂？收拾得相當不錯，打算何時開張？」唐晉源又與他們客氣了幾句，遂問。

「仍未定下日子，只待過幾日請風水先生擇個黃道吉日再行開張之事。」凌大春道。

「到了開張日務必告訴我一聲，我也好給你們備上一份賀禮。」

「一定一定！」

「你怎一個人出來了？明菊呢？家裡可有人看著？」凌玉蹙眉問。沒記錯的話，明菊應該差不多過段時間便要發動了。

「當值完畢正想歸家去便瞧見你們，故而過來敘敘舊，這便準備回去了。」唐晉源也是放心不下家中的娘子。

「難不成是從昨夜當值到這時候？」凌大春有些意外。

「可不是！明日不是萬壽節了嗎？府裡府外都忙得厲害，想必程大哥也是如此。凌兄、嫂子，我先回去了，改日再與你們聚聚。」唐晉源隨口回了句便告辭了。

凌玉回家的時候，便看到小石頭跟在他爹屁股後頭，似模似樣地打著拳。

她站著看了一會兒，這才上前替兒子擦了擦汗，隨口問程紹禟。「怎地這般早回來了？明日便是萬壽節，難不成你不必忙？」

「該準備的早就準備好了。對了，明日殿下要進宮參加宮宴，我怕也是要跟著去，若是太晚了回不來便留在府裡，就不回來吵醒你們了。」

「如此也好。」輕輕哄了小石頭去洗臉，她又將在太子妃處遇到之事告訴他，末了還道：「也不知謝側妃一個嬌生慣養的女子如何有這般大的力氣，這許多人圍著都險些抓她不住。只可惜了那大公子，親眼瞧見這一幕，怕是要在心裡留了陰影，就不知太子妃如何安撫他了。」不等程紹禟回答，她又奇怪地問：「那寧側妃到底做了什麼得罪謝側妃，竟被她這般追著打？不是說謝側妃被看管起來了嗎，怎地還能跑出來？」

程紹禟冷笑道：「做了見不得人之事，總也有露出馬腳的時候。那府裡之事妳不必理會了，反正也輪不到咱們操心，殿下自有主張。」

若不是萬壽節將至，不宜見血，只怕趙贇當場便要命人打殺了寧側妃，如今也不過是將人同樣軟禁起來，一切待萬壽節過後再處置。

見他不欲再說，凌玉也不勉強。

今年是天熙帝滿四十歲之年，四十而不惑，禮部請旨大辦，眾皇子與朝臣亦附議，故而此回的萬壽節辦得相當熱鬧。

趙贇乃天熙帝長子，亦是唯一的嫡子，魯王僅比他小半個月，接下來的成年皇子便是韓王、齊王，四人均已娶親，除了齊王至今未有一兒半女外，其餘三人均已當了父親。

如今，以趙贇為首，領著一眾皇子向寶座上的天熙帝祝賀，響亮的賀壽聲響徹殿內，天熙帝撫鬚微笑，揚手喚起。

待文武百官、一眾后妃、皇子妃先後行禮恭賀過後，眾人才各自落坐。

「聽說皇兄府裡有位側妃娘娘得了重病？瞧洵兒方才那沒精打采的模樣，不會是他的生母吧？」韓王趙翊不懷好意地率先道。

「看來三皇弟近來確實清閒不少，莫怪如個長舌婦一般盯著別人的後宅。虧得是自家人，不與你計較，若是旁人，指不定還誤會三皇弟是不是對人家的妻妾打著什麼主意呢！」趙贇又哪是個肯吃虧的？當下便皮笑肉不笑地擋回去。

趙翊臉色一變，察覺往他身上看過來的眼神各異，想要發作，又始終顧忌場合，唯有僵硬地扯了扯嘴角。「皇兄說笑了。」

「孤自然是與你說笑。三皇弟若是瞧上哪家的小娘子，早就直接弄到手了，哪還需要整日盯著？」趙贇又刺了他幾句。

趙翊的臉徹底黑了，忍氣吞聲地坐了回去，再不敢多話。

趙贇暗地冷笑。

趙甫輕蔑地瞥了趙翊一眼，暗地罵了聲「蠢貨」。打這些表面的嘴仗有什麼意思？要幹便在背地裡幹一票狠的！

對皇兄們的機鋒，趙奕恍若未聞，只靜靜地品著酒。

「四皇弟瞧來清減了不少，可是在長洛城的日子不大好過？都回京這般久了，你我兄弟一直不曾好生聚一聚，不如擇日到孤府裡來一回，咱們兄弟好生聚聚？」

趙奕不想多事，可不代表著旁人便會允許他置身事外。

「皇兄言之有理，咱們兄弟幾個也是時候聚一聚了。聽聞四皇弟在長洛城頗得百姓讚譽，正好也將這經驗心得與皇兄好好聊聊。」趙甫別有深意地又道。

趙奕心中微惱，如何不知他在挑撥？太子在百姓口中聲譽不佳，他卻偏偏說自己頗得百姓讚譽，還讓自己與太子分享經驗心得，這不是存心往趙贇心口上扎針嗎？

果不其然，趙贇的臉色也難看了幾分。

「二皇兄言重了，我又如何能與幾位皇兄相比？尤其是二皇兄，禮賢下士，追隨者眾……」他點到為止，便又端起酒杯一飲而盡。

「好些日子不見，四皇弟的嘴皮子也索利了不少，倒真讓為兄刮目相看啊！」趙甫似笑非笑地道。

對上首四位皇子的明爭暗鬥，朝臣們心知肚明，只是也只當瞧不見。

大殿內自有宮中侍衛守護，程紹禟只作為太子的隨從，侍立他的身後，聽到魯王提及齊王時，下意識便望了過去。

原來他便是傳聞中的齊王，也就是當年曾從青河縣大牢裡把自己救出來的那位。

也是到了太子府後，他才聽聞，齊王生母麗妃原是與先皇后相交甚好的表妹，在先皇后懷有身孕時還曾進宮陪伴過她一段日子，誰知待太子出生後不久，麗妃也被診出懷有身孕，孩子的生父不是哪個，恰恰便是天熙帝。

進宮陪伴自己的表妹不知什麼時候與皇帝勾搭上了，先皇后如何不惱？雖然最後還是同意讓她進宮，只是這姊妹情分卻也算是徹底斷絕了。

他想著，太子一直不喜齊王，想來也有這個原因在。

動聽的樂聲忽在殿內響起，十數名體態輕盈的舞姬款款而入，揮舞長袖，踏歌起舞，時而旋轉，時而跳躍，飄飄似仙，再配以那柔媚勾人的淺笑，頓時讓殿內不少官員都看直了眼睛。

尤其是韓王，死死地盯著領舞的那名女子，看得目不轉睛，連手上拿著的酒杯掉到膳桌上也沒有察覺，還是他身邊侍候的宮女連忙上前拭去酒漬，動作索利地給他換上新的乾淨酒杯。

天熙帝「修道」多年，倒是比不少人還要鎮定幾分，只是眼中也帶著欣賞，長指跟隨著樂聲，一下又一下有節奏地輕敲著御桌，偶爾還似是輕哼了幾句。

「這些女子個個都長得跟仙女似的，說不定一場宴席罷了，三弟妹還能再添幾位妹妹呢！」魯王妃掩嘴輕笑。

韓王妃臉色難看，她如何沒注意到趙玥那如同色中餓鬼的模樣？一時又羞、又惱、又恨，便是對著魯王妃的取笑也說不出什麼來。

「添幾位妹妹算得了什麼？倒不如似二皇嫂這般，一個月內添兩、三個兒子呢！」齊王妃不緊不慢地道。

魯王妃臉上的笑容當即便僵住了，輕哼一聲，卻不敢再說什麼。

一個月內添兩、三個兒子自然是好，可若這幾個都是庶子，那便不是什麼值得高興的事了。

韓王妃感激地望了齊王妃一眼，可對方卻沒有瞅向她，只低頭啜飲著茶水。

太子妃裝聾作啞。反正只要妯娌幾個聚到一起，必然會含沙射影、棉裡藏針地妳來我往一番。好在她位尊，她們再怎麼樣也不敢扯到她頭上來。

殿內樂聲突然變得急促起來，殿中舞姬旋轉的速度不停加快，眾人看得眼花撩亂，卻也捨不得移開半分視線。

程紹禟對殿中的歌舞視若無睹，盡責地注意著殿中動靜。突然，他只覺眼前寒光一閃，離天熙帝最近的那名舞姬忽地凌空一躍，手中竟不知何時抓著一把薄如蟬翼的短劍，正朝天熙帝刺過去！

「刺客！危險！」程紹禟高聲示警，人已如離弦之箭一般，朝那舞姬飛撲過去，凌空擊出一掌，重重地擊中那舞姬的右肩。

那舞姬吃痛之下手一鬆，短劍便掉到地上。

殿中侍衛也反應過來，「護駕」的叫聲此起彼伏。

見有十數名宮中侍衛圍過來，程紹禟立即便飛往趙贇身邊，順勢將一名朝趙贇殺去的舞姬擊倒在地。

殿內頓時亂作一團，往日儀態萬千的后妃們個個嚇得花容失色，素來從容不迫的朝臣們也臉色大變，四處尋著地方躲避，就怕一時不著被刺客斬殺於當場。

倒是幾名成年皇子反應最快，幾乎與那些侍衛同時到達天熙帝身邊，這當中又以魯王及他的侍衛速度最快。

程紹禟寸步不離地護著趙贇，並沒有花心思理會旁人。

侍刺客一一伏誅，太監們飛快地把亂七八糟的大殿收拾妥當，天熙帝又傳旨嚴查刺客來由，重辦了辦事不力的幾名官員後，才將視線投向侍立趙贇身後的程紹禟。

「贇兒，他是你府裡的侍衛？」

趙贇心思一動，只覺得這著實乃天賜良機，立即起身回道：「回父皇，他正是兒臣府中侍衛副統領程紹禟。因他武藝高強，兒臣正打算把他送到鎮寧侯麾下歷練，將來也好為父皇效命。」

「你且上前來讓朕瞧瞧。」天熙帝吩咐。

程紹禟不敢怠慢，連忙上前跪下行禮。

「是根不錯的苗子，日後便跟著侯爺好生歷練，也算是不辜負你主子的一番心意。」

「多謝父皇！」趙贇心中一喜，又催促程紹禟。「還不快快謝恩？」

程紹禟被眼前這一幕弄得有點兒糊塗，但也順從地垂頭謝恩。

趙甫卻是看得咬牙切齒，暗恨今日一番心血全然打了水漂……不，是全為他人作了嫁衣！

身上沾了不少鮮血的鎮寧侯此時也走進殿來，恰好聽到天熙帝這話，望了望再度侍立趙贇身邊的程紹禟，很快便又移開視線，單膝跪下道：「啟奏陛下，臣已將逃脫的那名刺客生擒，如今正押在天牢等候陛下發落。」

「好！既如此，此案便交由刑部審理，務必要從那人口中把幕後主謀撬出來！」天熙帝修的是長生術，自然愛惜生命，對這種膽大包天竟敢行刺自己之人，從來不會手軟。

一旁的刑部尚書急急上前領旨。

「徐卿，你來得正好，這位程紹禟日後便跟著你歷練一番。」天熙帝指了指程紹禟，對鎮寧侯道。

程紹禟連忙上前行禮。「侯爺！」

鎮寧侯目光如炬，上上下下地打量著他。

程紹禟不卑不亢地站著，任由他那挑剔的視線落到自己身上。

趙甫、趙珝皆眼帶期盼地望著他們，雖然知道希望微乎其微，可還是希望鎮寧侯能夠拒了此人。父皇向來寵信鎮寧侯，若是他堅決不肯把人收下，父皇想來也不會說什麼，此事便算是揭過去了。

便是趙贇也有幾分忐忑。他確實利用天熙帝把程紹禟往鎮寧侯身邊送，為的自然便是鎮寧侯手上的兵權和他在軍中的威望，畢竟鎮寧侯無兒無女，若得了他的賞識，這前程大好自是不必說，而他更是如虎添翼。生怕鎮寧侯說出拒絕之話，他清了清嗓子正欲說話，鎮寧侯已經轉過身，朝天熙帝開口。

「請容臣先行告退！」

話音剛落，趙甫與趙玥臉上喜色漸濃，趙瓚自是一陣失望。

天熙帝也注意到鎮寧侯身上的血跡，忙道：「去吧去吧！順便讓太醫瞧瞧你身上的傷。」

「謝陛下恩典。」鎮寧侯恭恭敬敬地回答，而後退出一段距離，轉過身正欲離開時，卻又停下腳步，朝程紹禟的方向望了一眼。

「程紹禟，為何還不跟上？」天熙帝自然明白他突然停下來的意思，微微一笑，衝著程紹禟道。

「還不快去！」趙瓚頓時大喜，知道鎮寧侯這是接受了，又見程紹禟站著一動也不動，不禁急得直催促。

程紹禟有幾分遲疑，只到底還是先後向天熙帝和趙瓚行了禮，這才追著鎮寧侯而去。

趙瓚總算徹底鬆了口氣，各瞥了有幾分氣急敗壞之色的趙甫與趙玥一眼，暗地冷笑一聲。

想與孤鬥？簡直作夢！

程紹禟是護送鎮寧侯回府後，才到太子府向趙瓚覆命的。

趙瓚高坐上首，若有所思地凝望著他良久，才道：「孤讓你到鎮寧侯身邊，你可明白孤的用意？」

程紹禟點點頭。「屬下明白。」

「你是個聰明人，也不用孤多費唇舌，雖說今晚這一切事出突然，可若不是你反應敏捷，如何入得了父皇與鎮寧侯的眼？鎮寧侯其人，除了父皇，誰也不放在眼內，便連孤這個太子，在父皇跟前，想來也未必及得上他。鎮寧侯徐震平，乃本朝第一猛將，自十八歲便追隨在父皇身邊，原為父皇身邊的一名普通侍衛，後來機緣巧合之下進了軍中，自此便開啟了他從無敗績的將領生涯。滿朝文武大臣，唯有他才是父皇最信任之人，你到了他的身邊，只需用心跟著他好生歷練，其餘諸事不必理會。將來你的前程是好是歹，全然掌握在你自己的手上，孤不會插手。你可明白？」

「屬下明白！」這是徹底放手讓他在軍中打拚出一番天地來，也是讓他安心跟著鎮寧侯。

趙贇點點頭。「鎮寧侯可曾說過何時讓你過去？」

「侯爺讓屬下回來交接好手頭上的差事後，三日後便去找他。」程紹禟如實回答。

「既如此，你將手頭上的差事暫且交由褚良，三日後便過去吧！」

「屬下遵命！」

一直到他離開後，趙贇才皺著眉，有一下沒一下地輕撫著手上的玉扳指。

但願此回他沒有看錯人，也希望程紹禟不會讓他失望才好……

程紹禟回到家中時，已經將近丑時。

怕驚醒熟睡中的妻兒，他靜悄悄地找出換洗的衣裳，簡單地沐浴洗漱過後，在院裡靜待片刻，好讓身上的水氣稍稍散去。

想到今晚一連串之事，他整個人仍是有幾分恍惚。

所以，三日後，他便要去追隨那個本朝第一猛將鎮寧侯了嗎？

他如何會不知太子把自己派過去的用意？無非是為了鎮寧侯手上的兵權。自十年前鎮寧侯的元配夫人過世後，他便一直沒有再續娶，身邊亦無一兒半女，侯府裡住的，也多是那些戰死沙場的將士遺孤。

對這位威名赫赫的常勝將軍，程紹禟自來便相當敬仰，更從來沒有想過自己有朝一日能夠追隨他左右，如今這般天大的好機會落到他身上，他只覺得一切便像是作夢一般，那樣的不真實。

這一晚，注定有不少人睡不著覺。

回到王府，趙甫再也忍不住滿腹怒氣，重重地一掌拍在書案上。「豈有此理！本王一番心血全然白費！當日還說什麼毀了趙贇在民間的聲譽，便相當於斷了他的根基，簡直一派胡言！只要他一日有父皇的寵愛，這太子之位便是穩如泰山！」

今日縱是他的人第一個衝出去救駕，他也未必有把握能讓天熙帝當場便同意讓他的人進入鎮寧侯的軍隊，也只有趙贇，那個素來深得帝寵的太子殿下，才能有這般待遇。

當初提議在民間打擊太子的謀士嚇得直打哆嗦，雙腿一軟，終於支撐不住，軟倒在地。

趙甫掃也不掃他一眼，勉強壓抑著怒氣，眸中一片陰狠。既如此，唯有用上那一計了。

「本王不論你們用什麼辦法，必定要把今晚之事給本王抹得乾乾淨淨，本王不希望還被人給攀咬上。」

「是，王爺放心，必然會讓她們守口如瓶。」

趙奕從宮中回府後，便喚來幕僚晏離等不少心腹下屬，關在書房內商議了將近一個時辰。

「程紹禟……這個名字聽來怎地這般熟悉？」良久，趙奕才蹙眉道。

「殿下想來是忘了，這程紹禟便是太子府上的侍衛副統領，亦是宋超、唐晉源等人的結義兄弟，當日聽聞，也是打算一起投奔到咱們府裡來的，後來不知何故又改變了主意。」晏離回答。

「原來是他！」趙奕恍然大悟，眉頭卻是皺得更緊。「趙贇此人性情多疑，他既能如此重用那程紹禟，可見此人必有過人之處。是本王沒那福分，與這麼一位人才失之交臂。」趙奕的語氣有幾分惋惜。

晏離同樣覺得可惜，但也沒有太過執著，畢竟鎮寧侯那關可不是那般好過的，此人是否真有實力，還有待觀察。

「還有一事。長洛葉家送來了今個季度的銀兩，較之上一季度卻是少了一成有餘。聽葉當家所言，這是因為青河縣那留芳堂這兩個月減少了什麼商品的供應之故。」晏離正欲告退，忽地又想起此事，連忙回稟。

「生意有好有壞，這不值什麼。葉家這些年也算是為本王積累了不少銀兩，眼前有個機會，葉家或可爭爭那皇商的名頭，你去信問問葉當家可有興趣？」

「殿下不可，如今還不是葉家出頭的時候。樹大招風，早前的那一家皇商便是個最好的例子。」晏離卻不同意。

趙奕想想也覺得有道理。「那便依先生所言，只是還得委屈先生這段日子住在外頭，來回奔波了。」

「這是草民分內之事，不敢當殿下此言。」晏離謙虛地道。

第二十章

凌玉是在次日一早才從程紹禟口中得知，過不了幾日，他便會卸下在太子府的職務，投身軍營，追隨在鎮寧侯左右，當下驚得老半天說不出話來。

所以，她相公這輩子的路又拐了個彎，已經拐到讓她看不透、摸不著的地方了嗎？

「你又不曾打過仗，到軍中去可不是好玩的，萬一要上陣殺敵，一個不小心，只怕性命都保不住，又談何給我們母子依靠？」雖然知道勸阻無望，但她還是想要垂死掙扎一下。

程紹禟如何不知道她這是在擔心自己？忙勸道：「妳不必太過擔心，陛下只說讓我追隨侯爺左右，想來便如在太子殿下身邊一般，護衛他的安全。」

凌玉嘆了口氣，有些後悔地道：「早知道便不進那皇宮了。」頓了頓，又氣狠狠地道：「最可惡的還是那些刺客，若不是他們，你又何苦從一個火坑跳到另一個火坑！」

見她把太子府和軍營都描述成了火坑，程紹禟哭笑不得地制止她。「越發說話沒個忌諱。想來小石頭便是學的妳，小小年紀，總是隔三差五地冒出幾句讓人摸不著頭腦之話來。」

凌玉輕哼一聲，摟過巴巴地望著自己的小石頭，重重地在小傢伙的臉蛋上親了一口。「小石頭怎麼了？小石頭是這天底下最最聰明伶俐、最活潑可愛的孩子了。」

小石頭雖是似懂非懂，但也分得出這是誇讚自己的話，當下拍著手掌便笑起來。「小石頭最聰明、最可愛。」

「小厚臉皮！」凌玉沒好氣地捏他的臉蛋。

小石頭仍是衝著她直樂。

「好了好了，傻乎乎的，像極了你爹那塊木頭。」

程木頭無奈地搖頭笑了笑，又問：「妳店裡開張的日子可定下了？」

「定下了，下個月初八，還有些日子，慢慢來，不急。」

正在此時，屋門被人急促地敲響，也打斷了夫妻間的談話。

程紹禟滿臉狐疑地上前開門，看到了急得滿頭大汗的唐晉源。

「大哥，嫂子在不？」

「她……」

「誰啊？」凌玉在裡面聽到聲音，不禁高聲詢問。

「嫂子，是我，唐晉源！妳弟妹她突然發動了，我想請妳去幫幫忙！」唐晉源一聽便大聲回道。

「發動了？」怎地提早了？凌玉知道此事耽擱不得，連忙把小石頭帶出來交託給楊素問。

「素問，妳幫忙看著小石頭，我去去就回。」稍微收拾了一下，便要跟著唐晉源而去。

「我與妳一塊兒去。」程紹禟自然亦跟上。

夫妻二人跟著急匆匆的唐晉源便往唐家趕。

「我記得還有一陣子才發動的，怎地提前了？」路上，凌玉沒忍住好奇地問。

「都怪我，方才與她拌了兩句嘴，她一氣之下，便提前發動了。」唐晉源滿臉後悔。

「你！」凌玉氣得險些想掄起拳頭把他按下來揍一頓。「她懷著你的骨肉那般辛苦，你還與她拌嘴？若是他們母子有個什麼三長兩短，我瞧你這輩子便是悔斷腸子也沒用！」

唐晉源被她說得一臉灰色，卻是半句話也不敢再說。

「穩婆可請了？」凌玉深深地呼吸幾下，勉強壓抑著怒火又問。

「請了，這會兒已經在家裡，說是還未到時候，要再等等，我便急急忙忙出來找妳了。」唐晉源抹了一把臉，老實地回答。

凌玉這才稍稍放下心來。

三人剛進門，便聽裡頭傳出明菊呼天搶地的痛呼聲，嚇得唐晉源雙腿一軟，險些沒跌倒在地，虧得程紹禟眼明手快地扶住他。

凌玉不敢耽擱，一邊吩咐他去燒熱水，一邊急匆匆地進屋去搭把手。

唐晉源自是連連應下，想要往灶房去時，卻發現雙腿軟棉棉的，根本邁不開來。

「大、大哥，你、你幫、幫我一把。」他哭喪著臉。

饒得是事情緊急，程紹禟也忍不住想笑，突然出手重重地在他後肩上拍了一記，直把他拍得一個踉蹌，也終於讓他可以正常地走路了。

看著一溜煙往灶房跑去的唐晉源，他無奈地輕笑出聲，望了望緊閉著的房門，聽著裡頭傳出凌玉安慰人的聲音，偶爾還夾雜著明菊的痛呼，不知不覺便想到了當年凌玉生產的時候。

那段時間他生怕娘子生產時自己不在家，故而推了兩回差事，就這樣守在家中，哪兒也不敢去，一守便守了一個多月。

對當時凌玉的痛呼他依然記憶猶新，便與如今的明菊差不多。當然，他的情況與唐晉源也沒有多大差別，虧得身邊有娘親。

好在小石頭是個孝順孩子，沒有多折騰他娘親便乖乖墜地了。

生命的新生，讓他覺得一切都充滿了希望。抱著那紅通通、皺巴巴的小不點在懷中，看著疲憊得沈沈睡去的娘子，他當時便暗暗發誓，一定要讓這娘兒倆過上好日子。

如今，正如太子所言，他的前程已經掌握在自己手裡，前路或許更加艱辛，甚至比如今他經歷過的更加充滿血腥，但他相信，只要他不輕言放棄，總是能闖出一片屬於他的天地。

「大哥，你說、你說他們母子會不會有事？都怪我，我做什麼要與她拌嘴？萬一他們有個什麼三長兩短，這輩子我都不會原諒自己的！」唐晉源不知什麼時候站到了程紹禟的身邊，滿臉痛色地道。

程紹禟安慰地拍拍他的肩。「有你嫂子在，還有穩婆，他們母子一定會沒事的。你且靜心等候，再過一陣子，你兒子便會出來了。」

唐晉源胡亂地又抹了一把臉，眼睛緊緊地盯著緊閉的房門，彷彿想要透過房門看見裡面之人。

也不知過了多久，屋裡終於傳出嬰孩落地的哇哇啼哭聲。

唐晉源一喜，猛地撲過去，隔著房門急得直問：「是不是生了？是不是生了？」

「生了生了，是個大胖小子！」裡面傳出凌玉喜悅的叫聲。

「明菊呢？明菊怎地不說話？」唐晉源又問。

凌玉望望明明累極卻捨不得睡去的明菊一眼，笑道：「是個不錯的，並沒有只顧著兒子，還想著兒子他娘。」

明菊輕哼一聲，眼神柔和地望著她懷裡的小襁褓。

「好了，我把他抱出去讓他爹爹瞧瞧，妳先休息一會兒。」

明菊點點頭，依依不捨地看著她把兒子抱出去，才緩緩地合上眼眸。

待夫妻二人從唐家離開時，天上已經布滿繁星點點，不知不覺間，他們在唐家逗留了大半日。

「小石頭想必在家裡等急了，咱們快些回去吧！」凌玉不放心，正想加快腳步往家裡趕，卻被男人輕輕握住手。

「怎地了？」她回頭，對上程紹禟溫柔的眼神，忽地生出幾分不自在來。

「妳是不是不願意我到軍中？」

她聽到他輕聲問。

「是不怎麼願意。如今世道正亂著，誰知哪日便會輪到你上戰場？我是個自私的，只想著自己家裡的完整。只不過，我更清楚，事已至此，縱是我再不願意，一切都已經成了定局，根本毫無挽回的地步。」凌玉嘆息道。

程紹禟沈默片刻後，緩緩道：「小玉，我不想瞞騙妳，縱然此事的發生太過突然，我亦是身不由己，可對它的發生，我其實是歡喜的。我從前一直覺得，只要自己多出幾趟鏢、多賺幾個錢，便能讓你們母子過得舒心些。可如今到了京城，一切便不一樣了。若手中沒有半點權勢，縱有萬貫家財也未必保得住。我希望將來別人是因為出於對我程紹禟的顧忌而不敢去招惹你們母子，而非出於程紹禟與旁的權勢之家的關係。」

凌玉心裡「咯噔」一下，猛地望向他，竟從他一向平和的眼神裡看出了對權勢的渴望與野心。她的腦子突然變得一片空白，又聽他繼續道——

「小玉，日後，我一定會讓妳穿上屬於一品誥命夫人的服飾，昂首挺胸地站在那些名門貴婦跟前，不必再卑躬屈膝，更不必做妳不願意做之事！」

「我、我……」凌玉發現自己不知該說些什麼好？

最初知道自己不但死而復生，還回到過去時，她唯一的目標是可以活下去，一家人完好無缺地活下去。

到後來意外地遇上玉容膏真正之主楊素問，她便又希望自己可以活得更好一些，至少一輩子衣食無憂。

緊接著，程紹禟莫名其妙地入獄，又莫名其妙地被放出來，甚至再度與齊王府有了聯繫，當時她的想法便是不顧一切斬斷這個聯繫，阻止他再度跳入齊王府那個火坑。

再到後面呢？她有幾分茫然。

對了，再到後面，他們一家人又無緣無故地招惹上當朝的太子殿下，程紹禟不得已進了太子府，當起了太子府的侍衛副統領。

這已經是一條與上輩子截然不同的路了，她看不清未來，但也不願多想，只覺得若是他能一輩子平平安安地追隨太子，也不是什麼壞事。

可是，如今他卻告訴她，他一定會讓自己穿上屬於一品誥命夫人的服飾。

此時此刻，她終於意識到，她的相公已然變了……

見她久久沈默不語，程紹禟不知不覺地用力握緊她的手，心裡也添了幾分說不清、道不明的緊張。

良久，久到他已經快要想著自己說這些是不是不適合時，終於聽到了她的回答。

「好，那我便等著，等著穿上屬於一品誥命夫人的服飾！」

他的臉上終於綻開了如釋重負的笑容。「咱們回家吧！小石頭想必已經在家裡等急了。」

「好，回家！」凌玉微微一笑，反握著他的手，迎著滿天星光，朝家的方向走去。

三日之後，程紹禟將手頭上的所有差事移交完畢，又重重地向趙贇叩了幾個響頭，再深深地望了望滿目鼓勵的褚良，與依依不捨的小穆等往日兄弟，終於一咬牙，轉身大步離開。

此去，生死榮華，皆繫一身。

此回萬壽節的種種慶典足足要延續七日之久，鎮寧侯這幾日自然也是留在京城侯府中，並沒有回大營。

程紹禟在府中侍衛的引領下往習武場時，便看到鎮寧侯正練著刀法。察覺他的到來，隨手從兵器架上抽出一把長劍朝他扔過來。

程紹禟剛伸手接住，他便已經揮舞大刀，朝自己兜頭兜臉地劈過來了。

程紹禟足下輕移，避過他這一刀，提著長劍迎戰上去。

霎時間，刀光劍影，二人纏鬥於一起，直看得周圍的侍衛目瞪口呆。

他們也是頭一回看到有人居然能在侯爺刀下接上這麼多招，甚至瞧著還似是有些勢均力敵？

鎮寧侯越打越吃驚，眼中卻難掩欣賞。他忽地賣了個破綻，趁著程紹禟提劍刺來之機重重一擊！

「噹」的一聲，程紹禟只覺虎口一麻，手中長劍便被他擊落，下一刻，明晃晃的大刀已架在他的脖子上。

「侯爺武藝高強，紹禟甘拜下風。」

鎮寧侯收回大刀，意味深長地望了他一眼，緩緩道：「小子功夫不錯，再好生練練，怕是難遇對手。」

程紹禟笑了笑，將掉在地上的長劍撿起，又放回兵器架上。

鎮寧侯接下侍衛遞過來的布巾擦了擦臉上的汗漬，又隨口問了他幾句，便去沐浴更衣了。

「你的武藝可真不錯，我還是頭一回看到有人能與侯爺對打這般久的！」一個十一、二歲、身穿短打的少年跑過來，一臉崇拜地衝他道。

「不過是侯爺有意相讓罷了。你是？」程紹禟謙虛地回答。

「我叫豆子，是侯爺將來的屬下！」豆子拍了拍胸膛，大聲回答。

將來的屬下？程紹禟怔了怔，很快便清楚對方的身分了，想來這位便是鎮寧侯養在府裡眾多將士遺孤中的一位了。

屋內，鎮寧侯的副將有些遲疑地問：「侯爺當真決定讓那程紹禟追隨您左右？他畢竟是太子的人，太子遣他到您身邊的用意是什麼，相信您也清楚。」

「有何不可？他是太子殿下的人，與我同意收下他並沒有衝突。太子乃一國儲君，陛下萬年之後，這江山也會是他的。況且，那程紹禟……如今瞧著也算是個可造之材。」鎮寧侯不以為然。

聽他如此說，那副將也不好再多說什麼了。

萬壽節慶典未過，鎮寧侯便一直留在京中護衛天熙帝安全，程紹禟自然是追隨他左右。一直到慶典結束，程紹禟才收到次日隨鎮寧侯啟程返回軍營的通知。

「去了軍營，想必再不能像在太子府中一般，若無差事在身便能回來了吧？」凌玉一邊替他收拾行李，一邊問。

「嗯，軍中規矩甚嚴，並不能輕易進出。不過妳放心，若有機會，我必會回來一趟。」

「我倒沒什麼，就是怕小石頭總愛鬧著要爹爹。」凌玉嘴硬地道。

程紹禟微微一笑，如何不知她這口是心非的性子？

「我已經跟岳父、岳母說過了，讓他們搬過來和你們母子一起住，否則只有你們與素問姑娘在家，我終究放心不下。」

「這自然是好，就是怕素問那丫頭不自在。」凌玉笑道。還未過門就要與未來公婆住在同一屋簷下，那丫頭會自在才怪呢！

「非常時期也顧不了那般多了。」程紹禟如何不知這個道理？只是放心不過，也只能委屈一下楊素問。「待京中留芳堂開張那日，我也會想個法子回來一趟。」

「不必了，你且安心在營裡便是，留芳堂的事有大春哥呢！再不濟還有我和素問，便是爹娘也可以搭把手。」離留芳堂開張之日不到一個月，這短短一段時間，他一個剛進去不久的人便要因私告假，著實有些不大好。

程紹禟笑了笑，既不說好，也不說不好，就這樣含糊過去。

小石頭「咚咚咚」地跑進來，一把抱住他的雙腿，仰著臉問：「爹爹要去哪裡？也帶我去好不好？」

「不好。小石頭留在家裡幫爹爹照顧娘親，還有阿公和阿婆，不要搗蛋惹娘親生氣，待爹爹回來了，便帶你去騎馬。」程紹禟揉揉他的腦袋，柔聲囑咐道。

小石頭有些不高興，噘著小嘴哼哼唧唧了好一會兒，才終於糯糯地答應了。「好吧……」

程紹禟拍了拍他的臉蛋，接過凌玉遞來的包袱與長劍，在母子二人的目送下出了門，牽著馬便往鎮寧侯府方向而去。

「程姊夫此去，將來必也能成為一名威風凜凜的大將軍，姊姊便是將軍夫人了。」楊素問不知什麼時候走了過來，笑著打趣道。

直到再也看不到那個熟悉的身影，凌玉才關上門，沒好氣地瞋了她一眼，滿是唏噓地嘆了口氣。「相比什麼將軍夫人，我還是願意他無論何時都能保住性命，平安歸來。」

「姊姊若是再唉聲嘆氣，可就要譜寫一曲深閨怨，到時候便能體會到古人所云的『悔教夫婿覓封侯』了！」楊素問笑嘻嘻地又道。

凌玉啞然失笑。

「爹爹這是去找瘋了的猴子嗎？」小石頭突然插話。

凌玉與楊素問頓時便怔住了，彼此對望一眼，均忍不住笑出聲來。

楊素問笑彎了腰，一邊揉著肚子一邊道：「你爹爹是去找猴子了，不過不是去找瘋了的猴子，而是去找一個叫『鎮寧』的猴子。」

凌玉好片刻才止住笑，擦了擦眼角笑出來的淚花，聞言便啐她。「又胡說！上回妳姊夫還說是我說話沒個忌諱，教壞了孩子，我瞧妳才是那個罪魁禍首！」

小石頭似懂非懂，不過叫「鎮寧」的猴子這話他倒是記住了。

萬壽節慶典一過，趙贇也終於抽出空閒來處理內宅之事了。

此刻他睥睨著跪在地上的金巧蓉，嗓音不疾不徐，讓人聽不出喜怒。「妳這樣便相當於背叛了整個寧府，自此以後，寧府怕是再無妳的立足之地。可孤從來不相信毫無目的便主動投誠，說吧，妳的目的是什麼？」

金巧蓉伏在地上，良久，才緩緩抬頭。「臣女只希望能在府上有個容身之處，不至於到無家可歸的地步。」

趙贇深深地望著她。「僅是如此？」

「僅是如此。」

「孤明白了，妳下去吧！」

金巧蓉有心想問問他這話是不是代表同意了，可又懼於他的威嚴，到底不敢造次，低著頭退了出去。

一直走出好一段距離，她才忍不住止了腳步，回過身望望那座縱是遠遠瞧著也讓人心生敬畏的院落，不知不覺地輕咬著唇瓣。

她沒有做錯，是他們不仁在先，那便不能怪她不義，她也是為了自保才不得不出此下策，否則，下一個無聲無息死去的人便是她！

趙贇皺眉沈思良久後，喚來汪崇嘯吩咐了幾句。

汪崇嘯有幾分意外，但到底也沒有多問，只應了聲「屬下遵命」便躬身退了出去。

他這頭剛離開，褚良從另一邊也急急地趕過來。「殿下，天牢裡的刺客咬舌自盡了！」

「咬舌自盡了？刑部尚書是如何辦的案，竟然讓犯人還有咬舌自盡的力氣？」趙贇一張俊臉頓時黑如鍋底，磨著牙道。

「刺客這一死，線索便是徹底斷了，怕是想追查也無從下手。」褚良嘆息道。

「這倒未必！」趙贇冷笑。「能在天牢裡把人殺掉，可見這幕後之人頗有幾分勢力。他以為殺人便可以滅口，將一切掩得乾乾淨淨，可孤卻偏偏要引到他身上去。」

「殿下的意思是……」褚良怔了怔。

「父皇如今一直關注著刺客一事，如今刺客一死，必然龍顏大怒，到時候，只要孤稍稍進言，自然可以將這火燒到該燒的人身上。」

褚良總算明白了他的意思。

「還有一事。你明日親自護送寧氏回寧府一趟，告訴姓寧的那匹夫，孤府上不留如此歹毒的女子，若他還想保住寧府的顏面，便自行清理門戶，否則，孤若動手，只怕他承受不住。」

「屬下遵命！」褚良隱隱猜到是怎麼回事，知道寧側妃此番已是徹底遭了殿下厭棄。清理門戶。只怕是有命回去，沒命回來了。

翌日，被軟禁的寧側妃是被看守的僕婦強行拉起來的，也不替她梳洗更衣，一人一邊架著她便往外走。

寧側妃極力掙扎，大聲叫著。「我要去見殿下！我要去見殿下！」

「殿下是不會見妳的，妳還是死了這條心吧！」金巧蓉不知什麼時候出現在她的眼前，冷冷地道。

「是妳，是妳！是妳在殿下跟前詆毀我！妳以為除掉我，自己便能取我而代之嗎？父親不會放過妳的，寧家不會放過妳的！」一看到她，寧側妃雙目噴火，更加用力掙扎著想要向她撲過去。

金巧蓉下意識地退了幾步，可待發現那兩名僕婦把她抓得牢牢的，頓時便又放下心來，冷笑道：「妳所做的一切，殿下已經查得一清二楚，沒有人詆毀妳，一切不過是妳自作自受！」

「賤人、賤人！妳一定會不得好死！一定會不得好死……」

寧側妃陰毒的詛咒漸漸遠去，金巧蓉白著臉，被那聲聲詛咒嚇得不停顫抖。

「我沒錯、我沒錯……」她不停地喃喃著，直到太子妃派來侍候她的侍女不知什麼時候走了過來。

「姑娘怎地在這兒？回去吧，是時候向太子妃請安了。」

她深深地吸了口氣，揚起一絲得體的笑容。「好，我這便去。」

是了，她很快便不再是這府裡的「客人」了，只待向太子妃請完安，便正正式式成了府裡的寧侍妾！

所以，她做得沒有錯！只有這樣，她的性命才得以保障，不必擔心得不到太子的寵幸而被送回寧府後，會被送去侍候一個年紀足以當她祖父的男人；也不必擔心萬一得了太子寵幸懷了身孕，會被去母留子。

是他們讓自己退無可退，進無可進的，那她便只能靠自己殺出一條血路。

所以，她沒錯！一切都是他們逼的！

唯一生擒的刺客死在天牢，天熙帝自是龍顏大怒，偏此時太子又進言，只道天牢守衛森嚴，刑部尚書又是個經驗老道的，如何會讓刺客竟還有咬舌自盡的力氣？必然是當中出了內鬼，且這內鬼來頭必然不小，理應徹查。

天熙帝正是盛怒當中，一聽他此番話便立即應下來，下旨讓太子親自徹查，務必把那膽大包天的亂臣賊子揪出來。

見一切如自己所願，趙贇心中得意，瞥了一眼欲上前勸說的趙甫，不緊不慢地道：「孤瞧二皇弟這神色，難不成對父皇的旨意有異議？還是你覺得刺客死了便死了，一切就到此為止，終究父皇也不曾受傷？」

「兒臣絕無此意！」見天熙帝聽了趙贇此話後怒目瞪向自己，趙甫嚇得連連撇清。

「沒有自是最好。孤也知道二皇弟這段日子煩心事著實多了些，忙得是昏頭轉向，故而徹查刺客來源之事，便只能孤多費點心，不敢煩勞二皇弟了。」趙贇含笑又道。

「多謝皇兄體恤。」趙甫怒火中燒，但表面卻不能顯現半分，還要做出一副感激涕零的模樣，別提有多憋屈了。

待回到府後，趙甫再也忍不住大怒，厲聲喝問：「那人呢？到底什麼時候才會到京城？」

「回殿下，紫煙姑娘已經在來京城的路上了，這會兒正快馬加鞭，想必不出半個月便能抵達。」

「半個月、半個月，本王如今連半日都要忍耐不下去了！父皇著實偏心太過，但凡那趙贇所言，無有不允！眼裡何曾還有我等的存在？」

那下屬立即噤聲，再不敢言，免得引火燒身。

太子殿下是陛下的長子，又是唯一的嫡子，陛下寵愛有加也不是多奇怪之事。只能說他著實太會投胎，怎地偏偏就投到了先皇后的肚子裡，還硬是比魯王早半個月降生呢！嫡與長占了個全，先天上便比別的皇子要占優勢；再加上陛下的寵愛，這太子之位不說穩如泰山，但絕對不是可以輕易撼動的。

凌玉送走了程紹禟，凌秀才與周氏也搬過來與她一起住，她便乾脆把小石頭交給周氏照顧，自己則把心思全然投在留芳堂上。

凌秀才每每看到她與凌大春你一言、我一語地商議著生意上的事，便連連搖頭嘆氣，只道他們滿身銅臭，有辱斯文。再一聽凌玉接連出了好幾個主意，要怎樣才能讓客人流連忘返，也好日進斗金，更是捶胸頓足，念叨著諸如「商人重利、奸商本色」之類的話。

對他這些話，凌大春倒還好些，表面還是恭恭敬敬地聽著，一副虛心受教的模樣，轉身後該幹麼仍幹麼；而凌玉則乾脆裝聾作啞，氣得凌秀才鬍子一翹一翹，恨恨地用眼神教訓她。

如此幾回反覆，見他們兄妹二人都是屢教不改，他幹脆便眼不見，心不煩，每日只捉住小石頭，教他唸書識字，大有一副誓要教出個狀元郎之勢。

可憐小石頭每日都淚眼汪汪地跟著阿公，唸些根本聽不懂的「之乎者也」，還因為不好好背書之故，胖乎乎的小手掌被阿公打了幾回，唯有抽抽搭搭地繼續背。「人之初，性本善，性相近，習相遠……」

周氏在窗外看得心疼極了，好幾回想要不管不顧地衝進去把小傢伙抱出來，可數十年來養成的性子又讓她始終邁不出那一步。

倒是凌玉並不怎麼在意。「小石頭性子跳脫，確實該被爹好生磨磨才是。況且……」她左右看看沒發現旁人，才湊到周氏身邊，壓低聲音道：「娘，您沒瞧見嗎？爹每晚都趁著小石頭睡著時溜進屋去，一臉懊惱得又是抹藥、又是蓋被子……」

周氏同樣小小聲地回答。「我怎會不知道？只是假裝不知罷了。偏他是個死要面子的，就愛在人前裝出一副嚴師的模樣，小石頭如今瞧見他便怕了。」

母女二人小聲議論著，身後忽地響起男子低沈的佯咳聲，兩人立即挺直腰站好。

周氏是個老實人，到底心虛，視線四處游移著，就是不敢對上凌秀才。

倒是凌玉大大方方地笑著打招呼。「爹，教完了？小石頭今日學得怎樣？」

凌秀才瞪了她一眼，隨即又板著臉道：「馬馬虎虎吧！」

小石頭早在看到娘親那一刻便撲過來，抱著她的雙腿撒嬌地直蹭。

凌玉揉揉兒子的腦袋瓜子。「既然教完了，那咱們便去用晚膳吧！」

留芳堂正式開張的前兩日，凌玉還是抽空進了一回太子府求見太子妃。不管太子妃還記不記得，只她當日既答應了開張時會向她稟報一聲，那便得兌現才是。

只是，她沒有料到，竟在太子妃的屋裡遇到了一身婦人打扮的金巧蓉。聽著彩雲等侍女稱呼她「蓉姑娘」，她心裡一個「咯噔」，猜到了她如今的身分。

所以，她如今成了太子侍妾了嗎？

雖然自在太子府頭一回見到金巧蓉時，凌玉便想到或許會有這樣的一日，可這一日真的到來時，她卻發現自己總是有點難以接受。

畢竟，這人曾經是她的妯娌，在上一輩子，她們還曾相互扶持度過一段艱難的日子。

「這位是程娘子。程娘子，這是蓉姑娘，上回妳們應該匆匆見過一面才是。」太子妃含笑著向她們介紹。

雖然心裡有點亂，可凌玉還是記得起身見禮。「蓉姑娘。」

「程娘子。」金巧蓉微微向她福了福。

凌玉側身避過，不敢受她的回禮。畢竟如今身分有別，太子的侍妾，也比她一個尋常婦人要尊貴。

太子妃如何看不清凌玉眼內的疑惑？只是也無心與她解釋。實際上，便是她自己也不甚了解事情原委，只知道寧側妃本來是被褚良護送回寧府的，後來褚良先行回府，緊接著寧側妃便在回府途中出了意外，一命嗚呼。而她帶進府來的這位寧三姑娘，卻突然被太子抬為侍妾，而寧府對此亦沒有過問半分。

她猜測著，寧側妃之死怕是寧家人自己動的手，當然，這或許也是太子的意思。只不管如何，府裡兩個側妃，一病重、一身故，也確實該提幾個人上來侍候了。

不會是寧蓉，也會是旁人。如若是旁人，倒不如是這個沒有半點根基、甚容易拿捏的寧蓉。

凌玉打起精神將來意道明，太子妃聽罷倒是極高興。

「倒真是好事多磨，可總算開起來了，也不枉彩雲那丫頭總在我耳邊問。」

凌玉笑著與她客氣了幾句，見時候不早，便起身告辭。

「我也正好要回去，不如讓我送程娘子一程？」金巧蓉適時起身道。

「也好，反正也順路。」太子妃並無不可。

「那便煩勞蓉姑娘了。」凌玉猜測著她或許有話要與自己講。

二人辭別太子妃，一前一後地離開了正院。

有意無意地，本是跟在金巧蓉身邊的侍女腳步漸緩，不知不覺間落下了好一段距離。

「近日太極宮裡迎進了一名仙姑，此事妳可知曉？」金巧蓉忽地問。

「我一個尋常百姓，如何會知道皇宮內苑之事？」凌玉不解她為何會提起此事？

「我曾偶然在太子妃處見過那仙姑的畫像，與當年程大哥某位結義兄長遺留在家中的那幅小像極相似。」

「這人有相似，也不是什麼奇怪之事。」凌玉呼吸一窒，卻還是若無其事地回答。

金巧蓉有幾分恨鐵不成鋼地瞪她。「不怕一萬，就怕萬一！妳連這點警覺心都沒有，將來程大哥縱是有再大的前程，只怕也要毀在妳手上。」

凌玉自然記得小像一事，畢竟當初發現那小像時，她初時還以為是哪個心悅程紹安的姑娘塞給他的呢，為此還險些讓金巧蓉與他鬧起來。

但是她猜不透金巧蓉與自己說這番話有什麼目的？畢竟眼前這位已經不再是程家村那個單純的金巧蓉，而是太子府裡的蓉姑娘。

程家村裡的金巧蓉或許不會有什麼心計，可太子府中的蓉姑娘就未必了。

更何況，就在不久前，寧側妃才無緣無故地沒了，而她這個寧側妃的親妹妹卻安然無恙地繼續留在太子府，還得償所願地成了太子侍妾。

要說這二者當中沒有什麼牽連，她是怎麼也不會相信的。

所以，在想不明白對方的用意前，她還是裝聾作啞的好。

「時候不早了，不勞蓉姑娘相送，妾身這便先回去了。」察覺不遠處有府裡僕婦出現的身影，她清清嗓子，朝金巧蓉福了福，辭別而去。

金巧蓉氣結，只是卻也拿她沒有辦法。「真真是朽木不可雕！」她眼神一黯，低低地罵了聲。

回家的路上，凌玉不自覺地在記憶裡搜刮那小像一事，彷彿是當年宋超遺忘在程家村的家裡，後來被程紹禟拿走。也是從程紹禟口中，她得知那畫中人是宋超的一位紅顏知己，好像是叫什麼「紫煙」。

而那小像，便是紫煙送給宋超的定情信物。能將自己的畫像送給一名男子，這位紫煙姑娘的心意便可見一斑了。只是自來癡情女子負心漢，最終她的一番心意卻是付之流水。

想起當年宋超那句「兄弟如手足，女子如衣服」，她便暗暗搖頭。

也不知那紫煙姑娘被宋超送人之後又經歷了什麼？若太極宮中的那位「仙姑」當真是她的話……她不知不覺地蹙起了眉。

若真是她，她一個平民女子，是如何進的皇宮？又怎會成了眾人口中的「仙姑」？當今皇帝一心沈迷於修道登仙，連前年的選秀也取消了，可見對女色並不怎麼上心，自然不會因為那紫煙姑娘容貌過人而迎她進宮。

若與容貌無關，想來最大的原因便落在「仙姑」二字上了。

她突然有些緊張起來。

若那位真是當年被宋超送人的紫煙，經過此事後，必然對辜負她的宋超恨之入骨，說不定還會「恨屋及烏」，如今她進了宮，聽金巧蓉話裡透出的意思，彷彿還深得帝寵，會不會伺機報復呢？

報復便報復，反正她也覺得那宋超確實應該被女子教訓一頓才是，唯一希望的就是那姑娘明白「冤有頭，債有主」的道理，千萬千萬莫要牽連到自己家才是。

她越想越是放心不下，只恨程紹禟如今身在軍營，否則她也可以問問他，是否曾經得罪過那紫煙姑娘？

心裡藏了事，這晚凌玉在床上翻來覆去都睡不著，直到遠處隱隱傳來打更的聲音，一下又一下，一連敲了三下，她才迷迷糊糊地睡過去。

「把這些得罪過仙姑的人全給朕拉下去斬了！」

「不要！陛下開恩，負了仙姑的是宋超，拙夫何辜？」

「但凡與那姓宋的有半點關係，都該死！也不必拉下去了，就地殺了吧！」

「不要……紹禟——」

鮮血噴濺，慘叫聲四起，而凌玉也驟然從噩夢中驚醒。

她大口大口喘著氣，用袖口抹了抹額上的汗水，舔了舔有些乾的唇瓣，良久，才輕拍了拍胸口。

好在只是一場夢……

窗外已經微微透出光亮，一夜便這般過去了。

好半晌，她的心跳才漸漸回復如初。她怔怔地坐了一會兒，秀眉越蹙越緊。

不行，此事不弄個清楚明白，她終究放不下心來。最重要的還是先要弄清楚，宮裡的那位到底是不是被宋超辜負過的那位？只有弄明白這一點，日後該怎樣做心裡才會有數。

只是，先不提她如何能進得了皇宮，便是能進，她與那紫煙素未謀面，僅憑久遠記憶裡的一張模糊小像便去認人，著實不大可靠。

「小玉，今日怎地這般久還沒起啊？小石頭都起來找娘了。」

周氏的聲音從門外傳進來，也讓猶豫著是不是該找唐晉源幫忙的她回過神來，連忙靸鞋下地，一邊穿衣，一邊揚聲回答。「起了起了！您再等會兒……」

宮裡突然多了位得寵的「仙姑」，自然也瞞不過趙贇，此時他皺著眉，高坐上首，聽著汪崇嘯向他稟報。

「這位『仙姑』據聞是慈航道人的關門弟子，在修道上頗有天分，陛下數日前在大相國寺偶然遇到她……」

趙贇嗤笑。「然後便驚為天人，將她迎回宮中？」

「這倒不是，陛下是在聽過她講道後才決意將她迎進宮中。聽宮裡之人所講，這位仙姑每日都只是奉旨向陛下說經講道，旁的時候也只是在太極宮裡，哪裡也不去，瞧著倒是頗為安分。」

「她俗家姓名叫什麼？被慈航道人收為關門弟子前又是做什麼的？」趙贇又問。

「此女身世倒是頗為可憐，據聞曾淪落風塵，後來又所嫁非人，輾轉數載，偶遇上慈航道人，便決意遁入空門。」

「確實是個身世堪憐的，只這世間女子，又有哪個不堪憐？」趙贇不置可否，雖對那女子的來歷到底存疑，但沒有太過將對方放在眼裡。若是父皇身邊每出現一個新人，他都要如臨大敵，那早就已經心力交瘁、不堪重負了。「安排宮裡的人盯著她便是，看看什麼人與她接觸得最多，若有可疑之處再來回孤。」

汪崇嘯應下。

趙贇又問：「讓你準備的東西可都準備好了？明日孤便要當著眾朝臣的面，親自再剝下趙甫一層皮，好讓他知道，與孤作對會有什麼樣的後果。」
「殿下放心，都準備好了。」
趙贇這才覺得滿意。
處理好公事後，天色已經陰陰沈沈，片刻之後，府裡陸陸續續點起了燈。
「到太子妃處吧！」他淡淡地吩咐一句，夏德海便提著燈籠，引著他一路往正院方向而去。
早就得到消息的太子妃候在屋裡，聽到侍女的通稟，帶著趙洵迎出門。
趙贇虛扶了一把向自己行禮的太子妃，目光落到她身邊那個小小的身影上。
趙洵仍舊有些怕他，臉上猶帶幾分怯意，只到底還是規規矩矩地走上前來，也不用人教導提醒，認認真真地向他行禮請安。
趙贇板著臉「嗯」了一聲，見他不再似以往那般飛快地縮到奶嬤嬤處，而是又站到太子妃身邊，小手揪著太子妃的裙裾，寸步不離地跟著她。
「洵兒這幾日認了不少字，寫的大字也比以前進步許多，一直留著，說是要給父親看看。」太子妃一邊迎著趙贇進屋，一邊笑著衝他道。末了，又朝身後的小尾巴趙洵道：「如今父親來了，你怎地還不把自己寫的大字拿出來請父親瞧瞧啊？」
趙洵怯怯地望望趙贇，瞬間便對上一張冷漠的臉，嚇得連忙低下頭去，絞著衣角好半天，這才聲如蚊蚋般應道：「……好。」
看著他跑出去取寫好的大字的小身影，太子妃暗地嘆了口氣。

這孩子的性子……明明是身分尊貴的太子長子，可這膽子還不如程家夫婦那個兒子小石頭。不過好在如今年紀尚小，好生教導著，許是會有些變化。

她縱然並不喜謝側妃，可對這個安靜乖巧到近乎怯弱的孩子，也著實生不出什麼惡感來。

趙贇其實並沒有多大興致去看兒子又學會了幾個字，這些微不足道的小事還輪不到他來操心，只是太子妃既然已經說出口，他還是給她幾分面子。

故而，當他從一臉忐忑的趙洵手中，接過那疊印著一個個大大小小墨團的紙，看著上面那歪歪扭扭的大字時，臉色著實有些不怎麼好看。

寫成這般鬼模樣，還好意思讓他瞧？

太子妃到底與他同床共枕了多年，如何看不出他臉上的嫌棄？生怕他說出些什麼打擊孩子的話來，連忙搶先道：「殿下您瞧，每個字都不曾寫錯，於洵兒這般年紀的孩子而言，著實是相當不容易。」

趙贇微不可聞地輕哼一聲。難看成這般樣子，妳卻還能面不改色地誇成一朵花，那才叫相當不容易！

不過瞧著太子妃眼中隱隱透出的懇求之色，他到底還是將正欲出口的那番嫌棄的話給嚥了下去，言不由衷地道：「寫得確實相當不錯。」

話音剛落，便見跟前的趙洵猛地抬頭看過來，那雙總是帶著畏懼的眼睛裡，此刻溢滿了驚喜。趙贇有些納悶，明明是這般敷衍的話，他高興什麼？

太子妃倒是鬆了口氣，又跟著鼓勵了趙洵幾句，便喚來奶嬤嬤把他抱下去。

「娘娘，這單子都擬好了，您瞧瞧可適合？」夫妻二人用過了晚膳，彩雲便拿著單子走進來。

「什麼單子？」趙贇呷了口茶，隨口問。

「給程娘子新店開張的賀禮。殿下不如也瞧瞧？雖說程紹禟如今不再是咱們府裡的侍衛，可到底是從太子府出去的，又在府裡侍候了這般久，妾身想著，不如給他幾分顏面。」太子妃解釋道。

「程娘子？程紹禟家的？」

「正是她。」

「那個婦人還拋頭露面去開店？這成何體統！程紹禟居然也由著她？真真是白瞎了孤的眼！」趙贇沒好氣地道。

「倒也不完全是程娘子一人的，還有另兩名合夥人呢！」太子妃見他微微有幾分惱意，生怕他怪罪，連忙解釋道。

「罷了罷了，妳想怎樣便怎樣吧！」趙贇不在意地揮揮手。

翌日，正是凌大春、凌玉及楊素問商定好的開張之日。

一大早，自有早早就留意著「留芳堂」的客人聞聲而來，也有過路的行人停下腳步打算看看熱鬧。

直到太子妃命人送來的賀禮到來時，圍觀的眾人方才驚覺，原來這小小的留芳堂背後竟有這麼大的一座靠山，當真是讓人惹不起。

凌玉也沒有想到太子妃竟真的賜下賀禮，直到被周氏連連催了好幾回才回過神來。再一看神色各異的眾人，心中頓時便定了下來。

有了這座靠山，只要他們安安分分、老老實實地經營生意，不愁生意好不過來。

「小玉，妳瞧是誰來了？」凌大春歡喜地帶著一人走進來。

凌玉抬眸望去，只見到他身後一個身著兵卒服裝的男子，一時也瞧不清容貌。

「我如何會知……紹禟？怎會是你？你怎地這般打扮？難不成是偷偷溜出來的？我早就跟你說過了，讓你安心留在營裡，不必來來回回的白辛苦這一趟啊！」

程紹禟笑著將頭上戴著的草帽摘下。「我今日可不是特意回來看你們新店開張的，而是身上帶著差事，順道過來瞧瞧熱鬧的。」

凌玉哼了一聲，再瞋他一眼，根本不相信他的說詞。

程紹禟也沒有想過一定要讓她相信，只是微微笑著凝望她。

「你老看著我做什麼？怪難為情的！」凌玉被他這般看得渾身不自在，嗔怪地橫了他一眼。

前來恭賀的客人越來越多，凌玉也沒有閒工夫與他再細說，連忙幫著凌大春招呼客人。

直到宋超、唐晉源等人相約而來時，她才猛地從忙碌中記起那「仙姑」之事。

她急急忙忙地交代凌大春幾句，也不等他回答，便跟著程紹禟與宋超等人進了裡頭。

程紹禟正打算與結義兄弟們敘敘舊，順便問問唐晉源那個新生兒子的情況，不料便見凌玉闖了進來。

「宮裡多了位仙姑，而這位仙姑據聞與宋大哥當年遺忘的小像中人甚是相似。」她也不理會宋超等人異樣的眼神，迫不及待地道。

宋超的臉色瞬間變了。「妳說什麼？什麼仙姑？」

凌玉又把方才那番話重複一遍。

「不可能會是她，她一個風塵女子，如何有機會進宮？想來還是人有相似之故。」很快地，宋超便回過神來，連連搖頭否認。

「是或不是，總得確認過才能定奪。」程紹禟道。

「程大哥說得對，是或不是，都得先查清楚再說。」唐晉源亦道。

宋超的臉色又陰沈了幾分，一咬牙，恨恨地道：「縱然是她又如何？老子當年對她有救命之恩呢！供吃供喝，後來把她送人，也不算是埋汰了她。」

「恰恰便是這個送人！那時她正對你情熱，一心一意想著與你過一輩子，可你轉頭便把她送人。女子本就是個愛記恨的，你此番傷了她，她還真的可能會記恨一輩子。」對女子的小氣、愛記仇，唐晉源可謂深有體會，因為他家裡的那位便是如此。

一直默默聽著他們說話的凌玉忽地出聲。「不是女子小氣、愛記恨，而是你此事做得著實太過！」

見他二人都在責怪自己，連程紹禟眼中也盡是不贊同，宋超又羞又惱，怒聲道：「她一個青樓女子，早就該習慣了在恩客間來回，難不成我還要三媒六聘地把她娶回來供著？」

「紫煙姑娘雖是出身青樓，但她素來賣藝不賣身，在遇到你之前，一直是個清白的姑娘。」程紹禟緩緩地道。見宋超的臉色著實難看，他暗嘆了口氣，又道：「只如今再說什麼也沒有用，還是想個法子探清楚宮裡的那一位到底是不是她吧。」事到如今，再追究誰對誰錯又有什麼意義？

凌玉恨恨地還想說些什麼，程紹禟輕輕捏了捏她的手，微不可見地朝她搖搖頭，示意她不可再多說，凌玉唯有將滿腹指責的話嚥了回去。

「早些年青河縣裡的那賽半仙給大哥批命，說你會欠下紅顏債，難不成就是應在此事？」唐晉源突然想起這件事。

「賽半仙嗎？我認得，最是靈驗不過了，當年你們幾個進了大牢，我娘去請他批命，他說必會逢凶化吉，果不其然，過沒多久你們便平安無事地出來了。」凌玉又插嘴道。

程紹禟意味深長地望了她一眼，並沒有拆穿她。如果他沒有記錯，她可是私底下罵了好幾回那賽半仙是個裝神騙鬼的神棍騙子……

宋超被他們說得臉色一陣紅、一陣白，好一會兒才虛張聲勢地道：「老子從來不信這些！」

凌玉冷笑，還想再刺他幾句，感覺左手又被程紹禟捏了一記，唯有不甘不願地噤了聲。

對程紹禟難得地回來，凌玉嘴裡不說，心裡卻是高興得很。

只是程紹禟到底有公事在身，不宜久留；唐晉源與宋超亦另有要事，遂先告辭了。

程紹禟不放心地叮囑了唐晉源，好生探一探宮裡那仙姑的來歷；本也想對宋超說幾句的，只見他有幾分心神不寧便作罷，再轉念一想，他打算到太子府上拜託褚良幫忙打聽，哪想到卻被突然闖進來的小石頭緊緊地抱住雙腿。

「爹爹又要去找叫鎮寧的猴子嗎？也帶小石頭一起吧！」看到爹爹的身影，小石頭高興極了，抱著他的腿撒嬌地直蹭。

程紹禟被他蹭得忍不住笑，彎下身子將他一把抱起來，好笑道：「什麼叫鎮寧的猴子？是誰告訴你的？」他雖是問著兒子，可視線卻投往一旁的凌玉。

凌玉簡直冤枉死了。「不是我、不是我！我可沒有說過這樣的話，是素問！是那壞丫頭故意誤導你兒子的！」

程紹禟的眼神還是有幾分懷疑。

凌玉一跺腳，扔下一句「愛信不信」便想離開，可一想到若是就這樣離開了，他這再一走，下一回卻是不知何時才能見上一面？這樣想著，雙腿就怎麼也邁不開了。

程紹禟被兒子纏著脫不得身，想著反正有宋超和唐晉源，乾脆便打消了去太子府拜託褚良的念頭，陪著他們母子二人說了會兒話。

「所以，如今你只不過是一名普通的兵士？」凌玉有些意外。

程紹禟點點頭，語氣中難掩欽佩。「侯爺御下甚嚴，能投身他麾下，確乃我之幸！如今我雖是一微不足道的兵士，只是所見、所聞、所學，卻又是平生所未見。」

凌玉沒有錯過他眼中的光芒，知道他確確實實對現狀是滿意的，並不因為鎮寧侯的不重用而心生怨惱，也算是鬆了口氣。

程紹禟又拜見了進屋來的凌秀才與周氏後，見時候不早，才不得不告辭返回軍營。

小石頭照舊抱著他的雙腿不肯放，最後還是被凌秀才虎著臉給拉回來。

小傢伙這段日子被阿公訓得多了，蔫頭耷腦的再不敢任性，乖乖地牽著娘親的手，把爹爹送出門。

看著那個熟悉的挺拔身影策馬離開，不過瞬間便不見了蹤跡，小傢伙的小嘴癟了癟，淚水在眼眶裡打了幾個轉，偏是不肯掉下來。

凌玉回過身來瞧見他這般模樣，有些想笑，輕輕捏了捏他的鼻子，還是忍不住把他抱起來。「哭什麼呢？爹爹又不是不回來了，待他下回回來，便讓他帶你去騎馬。」

小傢伙摟著她的脖子，彆彆扭扭地把臉蛋藏起來。

「我瞧他就是想乘機撒嬌。」凌大春笑道。

小石頭頓時便哼哼唧唧起來，越發讓眾人忍不住想笑。

卻說宋超耐著性子等到了齊王進宮向麗妃請安那日，主動與別的侍衛調班，跟著齊王進宮。離那座宮殿越來越近時，他突然添了幾分不安。若那人果真是紫煙……可下一刻他又唾棄自己不中用。堂堂男子漢大丈夫，難不成連一個小娘兒們都怕？就算她如今有了靠山又如何？他也不是好惹的！這樣一想，他頓時便淡定了。

麗妃是宮中的老人了，這些年雖不怎麼得寵，但因為生有齊王之故，在宮裡還是有些體面的。

宋超一心以為只要進了宮，便有機會探探太極宮那位仙姑的底，可真當他進去後才發現是自己多想了。

宮裡的侍衛都不能輕易靠近後宮女子之地，更何況他這個宮外的人？早早就被擋在後宮外頭，等候著齊王從麗妃處請安出來。

他皺著兩道濃眉，眸中難掩失望。所以，這一回他是白來了嗎？

微風吹過，帶來一陣花草的芬芳氣息，拂到面上，清涼沁人，讓他不自覺地微瞇起雙眸。

良久，他微微側臉細細打量周遭，入目是一座座巍峨的宮殿，紅牆綠瓦，縱是他見識有限，也能看得出路邊擺放著的花盆，裡頭種植的盡是價格不菲的奇花異草。

他突然意識到，若那仙姑果然是紫煙，那她已經到了一個自己仰望不到的高度，再不是當年那個一切都只能依賴他的柔弱女子了。

突然，前方傳來男女的說話聲，他怔了怔，仍未反應過來，身邊一名侍衛已經跪下來；他也無暇多想，也跟著跪下去。

「仙姑此言，當真令朕茅塞頓開。真不愧是慈航道人的高徒，能得仙姑提點，著實乃朕之幸。」

他只一聽此人的自稱，便知道這是皇帝到了，連忙把頭垂得更低，等候著御駕過去。

「陛下言重了，修行之人不敢居功，這都是因為陛下是有慧根之人。」
女子輕柔的嗓音傳入他的耳中時，他愣了愣，猛地抬頭，不敢相信地望向前方。
只見不遠處，一身明黃的天熙帝笑容滿面，視線始終投在落後他半步、作道家帶髮修行女子打扮的熟悉身影。
果真是她！
雖然心裡早已經想過這樣的可能，但當他真真切切地看見那張臉時，整個人仍是如遭雷轟。
「你瘋了！幸虧沒人注意到，否則你這小命都難保！」一直待御駕越行越遠後，他身邊的另一名侍衛才低聲道。
宋超白著臉，想要站起來，卻發現雙腿竟有幾分發軟。
他合著眼眸深深地吸了口氣，勉強讓自己冷靜下來，好一會兒才緩緩地站起來。
「方才與陛下一起的那名女子，便是前些日子陛下迎進宮來的仙姑？」他啞著嗓子問。
「可不就是她！別瞧她如今只是一位道姑，可陛下對她的寵信，卻是勝過宮裡的諸位娘娘。」一名年紀較輕的侍衛嘴快地回答。
宋超沈默不語。少頃，他不死心地抬頭望向御駕離開的方向。也不知是不是他的錯覺，忽地覺得有一雙眼睛在盯著自己。
「仙姑在看什麼？」察覺身邊之人停下腳步，彷彿在看什麼，天熙帝疑惑地問。

「我在觀察這宮裡的龍氣，陛下果真是真龍天子，所到之處，真龍之氣縈繞，久久不散。」紫煙垂下眼簾須臾，含笑回答。

天熙帝哈哈一笑，隨即嘆道：「無量天尊，若能榮列仙班，才是真正的福氣啊！」

「只要陛下潛心修道，有朝一日必能位列仙班。」

「承仙姑美言！」

紫煙唇瓣含笑，眸中卻閃過一絲冷意。

宋超，三年不見，別來無恙啊！

——未完，待續，請看文創風710《執手偕老不行嗎》3

1月 PUPPY 萬象更新·愛情不老

DoghouseXPUPPY

老婆至上

老婆就像是上天給的禮物，
男人收禮時滿心期待，
拆開後或許驚喜、驚奇，甚或驚嚇……
得良緣乃前世修，成怨偶是今生業，
身為老公，就要努力做個疼某大丈夫！

NO／535
老婆，乖乖聽話！ 著 陶樂思
因爺爺渴望見到初戀情人，古雋邦信心滿滿接下任務，
豈料對方早已不在人世，只能寄望於初戀奶奶的孫女。
偏偏兩人素昧平生，看來他只好使出那個方法了——

NO／536
老婆饒了我 著 佟蜜
原本愛已憔悴，眼看只有離婚一途，這時卻遇上車禍，
雖然大難不死，但是向來冷冰冰的老婆卻失憶了！
而且她居然變得開朗活潑，彷彿十八歲少女?!

NO／537
老婆給你靠 著 香奈兒
英俊的他出手幫她解決困擾，又跟她算起九年前的一筆帳，
補償方式是當他的朋友，期限九年。這是什麼奇怪要求？
而且兩人才吃過一頓飯，他又改口說想跟她結婚?!

NO／538
老婆呼風喚雨 著 棠霜
他向來冷漠，更不愛管他人的閒事，
但說也奇怪，這哭得旁若無人又極不服氣的小女人，
卻意外地令他捨不得移開眼睛哪……

Hi-Life

2019.1/22 萊爾富 新春有看頭 **單本49元**

為流浪貓狗加油 和貓寶貝 狗寶貝 廝守終生(一定要終生喔！)的幸福機會

對人來說，貓寶貝狗寶貝只是生活的一部分，但妳(你)對牠們來說，卻是生活的全部，領養前請一定要考慮清楚——

▲ 忠心又顧家的男孩　熊熊

性　　別：男生
品　　種：米克斯
年　　紀：3歲多
個　　性：顧家、溫馴、親人、愛乾淨
特　　徵：中型犬，類似狼犬毛色
健康狀況：身體健康、強壯，有定期施打預防針、食用心絲蟲預防藥劑
目前住所：高雄市大寮區

『熊熊』的故事：

熊熊原本是劉小姐的朋友所養，一直都在山上幫忙看守果園，後來基於某些原因，劉小姐便將牠從山上接了下來。然而，熊熊原本生活的地方較寬闊，到了山下，他多半只能待在室內，因而活動空間顯得較不足。為了讓熊熊有更好的生活品質，劉小姐希望能盡快幫牠找到有足夠的活動空間的家。

劉小姐說，熊熊是個正直青少年階段，且十分優秀、機靈的孩子，甚至還有自己的長才——幫忙守門。因為熊熊承襲了台灣犬與狼犬的特性，叫聲比起一般的狗兒稍大，所以能起嚇阻的作用。

但是，可別誤會熊熊是那種凶狠的個性。劉小姐表示，其實牠很善良、溫馴，也很忠心、親人，能和其他狗狗做朋友。劉小姐還特別提到，由於熊熊的聽力十分靈敏，一聽到主人回家的車聲就會跑到門前，等著向主人撒嬌，有著相當可愛的一面。

熊熊屬於中型犬隻，因此需要一定的空間讓牠活動；也因為牠仍處在青少年時期，同樣需要一定的時間陪伴。劉小姐希望可以為熊熊尋到，有愛心、能給予牠更加照顧的家人及夥伴。歡迎來信 timjean2004@yahoo.com.tw、chen9257@gmail.com（劉小姐）。

認養資格及注意事項：

1. 認養者須年滿20歲、有穩定的經濟能力，並獲得家人同意。
2. 須同意簽認養寵物切結書，並讓中途瞭解熊熊以後的生活環境。
3. 須了解正確的寵物飼養方式（有經驗者較佳）。
4. 能有充足的時間陪伴熊熊，以及有足夠的空間能讓熊熊活動。
5. 熊熊屬於長毛犬，須定期理毛並給予充足的水分，以防中暑。
6. 夏季須定期洗澡，預防寄生蟲。

來信請說明：

a. 個人基本資料：姓名、性別、年齡、家庭狀況、職業與經濟來源等。
b. 想認養熊熊的理由。
c. 過去養寵物的經驗，及簡介一下您的飼養環境。
d. 若未來有結婚、懷孕、出國或搬家等計劃，將如何安置熊熊？

風 文創

709

執手偕老不行嗎 2

國家圖書館出版品預行編目資料

執手偕老不行嗎 / 暮月著. --
初版. -- 臺北市 : 狗屋, 2019.01
冊 ; 公分. --（文創風）
ISBN 978-986-328-954-8（第2冊：平裝）. --

857.7 107020340

著作者 暮月
編輯 黃淑珍
校對 黃薇霓 簡郁珊
發行所 狗屋出版社有限公司
地址 台北市104中山區龍江路71巷15號1樓
電話 02-2776-5889～0
發行字號 局版台業字845號
法律顧問 蕭雄淋律師
總經銷 知遠文化事業有限公司
電話 02-2664-8800
初版 2019年1月
國際書碼 ISBN-13 978-986-328-954-8

本著作物由北京晉江原創網絡科技有限公司授權出版

定價250元
狗屋劃撥帳號：19001626
網址：love.doghouse.com.tw E-mail：love@doghouse.com.tw